*Dieses Buch widmen wir allen Hunden,
die blinden Menschen das Augenlicht ersetzen
und deren Leben durch ihre Liebe, Intelligenz
und beharrliche Hingabe bereichern.*

Kapitel Eins

Die Gestalt des jungen Mannes wirkte wie ein Schattenriss vor dem tiefen Blau des für ihn schönsten Himmels auf Erden. Wie immer fühlte er sich eins mit dem Berg. Er wollte ihn nie erobern, sondern seine Schönheit nur mit allen anderen Geschöpfen teilen, die das Vorrecht hatten, diesen Gipfel zu erklimmen. Für den Bruchteil einer Sekunde überlief es ihn eiskalt, als eine dicke weiße Wolke über ihm die Wärme der Mittagssonne wegnahm. Heute, am 21. Juni, war Sommersonnwende. An diesem Tag steht der Sonnenball über dem Äquator und die Zeit scheint stehen zu bleiben, als ob die Erde sich erst auf den Wechsel der Jahreszeiten einstellen muss.

Heute war Brenden McCarthy in den Bergen über Aspen, Colorado unterwegs, genauer gesagt auf den Maroon Bells, den »rotbraunen Glocken«. Er stand auf dem Gipfel des North Maroon, des am schwersten zu besteigenden Berges, und war im Moment überwältigt von einem tiefen Glücksgefühl. In seinem kurzen Leben – er war gerade fünfundzwanzig Jahre und sechs Monate alt – hatte er alle vierundfünfzig Viertausender im Staat Colorado bestiegen. Das Bergsteigen war seine Leidenschaft, aber es war nur eine von vielen. Er strebte mit dem gleichen Ehrgeiz das Ziel an, ein bedeutender Orthopäde und Unfallchirurg zu werden. Nach seinem Abschluss an der medizinischen Fakultät der Universität von Colorado war er gerade in seinem ersten Praktikumsjahr im Krankenhaus St. Joseph. Die Arbeit wurde ihm manchmal zu viel, aber er machte das Beste aus dieser Erfahrung.

Das war Brenden McCarthy, ein junger Mann, der das Leben liebte. An diesem Morgen war er von Denver aufgebrochen. Er fuhr mit seinem wertvollsten Stück, einer restaurierten Harley Panhead von 1959. In dieses Motorrad hatte er sein ganzes, in den ersten Studienjahren mit Nebenjobs verdientes Geld gesteckt. Er genoss das laute Röhren des Motors, als er zuerst in westliche Richtung fuhr, auf die Route 82 abbog, den Fluss Castle Creek überquerte und dann weiter nach Süden eine Zufahrtsstraße nahm, weil er dort schneller fahren konnte. Als er vor dem Zeltplatz am See anhielt, riss er seine Maschine in einer gekonnten Kurve herum. Er wusste, dass dieses Verhalten angeberisch war, aber an diesem Donnerstag war der Parkplatz menschenleer. Außerdem konnte er gar nicht anders. Bei diesem herrlichen Wetter würde er für den Aufstieg zum Gipfel etwa sechseinhalb Stunden brauchen. Der Abstieg würde länger dauern, weil er sich vorsehen musste vor dem tödlichsten Feind des Bergsteigers, dem losen Geröll, das sogar den geübtesten Alpinisten in Gefahr bringen und ihn abstürzen lassen kann. Wohin? In den Tod? Brenden wollte das gar nicht so genau wissen.

Er verdrängte diesen Gedanken, während er sich auf den Aufstieg vorbereitete. Heute wählte er eine ihm vertraute Route zum Gipfel des North Maroon. Obwohl er Shorts, ein T-Shirt, dicke Socken und seine Bergschuhe anhatte, war er immer auf alles vorbereitet. In seinem kleinen Rucksack hatte er ein einfaches, aber für einen Bergsteiger ausreichendes Erste-Hilfe-Paket dabei. Es bestand aus einer Flasche Wasser, einem Wasserfilter, damit er auch aus Gebirgsquellen trinken konnte, Energieriegeln und einer Banane sowie einem riesigen Thunfischsandwich. Er ging auch nie ohne einen Signalspiegel und Kompass in die Berge. Sogar eine topografische Landkarte hatte er mit, obwohl er dieses Hilfsmittel nie brauchte. Aber als hochrangiges Mitglied der amerikanischen Pfadfinder kannte er das Motto »Allzeit bereit«.

McCarthy stellte an sich immer hohe Ansprüche. Diese Eigenschaft ließ ihn auf andere wie einen Freigeist wirken. Sein Vater hatte immer gesagt, dass man erst durch Vorbereitung und Mühe gute Aussichten auf Erfolg habe. McCarthy war von der Wahrheit dieser Worte überzeugt, und deshalb hatte er noch weitere Kleidungsstücke in seinen Rucksack gepackt. Eine dicke Wollmütze konnte er notfalls bis über die Ohren ziehen. Seine Mutter hatte ihm einen Schal geschenkt, der zwar ein bisschen zu feminin aussah, den er aber insgeheim sehr gern mochte. Dann hatte er noch ein langärmeliges, wollenes Hemd dabei, das er unter einer Daunenweste und einer winddichten Goretex-Jacke tragen konnte. In seinem Rucksack befanden sich auch lange Unterhosen und eine dicke Goretex-Hose mit vielen Taschen. Zwei Paar Handschuhe, ein weiteres Paar Socken, eine Taschenlampe, eine Trillerpfeife und ein Eispickel vervollständigten seine Ausrüstung.

Nachdem er seine Sachen ein letztes Mal kontrolliert hatte, las er die Geschichte dieser imposanten Gipfel auf einer großen Gedenktafel, die am Beginn des Aufstiegs stand. Die Maroon Bells verdanken ihre Namen ihrer pyramidenartigen Form und ihrer erstaunlichen kastanienbraunen Farbe, die sich unter den hellen Strahlen der Sonne in ein feuriges Rot verwandeln. Die beiden Berghistoriker Lampert und Borneman bezeichneten die beiden Berge als rot, zerfurcht und brüchig, weil ihre Oberfläche aus Sedimentgestein unberechenbar ist. Die geschichtliche Darstellung erwähnte, dass der North Maroon Peak mit seinen 4270 Metern unter den vierundfünfzig Viertausendern in Colorado an fünfzigster Stelle stünde. Brenden war überrascht, als er weiterlas. Die beiden Berge seien auch bekannt unter dem Namen »Todesglocken«, weil auf ihnen mehr Bergsteiger als auf den anderen Bergen in Colorado ums Leben gekommen sind. Die Erosion des Felsens durch Baumwurzeln kann für den unvorbereiteten Kletterer zur Katastrophe werden. So waren im Jahr 1965 sechs Bergsteiger von einer Bergtour nicht mehr zurückgekehrt.

Nachdem Haden und Wheeler das Gelände um 1890 erkundet hatten, gab es die erste kartografische Darstellung der beiden Berge, und die erste dokumentierte Besteigung fand im Jahr 1908 statt. Und jetzt war Brenden ein Jahrhundert danach hier. Er fühlte sich wie der glücklichste Mensch auf Erden, als er mit dem Aufstieg begann. Die Route orientierte sich an einer ganzen Reihe von etwa drei Meter hohen Felsvorsprüngen. Brenden stellte sich bei dieser Bergtour immer vor, als ob er am großen Obelisken in Washington oder an der Lincoln-Gedenkstätte hochklettern würde. Es gab auf dem Berg Hunderte von diesen Felsstufen. Der Kletterer musste seinen Weg buchstäblich im Slalom gehen, wie die Skiläufer auf den anderen Abhängen von Aspen.

Wenn man sich seitwärts am Berg hochbewegte, musste man ständig nach unten sehen, weil andere Kletterer an den Stellen, an denen man sich auf den nächsten Felsvorsprung hochhangeln konnte, Steinhaufen hinterlassen hatten. Brenden begann mit seinem Aufstieg am 2.800 Meter hoch gelegenen Lagerplatz. Zuerst bewegte er sich auf einem viel begangenen Wanderweg in südwestliche Richtung um den See herum. Dann ging er noch etwa drei Kilometer weiter, bis er innehielt und die atemberaubende Schönheit des Kratersees bewunderte. Der erloschene Vulkan war mit unvorstellbar klarem Wasser gefüllt.

Dann kam ein etwa einen Kilometer langer Aufstieg über den steilen Minnehaha-Pfad. Sogar der durchtrainierte junge Mann musste dabei tief durchatmen, um diesen Weg zu schaffen. Als er am Ende des Pfades ankam, warf er einen Blick zurück und sah die letzten Ausläufer des Lagerplatzes am Buckskin-Pass.

Brenden drehte er sich um und watete durch einen kleinen Gebirgsbach. Dann begann er mit dem Großteil des Aufstiegs durch eine markante Schlucht, die bis zu einem Gebiet reichte, das aussah wie eine runde, von einer dichten grünen Bergwiese umgebene Felseninsel. Dann wurde es Zeit, den uralten Gletscher zu überqueren, mit größter Vorsicht wegen des Steinschlags, bis er die nordöstliche Bergwand erreichte und eine Felsrinne hinaufkletterte. Diese Felsrinnen waren wie Einschnitte in den Berg. Der Kletterer konnte sich an den Seitenwänden entlang nach oben arbeiten. Brendens Atem ging wie ein Blasebalg, als er das Ende der Felsrinne erreichte. Aber er schöpfte neue Kraft beim Überqueren eines flachen Felsvorsprungs, der ihn zu einer zweiten Felsrinne und zum Fuß des nördlichen Gipfels brachte. Nach einem letzten Aufstieg hatte er sein Ziel erreicht.

Jetzt stand er auf dem Gipfel und hob den Kopf, um die warmen Strahlen der Mittagssonne zu genießen. Er war der Meinung, dass der Dichter Robert Burns recht hatte, als er schrieb: »Gott ist in seinem Himmel, und alles ist in Ordnung mit der Welt.« Das traf zumindest auf die Welt zu, wie Gott sie geschaffen hatte. Brenden wusste natürlich, dass es auch Fehlgriffe in der Umwelt gab, aber dafür waren die Menschen verantwortlich. Gott hatte damit nichts zu tun. Brenden war so überwältigt von dem Panorama, das ihn umgab, dass er einen Kloß im Hals spürte. Die von seiner Position auf dem Gipfel aus so klein wie Spielzeug wirkende Landschaft ließ ihn Freude, Dankbarkeit und Ehrfurcht vor der majestätischen Bergwelt verspüren. Er befand sich sechshundert Meter über der Baumgrenze. Die vom Wind verkrüppelten Kiefern unter ihm sahen im Sonnenlicht aus wie kleine, mit goldenem Lametta geschmückte Christbäume, die sich sehnsüchtig dem Himmel entgegenstreckten.

Widerwillig dachte Brenden daran, dass er noch eine Bergsteigertradition zu erfüllen hatte. Er ging deshalb ein paar Schritte nach links zum Punkt, an dem der Gipfel markiert wurde. Fest eingeklemmt zwischen zwei Felsen befand sich dort ein sechzig Zentimeter langes PVC-Rohr. Er schraubte es an einem Ende auf, holte ein gefaltetes Stück Pergament heraus. In dieses Dokument trugen alle Bergsteiger das Datum und die Uhrzeit ihrer Ankunft ein. Der Bergsteiger-Club von Colorado bewahrte diese Pergamentrollen auf und veröffentlichte deren Inhalt in verschiedenen Fachzeitschriften. Kletterer trugen sich hier nicht um ihres eigenen Ruhmes willen ein, sie dokumentierten voller Respekt ihren Gipfelsturm aus Dankbarkeit gegenüber dem Berg, weil er ihnen diesen Erfolg ermöglicht hatte.

Brenden setzte sich auf einen Felsvorsprung und biss gierig in sein Sandwich. *Mensch, hab ich einen Hunger*, dachte er. *Ich hab das Frühstück ausfallen lassen, und jetzt schmeckt mir das Mittagessen umso besser. Vielleicht liegt das auch an der Höhenluft.*

In der Ferne sah er den weißen Kondensstreifen eines Flugzeugs, das den Flughafen von Aspen verlassen hatte und jetzt in den kristallblauen Himmel aufstieg. Während er aß, fiel sein Blick immer wieder in das Tal unter ihm. Er sah die winzigen Villen außerhalb von Aspen. Sie wirkten aus dieser Entfernung wie Puppenhäuser, die von Miniarchitekten gebaut worden waren. *Die Zivilisation dort unten,* dachte er, *harmoniert ganz gut mit der Natur hier oben in den Bergen.*

Weiter östlich, aber über und hinter der Stadt lagen Mount Massive und Mount Albert, die höchsten der Viertausender im Bundesstaat Colorado. Wenn er sich in nördliche Richtung drehte und seine Augen mit einer Hand vor dem grellen Sonnenlicht abschirmte, konnte er die Silhouette des Mount Holy Cross sehen, dessen kreuzförmiges Schneefeld auf der Ostseite von hier aus nicht sichtbar war. Ein bisschen weiter im Nordwesten erkannte er die schlanken Umrisse von Snowmass und Maroon Peak sehen, die beiden anderen glockenförmigen Berge.

Noch einmal sah er nach Süden und freute sich am Anblick des Pyramid Peak, der sich fast greifbar nah vor ihm erhob. Das war einer seiner Lieblingsberge. Dahinter war der Castle Peak sichtbar. Weil heute die Sicht so klar war, konnte er weiter südlich sogar das San-Juan-Gebirge erkennen. Er wusste, dass das Glücksgefühl, das er hier oben auf dem Gipfel empfand, nicht selbstverständlich war. Deshalb war er dankbar, einen der schönsten Augenblicke seines Lebens erleben zu dürfen.

Plötzlich war er hier oben nicht mehr allein. Er hörte den Schrei, bevor er den Vogel sah. Ein Steinadler-Weibchen fiel im Sturzflug über einen Pfeifhasen her, und natürlich fing es seine Beute. Jetzt gab es einen Nager weniger auf dem Berg, und der Adler leistete Brenden beim Mittagessen Gesellschaft. Er sah zu, wie der große Vogel seine Beute packte und regungslos im warmen Aufwind verharrte. *Das würde mir auch gefallen*, dachte er. *Den ganzen Tag da oben herumzuschweben und nicht hart arbeiten müssen.* »Du bist wunderschön«, rief er dem Adler zu. »Wunderschön.«

Der Vogel bewegte leicht die Schwingen. Brenden musste an eine Prinzessin denken, die den Gruß eines Untertanen huldvoll erwidert. *Okay, Vogel*, dachte er. *Ich hab schon verstanden. Es ist dein Himmel, aber heute ist das hier mein Berg.*

Dem Sonnenstand nach zu urteilen musste es kurz nach zwei Uhr sein. Er wusste, dass er sich auf den Rückweg machen musste. Obwohl es noch bis lange nach zwanzig Uhr hell sein würde, war es besser, noch vor Einbruch der Dunkelheit zurück zu sein. Schließlich hatte er nur einen kleinen Rucksack dabei. Brenden gönnte sich noch eine Viertelstunde Ruhe. Er lag auf dem warmen Felsen. Seine Jacke diente ihm als Kopfkissen. Als er nach diesem Nickerchen aufstand und sich kräftig streckte, fühlte er sich fantastisch. Er war mit sich selbst im Reinen und eins mit der Natur. Jetzt war er bereit, in die Zivilisation zurückzukehren und sich wieder allen Herausforderungen zu stellen, die auf ihn warteten.

Beim Abstieg arbeitete er sich langsam vor, aber er nahm den gleichen Weg, den er gekommen war. Er bewegte sich vorsichtig, aber geschmeidig wie eine Katze, als er über das lose Geröll ging. Obwohl es sich ab und zu unter seinem Fuß bewegte, war er schon auf dem nächsten Felsbrocken, bevor es gefährlich wurde. Mit seinen Augen prüfte er im Voraus jeden Schritt, und er hatte ein verblüffendes, durch jahrelange Übung entwickeltes Empfinden für Sicherheit oder Gefahr. Er war beweglich wie ein Ballett-Tänzer und vorsichtig wie ein Drahtseilakrobat.

Er war schon etwa anderthalb Stunden unterwegs, als er auf eine besonders gefährliche Stelle mit losem »Schrott« stieß. Das Wort *Geröll* verwendete er nie. Hier hatte ein Gebirgsbach alles noch schlimmer gemacht. *Achtung*, ermahnte er sich. *Du musst hier aufpassen. Beweg dich jetzt bloß langsam.*

Plötzlich hörte er genau rechts und über sich ein flatterndes Geräusch. Aus dem Augenwinkel sah er, wie das Steinadlerweibchen auf der Jagd nach Beute erneut zum Sturzflug ansetzte. Später fragte er sich, ob seine kleine Kopfbewegung vielleicht den Winkel seines Schritts verändert oder ihn aus seiner Konzentration gerissen hatte. Er wusste nur noch, dass sein Sturz wie im Zeitlupentempo begann. Unter seinen Bergschuhen löste sich Geröll. Erfahrene Bergsteiger sagen immer, dass ein langsamer Absturz tödlich sein kann, weil man sein Gleichgewicht verliert, wenn man verzweifelt versucht, es zu halten. Wie ein Drahtseilartist arbeitet auch ein Kletterer ohne Netz.

Brenden war sich dieser Tatsache voll bewusst. Trotz seines Kampfes gegen die Schwerkraft hatte er noch Zeit, darüber nachzudenken.

Einen Augenblick lang meinte er, er hätte es geschafft, als er wie im Slalom über das lose Geröll rutschte. Aber dann kippte er nach vorne. Das Kinn fiel ihm auf die Brust. Wie eine menschliche Bowlingkugel rollte er mit hoher Geschwindigkeit bergab, aber die Felsen, auf die er stieß, fielen nicht um wie die Kegel auf einer Bowlingbahn.

Auf seinem Weg nach unten schrie er laut, oder er meinte, dass er schrie. Er hörte, wie sein Helm gegen die Felsen krachte, aber er spürte die Schläge kaum. Sein Absturz dauerte vielleicht nur ein paar Sekunden, fast keine Zeit im Vergleich in einem langen Menschenleben. Aber der Aufprall würde im weiteren Verlauf von Brendens Leben unauslöschliche Spuren hinterlassen. Er hatte längst das Bewusstsein verloren, als er mit hoher Geschwindigkeit nach unten fiel, bis er plötzlich zum Halten kam. Ein Felsvorsprung rettete ihm das Leben.

Die Berge geben und die Berge nehmen. Brenden würde es lernen müssen, diese grundlegende Wahrheit besser zu verstehen.

Kapitel Zwei

Bart wusste, dass er in großen Schwierigkeiten war. Der große schwarze Labrador lag mit dem Kopf auf den Pfoten da und hörte zu, wie Frauchen ihn anschrie. Wenn sie so laut brüllte, war sie wirklich wütend. Der Hund hob den Kopf und setzte sich auf, als Frauchen ihm den Schuh hinhielt – oder das, was davon übrig war. Den hohen Absatz hatte er immer noch im Maul.

»Was hast du da schon wieder angerichtet! Meine neuen Schuhe! Du bist ein fürchterlicher Köter! Einfach fürchterlich! Ich halte das nicht mehr aus!«

Als er den Tumult hörte, kam der Besitzer des Hundes herein. Weil er blind war, konnte er nicht sehen, welchen Schaden Bart angerichtet hatte, aber die Wut seiner Frau war für ihn ein deutlicher Hinweis auf das, was sich abgespielt hatte.

Herrchen brüllte zwar nicht, aber an seiner Stimme erkannte Bart, dass er nicht glücklich war über die Situation.

»Beruhige dich doch, Liebling. Wie ist er an die Schuhe rangekommen? Hast du sie auf dem Boden stehen gelassen?«

»Jetzt gib bloß nicht mir die Schuld. Ich hab dir schon beim letzten Mal gesagt, dass ich das nicht mehr hinnehmen kann. Aber was heißt hier das letzte Mal – das ist einfach schon zu oft passiert. Ich hab dieses Tier endgültig satt!«

»Das meinst du doch nicht wirklich, mein Schatz. Du weißt, wie sehr ich ihn brauche. Er hilft mir mehr als ...« Frauchen unterbrach ihn.

»Ja, du bist natürlich fein raus. Du gehst mit ihm hier im Viertel spazieren oder gibst mit ihm bei deinen Freunden an. Aber was ist mit mir? Was war denn mit dem Truthahn? Oder dem Weihnachtsbaum? Als dieser Köter den Baum umgeworfen hat, wer hat dann alles sauber machen müssen? Du doch nicht! Manchmal hab ich das Gefühl, dass dieser Hund dir wichtiger ist als ich.« Sie machte eine kurze Pause, um Luft zu holen. »Entscheide dich endlich. Entweder er geht oder ich gehe!«

Sie knallte den zerbissenen Schuh in den Papierkorb und stürmte aus dem Zimmer. Herrchen rannte hinter ihr her.

Der große schwarze Hund war immer angespannt, wenn er hörte, wie die beiden stritten, aber diesmal schien es schlimmer zu sein als sonst. Er hatte auf einmal kein Interesse mehr an dem Absatz des Schuhs. Diesmal folgte er nicht seinem Herrchen, sondern er glitt auf den Boden und blieb dort liegen, mit dem Kinn zwischen den Pfoten. Er hörte aus dem anderen Zimmer noch immer ihre im Streit erhobenen Stimmen.

Bart mochte sein Herrchen, aber Frauchen konnte er nicht verstehen.

Warum war ihre Stimme immer so laut?

Plötzlich sah der Hund ein Bild vor sich. Am lautesten war Frauchens Geschrei gewesen, als die Sache mit dem Truthahn passiert war. Ah, hatte das gut geduftet, als sie den Vogel verspeisten! Danach hatte Frauchen den Rest auf den Kühlschrank gestellt. Wenn er den Truthahn nicht anrühren durfte, warum hatte sie ihn dann so platziert, dass er ihn erreichen konnte? Er musste seine Pfoten nur oben auf die Tür legen und das Fleisch zu sich herunterziehen. Frauchen musste den Lärm gehört haben, als der Servierteller auf dem Fußboden zerbrach. Sie war blitzschnell da. Aber trotzdem hatte er von dem Truthahn gekostet. Danach war ihm speiübel geworden. Er war richtig krank gewesen. Herrchen versuchte, ihm zu helfen, aber Frauchen war wütend auf sie beide. Damals hatte sie laut geschrieben.

Schon bald wurden die zornigen Stimmen leiser, und schließlich war es ganz still. Der Hund stand auf und schüttelte sich so kräftig, dass sein Halsband laut klapperte. Hoffentlich war alles wieder gut.

Jetzt war es erst einmal Zeit fürs Abendessen.

»Ja. Das ist sehr schade. Es tut mir wirklich leid, das zu hören. Gut, ich werde alles veranlassen. Dann melde ich mich wieder bei Ihnen. Nein, ich verstehe das. Danke.«

Als er den Hörer auflegte, saß Smitty wie erstarrt da. Die Sorgenfalten auf seiner Stirn wurden tiefer. Seine Hand lag noch immer auf dem Telefon.

Beth drehte sich von ihrem Platz am Aktenschrank um. Sie arbeitete schon zu lange als Smittys Assistentin. Deshalb merkte sie gleich, dass etwas nicht stimmte mit diesem sonst so optimistischen Mann.

»Probleme?«

Smittys Stimme klang angespannt und frustriert zugleich.

»Es ist schon wieder Bart. Die Partnerschaft hat nicht funktioniert. Er kommt zurück.« Smitty seufzte. »Ich hab wirklich geglaubt, dass ich den richtigen Herrn für diesen Hund gefunden habe, aber er hat im Haus so viel Unsinn gemacht, dass das Ehepaar die Nase voll hat und ihn zurückschickt. Wie schade! Die beiden haben beim Training so gut harmoniert.«

»Kannst du nicht einfach jemanden hinschicken, der sich die Sache ansieht?«

Beth kannte die Regeln. Gelegentlich hatten ein Hund und sein neuer blinder Besitzer Probleme miteinander, wenn sie das geschützte Umfeld der Schule für Blindenführhunde verließen und zu Hause im

Alltag zurechtkommen mussten. Das war nichts Neues. Manchmal genügten ein paar Hausbesuche von Mitarbeitern der Schule, um die Wogen wieder zu glätten.

Smitty schüttelte den Kopf.

»Das haben wir schon zwei Mal gemacht.«

»Zwei Mal?!«

»Zwei Mal. Ich gebe ja zu, dass Bart anstrengend ist. Er ist ein großartiger Führhund, einer der besten, den wir je hatten, aber er ist auch ein Energiebündel. Wahrscheinlich ist er nicht ausgelastet, wenn er mit einem Typen arbeiten muss, der sein Geld als Klavierstimmer verdient und nach der Arbeit einfach zu Hause sitzt. Bart liebt seine Arbeit über alles. Deshalb haben sie in der Schule auch so gut zusammengearbeitet. Wenn Bart sein Geschirr anhat, ist er die Perfektion selbst. Aber in seiner Freizeit vermasselt er alles.«

Smitty warf seine Brille auf den Schreibtisch und schob seinen Stuhl zurück. »Ich hätte es wissen müssen, aber ich hatte gehofft ...« Seine Stimme wurde leiser.

Beth lächelte. »Dann musst du eben jemand anderen finden für – wie heißt er gleich? Bart. Vielleicht braucht er auch noch ein bisschen mehr Training. Er kann doch einen Teil der Ausbildung noch einmal durchlaufen.«

Smitty riskierte es. »Das hat er schon hinter sich.«

»Was soll das heißen?«

»Für diesen Hund ist das der dritte Fehlstart. Allerdings hat er bei den beiden ersten Malen ›Tucker‹ geheißen.«

»Was willst du mir damit sagen?«

»Als er zum zweiten Mal zurückgekommen ist, hab ich es nicht übers Herz gebracht, ihn zum Familienhund zu machen. Er ist einfach zu gut. Du kennst diesen Hund nicht.«

Smitty stand auf und ging zum Fenster. Er sah nach draußen auf das mit üppigem Grün bewachsene Schulgelände. Ein Ausbilder übte mit einem goldenen Labrador-Retriever. Weiter hinten plauderten zwei junge Frauen miteinander. Sie führten einen Deutschen Schäferhund und einen weiteren goldenen Labrador spazieren.

»Ich habe seinen Namen geändert. Jetzt heißt er Bart«, erklärte er leise. »Dann habe ich ein bisschen an seinen Unterlagen herumgedoktert und ihn noch einmal die Ausbildung durchlaufen lassen. Er kannte natürlich schon alles. Wahrscheinlich hat er sich zu Tode gelangweilt.«

Beth war schockiert.

»Aber damit verstößt du gegen alle Regeln! Du würdest einen Mitarbeiter feuern, wenn du ihn dabei erwischen würdest!«

Smitty konnte darauf nichts erwidern. Er schüttelte erneut den Kopf.

Beth wollte sich nicht damit zufriedengeben.

»Smitty, du hast unzählige Hunde ausgebildet. Nicht alle schaffen es – natürlich nicht. Warum bringt dich ausgerechnet dieser Hund so durcheinander?«

Smitty zuckte mit den Schultern und ging wieder zu seinem Stuhl.

»Ich weiß, es klingt verrückt, aber dieser Hund hat was – es ist schwer zu erklären. Es gibt viele gute Blindenhunde, aber die wirklich großartigen findet man nur selten. Ich hab so ein Bauchgefühl, dass dieser Hund mit einem starken Partner einen vom Hocker hauen würde.«

»Anscheinend macht er das ja schon.« Beth konnte es immer noch begreifen. »Wie kommt es, dass ihn niemand erkannt hat?«

»Er hat nur mit mir trainiert. Niemand war so eng mit ihm zusammen wie ich, und ...«, Smitty musste schmunzeln. »Wenn man sie nicht wirklich kennt, dann sehen alle schwarzen Labradors gleich aus. Er ist niemandem aufgefallen.«

Es wurde still im Büro. Beth wartete ab, ob Smitty noch etwas sagen würde. Als er schwieg, fragte sie: »Und was willst du diesmal mit ihm machen?«

»Ich ... ich weiß es nicht.«

Bart vermied jeden weiteren Konflikt mit Frauchen, indem er ihr aus dem Weg ging. Ein paar Tage lang geschah gar nichts. Alles schien wieder normal zu laufen. Jener Morgen begann wie alle anderen Tage mit einem frühen Spaziergang. Herrchen schnallte Bart sein Geschirr an, und dann gingen sie zusammen hinaus in die klare Morgenluft. Der dynamische Hund sorgte dafür, dass er genügend Druck auf das Geschirr ausübte, um seinen blinden Herrn führen zu können. Das ruhige Wohngebiet mit seinen von Bäumen gesäumten Straßen und gepflegten Gärten wirkte auf den aufmerksamen Beobachter, als ob die Zeit vor fünfzig Jahren stehen geblieben wäre. Die anderen Hunde, die spielenden Kinder, der eine oder andere Fußgänger, sogar die Katzen, die ihren Weg kreuzten – Bart ignorierte sie alle. Er trug sein Geschirr, und das bedeutete für ihn, dass er bei der Arbeit war.

Wie jeden Morgen gingen sie zu dem kleinen, ein paar Straßenzüge entfernten Tante-Emma-Laden. Dort wurde Bart wie immer herzlich begrüßt, während Herrchen Gebäck und Orangensaft kaufte. Dann ging es wieder nach Hause. Wie immer.

Als sie zurückkamen, nahm Herrchen Bart das Geschirr wieder ab. Dann setzte er sich an den Frühstückstisch. Der Hund lag neben ihm und warf ihm ab und zu einen flehenden Blick zu, weil er hoffte, einen Leckerbissen zu ergattern.

Als es an der Haustür klingelte, ging Herrchen hin, um aufzumachen. Bart begleitete ihn. Er kannte den Besucher nicht, aber er wurde hereingebeten. Deshalb begrüßte der Hund den Fremden freundlich. Dann legte er sich hin, um aus dem Weg zu sein. Herrchen rief Frauchen, und dann setzten sich die drei an den Tisch.

Bart lag zwischen den Teppichen auf dem kühlen Parkettboden, mit dem Kinn auf den Pfoten und mit wachsam blickenden Augen. Für seinen Geschmack dauerte das Gespräch schon viel zu lange. Ab und zu sah einer der drei zu ihm herüber. Deshalb wusste er, dass man über ihn sprach. Er hob zwar nicht den Kopf, aber seine Augenbrauen zuckten, während er von einem Gesicht zum anderen blickte. Die drei Leute am Tisch wirkten ernst, beinahe unglücklich.

Endlich hörten sie auf zu reden. Herrchen und der Fremde standen auf. Als Herrchen das Geschirr mit dem großen eckigen Bügel hochhob, stand Bart auf und ging auf ihn zu, weil er erwartete, dass es ihm wie immer angelegt werden sollte. Er war überrascht, als Herrchen ihn wegstieß.

»Nein, Bart. Zurück.«

Herrchen reichte dem Fremden das Geschirr. Dann gab er ihm auch noch Barts Leine. *Seine* Leine! Herrchen beugte sich vor, umarmte den Hund und klopfte ihm zärtlich den Rücken – sehr zärtlich. Der Hund wedelte langsam, fast fragend mit dem Schwanz, aber Herrchen schwieg.

Frauchen blieb stumm sitzen.

Der Fremde und Herrchen schüttelten sich die Hände. Sie wechselten ein paar Worte. Dann machte der Fremde – nicht sein Herrchen – die Leine an Barts Halsband fest und ging zur Tür.

Der große Hund blieb verwirrt sitzen.

»Bei Fuß, Bart.« Der Fremde zog an der Leine. »Komm schon, mein Junge. Los jetzt. Bart, bei Fuß!«

Auf den vertrauten Befehl hin bewegte sich Bart widerstrebend zur Tür. Der Fremde achtete nicht weiter auf ihn, sondern ging die Eingangstreppe hinunter und zu einem an der Bordsteinkante parkenden Auto. Als sie am Fuß der Treppe angekommen waren, merkte Bart, dass etwas nicht stimmte. Er zog an der Leine und drehte sich um, weil er auf Herrchen wartete. Aber er sah gerade noch, wie die Haustür zugeschlagen wurde.

»Bist ein braver Hund, Bart.« Die Stimme des Fremden klang freundlich und beruhigend. »Alles in Ordnung, alter Junge. Bart, bei Fuß!«

Aber diesmal wollte der Hund nicht hören. Er versuchte, die Leine abzuschütteln. Dann stemmte er sich mit allen vier Pfoten in den Boden und zog verzweifelt an der Leine.

Der Fremde blieb ruhig, aber entschlossen. Sanft drängte er den Hund Schritt für Schritt zum Auto hin. Als er die Hecktür öffnete, wartete er ab. Aber er sprach weiter mit freundlichen, beruhigenden Worten auf das Tier ein. Immer wieder nannte er den Namen des Hundes, und immer wieder strich er ihm sanft über seine weichen Ohren und über seine Brust. Barts rasender Herzschlag wurde schließlich ruhiger.

»Braver Junge, Bart! Jetzt geh schon rein.«

Für diesen Hund gehörte Gehorsam zum Leben, aber jetzt fühlte es sich seltsam an. Das war das falsche Auto. Warum kam Herrchen nicht mit ihnen? Was sollte er bloß machen?

Der Fremde hob langsam die Vorderpfoten des Hundes ins Heck des Autos. Er schob ihn weiter hinein, bis Bart gezwungen war, hineinzuklettern.

»Braver Junge. Richtig so, Bart – gut!«

Der Fremde schlug die Tür zu, ging um das Auto herum, setzte sich hinter das Lenkrad, um den Motor anzulassen.

Der Hund saß wie versteinert da – oder wie ein Bild aus Ebenholz. Er blickte starr geradeaus, und als das Auto anfuhr, sah er nicht zurück. Er erinnerte sich an das letzte Mal. Es war in diesem anderen Haus. Er mochte die Leute dort sehr gern, bis eines Tages jemand kam und mit ihnen redete. Dann wurde Bart mitgenommen. Er sah diese Leute nie wieder.

Die Bilder, die vor seinem inneren Auge auftauchten, machten Bart unruhig. Ein tiefer, hörbarer Seufzer entschlüpfte ihm. Am allerschlimmsten war jener Tag, als er den besonderen Mann verlor, den Mann, den er am meisten liebte. Das war vor langer Zeit und an einem anderen Ort. Die Leute nannten diesen Mann Smitty, und Bart arbeitete jeden Tag mit ihm zusammen. Smitty brachte ihm vieles bei, und wenn er alles richtig machte, bekam er immer ein Lob zu hören und manchmal sogar eine Leckerei zugesteckt.

Eines Tages nahm ihn Smitty mit zu diesem anderen Haus mit den netten Leuten. Als Smitty wegging, ließ er Bart dort. Er kam nie mehr zurück.

Bart ließ endlich seine Vorderbeine nach vorne gleiten, bis er sich seitlich zusammengerollt hatte. Sein Kopf lag unten, aber seine Augen standen weit offen. Noch immer gingen ihm viele Fragen im Kopf herum.

Der Fremde schaltete schließlich das Radio an, und er fuhr schneller. Beim Brummen des Motors und den rhythmischen Bewegungen des Autos begannen die Bilder im Kopf des Hundes schwächer zu werden und ineinander zu verlaufen. Schließlich fiel er in einen unruhigen Schlaf, bis das Auto die Straße verließ und an einer Tankstelle anhielt. Bart setzte sich auf und sah zu, wie der Fremde ausstieg, den Schlauch von der Zapfsäule in den Tank steckte und danach um das Auto herumging. Er machte die Hecktür auf und setzte sich zu ihm.

»Wie geht's denn so, Bart? Wie wär's mit einem kleinen Spaziergang? Es ist bestimmt an der Zeit.«

Der Fremde nahm die Leine und stand auf. »Komm, Bart, wir gehen in den *Park*.«

Weil Bart diesen Befehl kannte, leistete er diesmal weniger Widerstand. Er folgte dem Mann zu einer kleinen Parkanlage.

Park bedeutete, dass er sein Geschäft machen konnte, und das tat er dann auch prompt. Dann ging er lammfromm zurück zum Auto.

Als sie wieder die Straße entlangfuhren, schlief Bart sofort ein. So ging die Zeit wenigstens schnell vorbei. Er wusste nicht, wie lange sie bereits fuhren, als er merkte, dass das Auto in eine Seitenstraße einbog. Er stand auf, aber dann setzte er sich wieder, als er bei einer Kurve beinahe das Gleichgewicht verlor. Bei einem Blick aus dem Fenster sah er eine mit üppigem Grün bewachsene Landschaft. Er konnte es sich nicht erklären, warum er bei diesem Anblick plötzlich so aufgeregt war. Deshalb merkte er es auch nicht, als der Fremde auf seinem Handy eine Nummer tippte. Aber bei den ersten Worten erstarrte der Hund.

»Smitty? Wir sind schon auf dem Gelände. Gleich sind wir da. Ja, er benimmt sich gut. Zuerst war es hart, aber jetzt ist es in Ordnung.«

Der Hund stand aufrecht da. Die Kurven spürte er nicht mehr.

»Soll ich ihn zu den Zwingern oder gleich zu dir bringen? Kein Problem – bis gleich dann. Danke, Smitty.«

Da war es schon wieder. Es war so lange her, seitdem Bart dieses Wort gehört hatte, aber es hatte die gleiche Wirkung auf ihn. Vor lauter Aufregung begann er zu hecheln.

Jetzt tauchten Gebäude auf, und sie verließen die Autobahn. Sie fuhren weiter auf einer Straße, die von niedrigen Häusern gesäumt war. Bart sah Leute, manche in Begleitung von Hunden. Das alles war hochinteressant. Er hatte so etwas schon vorher gesehen. Die Gegend wurde ihm immer vertrauter. Er war schon einmal hier gewesen. Das Auto bog um eine Ecke. Dann fuhr es wieder um eine Kurve. Endlich hielt es an.

Bevor der Fremde aussteigen konnte, öffneten sich die Glastüren eines der Gebäude. Ein Mann ging die Treppe herunter und kam auf sie zu.

Der Hund begann zu zittern. Er stieß ein leises, erstickt klingendes Winseln hervor.

Der Mann war Smitty. *Smitty! Smitty! Smitty!*

Kapitel Drei

Wenn man beobachtete, wie Lindsey Reynolds über das Gelände der juristischen Fakultät an der Universität von Denver ging, sah man eine zielbewusste junge Frau. Dieser erste Eindruck verstärkte sich bei näherem Hinsehen. Lindsey wirkte äußerst selbstbewusst, fast schon arrogant, und das wusste sie auch. Sie hatte gute Gründe für diese Selbsteinschätzung, denn schließlich gelang ihr alles, was sie anpackte. Sie glänzte auf allen Gebieten, und sie verfolgte ihre persönlichen Ziele mit eiserner Entschlossenheit.

Als sie an jenem schönen Herbstabend über das Gelände der Universität lief, bewegte sich Lindsey mit natürlicher Anmut. Trotz ihrer saloppen Kleidung – Jeans, Flipflops und ein figurbetontes T-Shirt – wusste sie, welche Wirkung ihre Schönheit auf die meisten Menschen hatte, denen sie begegnete. Lindsey wusste genau, was sie wollte und wie sie ihre Ziele erreichen würde. Auf dem College war sie Kapitän der Volleyball-Mannschaft und die aussichtsreichste Kandidatin für die Krönung zur Ballkönigin gewesen. Allerdings blieb ihr diese Ehre versagt, weil diejenigen, die gegen sie gestimmt hatten, wohl eifersüchtig auf sie waren. Sie hatte das College mit magna cum laude abgeschlossen. Jetzt begann sie schon ihr drittes Jahr an der Universität. Nach dem Examen wollte sie in der Rechtsabteilung eines großen Unternehmens arbeiten und ein Anfangsgehalt von mindestens 85.000 Dollar im Jahr verdienen.

Ihre Lebensplanung schien ihren Höhepunkt erreicht zu haben, als sie Brenden McCarthy kennenlernte. *Das ist der ideale Partner für mich*, dachte sie. *Obwohl er ein lockerer Typ ist, der sich am liebsten im Freien und in den Bergen aufhält, hat er das Zeug zu einem hervorragenden Chirurgen und auch zu einem wunderbaren Ehemann.*

Für Lindsey stand fest, dass sie Brenden liebte. Aber ein Mensch, der in sich selbst verliebt ist, ist nicht fähig, einen anderen zu lieben. Momentan war Lindsey ein bisschen verärgert, weil ihr Verlobter vor lauter Bergsteigen offenbar vergessen hatte, sich bei ihr zu melden. Er hätte schon vor ein paar Stunden zurück sein müssen. Weil sie auf ihn gewartet hatte, war sie jetzt mit ihrer Abendlektüre in der Bibliothek im Rückstand. Es war kurz vor acht. Die Sonne stand schon weit unten am Horizont. Sie erinnerte sich, wie Brenden ihr erklärt hatte, dass Kletterer nach Einbruch der Dunkelheit nicht mehr auf dem Berg sein sollten. Deshalb wählte sie noch einmal seine Handynummer. Aber sie hörte nur die Nachricht auf seiner Mailbox.

»Sie haben die Nummer von Brenden gewählt. Wenn es ein paar Stunden dauert, bis ich zurückrufe, bin ich gerade unterwegs, vielleicht mit dem Fahrrad oder beim Bergsteigen. Wenn in den Bergen Schnee liegt, bin ich gerade beim Skilaufen. Bitte nehmen Sie es mir nicht übel, wenn ich später zurückrufe. Ihr Anruf ist mir wichtig, aber ich will auch mein Leben genießen.«

»Du bist wirklich spät dran.« Lindsey holte tief Luft und wartete auf den Piepton.

»Du solltest den Text deiner Nachricht mal ändern. Die Leute meinen sonst, dass du kein echtes Interesse an ihnen hast. Bei mir ist das natürlich was anderes. Ich weiß, dass du von deiner Jurastudentin nicht genug bekommen kannst. Bitte ruf mich an, wenn du meine Nachricht abhörst. Ich bin in der Bibliothek.«

An Abenden wie diesem empfand Mora McCarthy den Verlust ihres

Mannes Brian besonders schmerzlich. Er war ein wunderbarer Ehemann und Vater gewesen. Sie waren beide so stolz auf Brenden, aber ihr Mann erlebte es nicht mehr, wie ihr Sohn sein Medizinstudium abschloss. Der Krebs war am Ende stärker gewesen.

Ihr Familienleben war immer sehr harmonisch gewesen. Brian arbeitete im Versicherungsgeschäft, Mora war Aushilfslehrerin, weil sie diesen Beruf liebte. Brenden war der perfekte Sohn gewesen. Ihre Tochter Bridget war glücklich verheiratet. Sie wohnte jetzt mit ihren beiden Kindern und ihrem politisch engagierten Mann in Washington.

Mora fiel es schwer, sich an Abenden wie diesem allein an den gedeckten Tisch setzen zu müssen. Besonders fehlten ihr die guten Gespräche, die sie und Brian bei einem späten Abendessen so sehr genossen hatten, während die Kinder an ihren Hausaufgaben saßen. *Der Tod nimmt einem so vieles*, dachte sie, *aber am meisten schmerzt der Verlust der Vertrautheit zwischen zwei Menschen, die sich lieben.*

Heute Abend ließ sie die Terrassentür offen, damit die warme Juniluft ins Haus strömen konnte. Sie war genauso naturverbunden wie ihr Sohn. Auch beim Kochen verwendete sie nur frische Zutaten. Diesmal gab es handgemachte Nudeln mit Muscheln in einer hellen Soße und dazu einen Salat aus Birnen, Stilton-Käse und leicht zerdrückten Zucchini. Dieses Essen gehörte zu den Lieblingsgerichten ihres Sohnes.

Sie wunderte sich, als er zum Abendessen nicht erschienen war, aber vielleicht hatte er vergessen, dass heute Donnerstag war.

Das ist bestimmt die Liebe, dachte sie. *Er ist unsterblich in Lindsey verliebt. Ich wünschte, ich könnte ihn ein bisschen bremsen. Sie ist zwar eine tolle Frau, aber ich weiß nicht, ob sie für meinen Sohn die Richtige ist.*

Sie entschloss sich, ihr Abendessen allein einzunehmen. Mit einem

Seufzer setzte sie sich an den Tisch. Ihr verstorbener Mann fehlte ihr sehr, und ihr Sohn ... nun, der war einfach nicht aufgetaucht. Sie war allein, aber nicht einsam. Schließlich saß Gus ihr gegenüber. Gus war ein überaus intelligenter, begeisterungsfähiger, liebevoller West-Highland-Terrier. Dieser Hund hatte die seltene Fähigkeit, sich um die ganze Familie zu kümmern und dabei allen das Gefühl zu geben, er oder sie sei die wichtigste Person in seinem Leben. Er war Brendens Spielgefährte, als der junge Mann noch zu Hause lebte und Zerstreuung brauchte, wenn er von der Universität kam. Er war Moras ständiger Begleiter bei der Hausarbeit oder wenn sie ihren außergewöhnlichen Garten pflegte. Als Brian krank geworden war und schließlich im Hospiz die meiste Zeit im Bett verbrachte, war Gus immer an seiner Seite gewesen.

Mora erinnerte sich an den flehenden Ausdruck in den schwarzen Augen des Hundes. Er wünschte sich so sehr, dass sein Herrchen wieder gesund würde. Von jenen schlimmen Tagen waren ihr viele Details im Gedächtnis geblieben, aber zwei davon hatten mit Gus zu tun. Am Abend nach der Beerdigung nahm der Hund ihr gegenüber in Brians Stuhl Platz. Er bettelte nicht um Leckerbissen vom Esstisch, sondern er saß aufrecht und mit stoischer Ruhe da, weil er versuchen wollte, für sein einsames Frauchen da zu sein. Gus eignete sich auch Brians Lieblingspulli an. Ihr Mann hatte den Pulli oft getragen, wenn er es sich an Wochenenden zu Hause gemütlich gemacht hatte. Mora überließ dem Hund das Kleidungsstück, und er schlief nie ohne den Pullover.

»Okay, Gus. Wir sind heute nur zu zweit beim Abendessen. Brenden hat bestimmt einen besonders guten Tag.«

Das schrille Klingeln des Telefons riss sie aus ihrer Träumerei. Als sie den Hörer abnahm, sah sie, dass der Anrufer nicht ihr Sohn war.

»Hallo?«

»Hallo, Mrs McCarthy? Hier ist Spinne, ich meine Charlie.«

»Ich weiß, wer Sie sind, Charlie.« Mora musste lachen. »Wenn Sie Brenden sprechen wollen, muss ich Sie enttäuschen. Er ist nicht da.«

»Er hat mir aber gesagt, dass er heute Abend bei Ihnen zum Essen eingeladen ist.«

»Ja, das war eigentlich geplant. Haben Sie schon mit Lindsey gesprochen?«

»Nein, aber ich rufe sie an. Mrs McCarthy, könnten Sie ihm bitte ausrichten, dass er mich anrufen soll, falls er doch noch bei Ihnen vorbeischaut? Ich möchte mir für morgen sein Motorrad ausleihen. Ich muss nach Aspen zum Trockentraining für Ski-Patrouillen, und es macht mir immer Spaß, mit Brendens Maschine zu fahren.«

»Er ist dort, Charlie. Ich meine, er war heute dort. Er wollte auf den North Maroon Peak.«

Der junge Mann am anderen Ende der Leitung schwieg kurz, bevor er weitersprach.

»Und Sie meinen, dass er noch nicht wieder unten ist?«

»Das weiß ich nicht, Charlie. Das weiß ich nicht. Muss ich mir etwa Sorgen machen?«

»Oh nein, natürlich nicht«, erwiderte Charlie eine Spur zu rasch. »Vielleicht braucht er nur ein bisschen länger für den Rückweg durch den Berufsverkehr. Ich rufe ihn später noch mal an. Oder Sie bitten ihn, mich anzurufen, wenn er bei Ihnen ist. Okay?«

»Gut, Charlie«, meinte Mora. »Ich richte es ihm aus.«

Als sie den Hörer auflegte, lief es ihr eiskalt über den Rücken. *Mütter haben einen sicheren Instinkt*, dachte sie, *aber meiner sendet mir wohl die falschen Signale.*

Wieder nahm sie den Telefonhörer und drückte auf die Taste mit der hinterlegten Nummer von Brendens Handy. Als sie dieselbe

Nachricht hörte wie Lindsey vorher, sagte sie nur: »Brenden, ich bin's, deine Mutter. Bitte ruf mich an.« Normalerweise genügten diese paar Worte für einen schnellen Rückruf von ihm. Das hoffte sie zumindest. Sie wusste nicht so recht, warum, aber sie betete sogar.

Charlie Edwards, genannt »die Spinne«, war ebenfalls beunruhigt über seinen Freund Brenden McCarthy. Die beiden Männer waren schon seit ihrer Schulzeit befreundet. Sie teilten alles miteinander, vom Fußballspielen bis zur Schwärmerei für Mädchen vom Cheerleader-Team der Schule. Aber erst ihre gemeinsame Liebe zur Natur machte sie zu Freunden fürs Leben.

Charlie die Spinne wusste, dass Brenden schon längst von seiner Bergtour zurück sein müsste. Er hatte diese tiefe Gewissheit, weil er den Respekt seines Freundes vor dem Berg kannte und vor den Gefahren, die jedem Kletterer begegnen konnten. Deshalb griff Charlie Evans zum Telefon. Ein Rettungstrupp sollte auf dem North Maroon Peak nach einem jungen Mann in Bergnot suchen.

Zuerst wählte er die Nummer des Notrufs und sprach mit einem Beamten, der ihn mit einem Einsatzleiter verband. Dieser wiederum funkte den Leiter der Bergwacht in Aspen an. Die Bergwacht war eine Gruppe von engagierten Naturliebhabern. Diese Männer und Frauen opferten ihre Freizeit, um Kletterern in Bergnot zu helfen. Weil die Bergwacht aus Freiwilligen bestand, dauerte es Stunden, bis das Rettungsteam zusammengestellt war. Um vier Uhr morgens trafen sich schließlich fünfzehn Bergsteiger am Sammelpunkt in der Stadtmitte von Aspen. Charlie schloss sich ihnen an. Er war als fähiger Bergsteiger bekannt und deshalb nahm man ihn ohne Weiteres auf in das Rettungsteam, das nach Brenden suchen sollte.

Charlie meinte anfangs, man könne seinen Freund am schnellsten finden, wenn man das Team mit einem Hubschrauber auf dem Gipfel des Berges abseilen würde. Er war sich sicher, dass Brenden sich in das Register eingetragen und dort auch die Route seines Abstiegs angegeben hatte.

»Klingt gut«, meinte der Einsatzleiter Jeffries, »aber ich hab schon angerufen. Ein Hubschrauber kann erst zwischen halb zehn und zehn Uhr morgens hier sein. Bis dahin könnten wir bereits Leute auf dem Gipfel haben. Es wäre bestimmt leichter, wenn die Vögel der Nationalgarde nicht im Irak wären. Dann müssten wir keine Hubschrauber aus Denver anfordern. Deshalb müssen wir es auf altmodische Art machen. Die Eilmannschaft bricht in etwa einer Dreiviertelstunde auf. Meinst du, du kannst mit ihrem Tempo mithalten, Spinne?«

Charlie nickte.

»Sie sollten gegen acht Uhr morgens auf dem Gipfel sein. Bis zu diesem Zeitpunkt werden zwei Suchflugzeuge und der Hubschrauber da sein. Am Boden werden Kletterer systematisch die gesamte Route absuchen. Okay, Leute, jetzt kontrolliert noch mal eure Ausrüstung, trinkt eine Tasse Kaffee und macht euch fertig.«

Eine Dreiviertelstunde später stiegen die fünf Kletterer in Schlangenlinien den Berg hinauf. Sie schwiegen, weil sie für den Aufstieg ihre Kräfte sparen wollten.

Charlie dachte an seinen Freund und an die vielen gemeinsamen Erinnerungen, die sie für immer miteinander verbanden. Spinne hatte beim Baseball die von Brendens kraftvollem Arm geworfenen, aufgesetzten Pässe gefangen. Brenden hatte Charlies Interesse am Telemark-Ski geweckt, jener ursprünglich von norwegischen Abfahrtsläufern verwendeten Technik. Brenden hatte Charlie mit der jungen Frau zusammengebracht, die er heiraten wollte, und Charlie war während des Studiums immer für Brenden da, wenn er sich auf schwierige Prüfungen vorbereiten musste.

Wie oft, dachte er, *haben wir zusammen die Schönheit der Viertausender von Colorado bewundert?* Er konnte die Stunden und Tage nicht zählen. Und jetzt war sein Freund irgendwo dort oben. Vielleicht war er schwer verletzt. Charlie beschleunigte seine Schritte, als er daran dachte, dass Brenden durchaus auch in Lebensgefahr schweben könnte.

Als sie den Gipfel erreichten, bestätigte sich seine Annahme. Brenden hatte im Bergverzeichnis seine Route durch den Hauptkamin eingetragen. Das bedeutete, dass er auf dem losen Geröll ausgerutscht sein und alles Mögliche passiert sein könnte.

Der Leiter der Eilmannschaft funkte das Basislager an. Jetzt machten sich weitere Kletterer auf den Weg nach oben, während die Eilmannschaft mit dem Abstieg begann. Auf diese Weise wurde Brendens Route systematisch abgesucht. Plötzlich hörten die Kletterer das Brummen der Suchflugzeuge und das Rattern des Hubschraubers, während sie langsam nach unten stiegen. Mit den Augen suchten sie jeden Winkel ab. Sie gingen bei ihrer Suche sorgfältig und wachsam vor. Der Mann links von Charlie sah den Gegenstand zuerst. Es war ein Rucksack, den Charlie sofort als Eigentum von Brenden erkannte. Die Suchmannschaft brauchte nur noch ein paar Minuten, bis sie den schwer verletzten Mann fand. Sein Atem war flach. Er war bewusstlos. Wahrscheinlich befand er sich in einem durch einen Schlag auf den Kopf ausgelösten Koma. Ein Anzeichen dafür war der zerbrochene Kletterhelm.

Das ist mindestens eine Gehirnerschütterung, dachte Charlie. *Oder es ist ein Hirntrauma.*

Brendens Puls wurde schwächer, und sein Blutdruck sank. Trotz der Jahreszeit waren die Temperaturen in den Bergen noch kühl. Brenden befand sich wohl im Frühstadium einer Unterkühlung.

»Wir müssen ihn runterschaffen«, sagte der Leiter der Eilmannschaft. »Und zwar schnell.«

Der Hubschrauber wurde angefunkt, aber dem Piloten war der Anflugwinkel zu problematisch. Deshalb wollte er keine Landung riskieren.

»Wir brauchen den Korb«, funkte der Leiter zurück. »Es wird ein schwieriger Abstieg. Wir brauchen Kletterdübel und wir müssen uns seitwärts herunterhangeln, aber wir bringen ihn so schnell wie möglich auf einen flacheren Felsabsatz. Dann könnt ihr Jungs von der Flugrettung ihn mit einem Krankentransport nach Frisco, Denver oder Grand Junction fliegen.«

»Grand Junction ist schon bereit«, funkte der Hubschrauberpilot zurück. »Macht euch keine Gedanken. Wir kommen, wenn ihr bereit seid.«

»Diese blöden IHOG-Regeln«, brummte Charlie. »Wir vergeuden eine Menge Zeit.«

IHOG sind die Richtlinien für den internationalen Hubschrauberverkehr. Wegen der vielen Unfälle, die in ganz Amerika passieren, wollte die Flugrettung diese Regeln nicht zu großzügig auslegen. Die Eilmannschaft arbeitete so schnell sie konnte. Der Sanitäter, der sich um Brenden kümmerte, kontrollierte ständig die Werte des jungen Mannes.

Eine Dreiviertelstunde später fanden sie den geeigneten Ort, und fünf Minuten danach waren Brenden und Charlie auf dem Weg ins Krankenhaus in Grand Junction. Die Sanitäter an Bord arbeiteten in fieberhafter Eile, um Brenden mit Thermodecken und sanften Massagen warm zu bekommen. Charlie rief Brendens Mutter an, um ihr mitzuteilen, dass sie ihren Sohn gefunden hatten und mit ihm nach Grand Junction flogen.

»Vielen Dank, Charlie«, erwiderte sie. »Ich fahre sofort los.«

Der Pilot meldete sich zu Wort. »Sag der Mutter des Verletzten, dass wir sie abholen, nachdem wir ihn ins Krankenhaus gebracht haben. Mein Büro wird sie anrufen und ihr sagen, wo sie uns erwarten soll.«

»Das ist ja prima«, meinte Charlie. Er gab diese Information sofort an Mora weiter.

In den nächsten zwanzig Minuten beobachtete Charlie seinen Freund und betete. Letzteres hatte er zwar nur selten getan, aber er hoffte sehr, dass Gott seine Gebete trotzdem erhören würde.

Kapitel Vier

Smitty! Smitty! Smitty!

Der schwarze Labrador stand auf dem Rücksitz des Autos. Er zitterte, als ob er auf der Jagd wäre und gerade Witterung aufgenommen hätte. Dann drehte er sich im Kreis herum. Er sprang vom Sitz auf den Boden, dann wieder hoch, wieder herunter und wieder hoch. Als der Fahrer um das Auto herum ging und die Tür öffnete, machte der Hund einen großen Satz nach vorn. Beinahe hätte er den Mann, der ihn an der Leine hielt, umgerissen.

»Okay, okay, Bart.« Dan musste lachen. »Ich weiß schon. Das ist dein Smitty. Na los, alter Junge, lauf schon.«

Inzwischen war Harold Smith die Treppe heruntergekommen. Er sank auf die Knie und breitete die Arme aus, um das Tier in Empfang zu nehmen, dessen Herz so stark schlug, dass man es fühlen konnte. In diesem Augenblick konnte man nicht sagen, wer der Glücklichere von beiden war – der Mann oder der Hund.

Keiner von beiden hatte mit diesem Wiedersehen gerechnet. Smitty hatte Bart so gut ausgebildet, dass er als Blindenführhund erfolgreich sein musste. Das Tier hatte diese Verantwortung nicht nur einmal, sondern zwei Mal übernommen. Jetzt hatte das Schicksal die beiden Freunde wieder zusammengeführt – in einer Begegnung, wie sie gefühlvoller nicht sein konnte.

Smitty erinnerte sich, dass Bart immer ein sehr ruhiger Hund gewesen war. Im Zwinger bellte er nicht viel, und auch sonst gebrauchte er nicht seine Stimme, um seinen Gefühlen Ausdruck zu verleihen. Aber jetzt war der schwarze Labrador kaum wiederzuerkennen. Sein Winseln klang wie ein schrilles Singen. Begeistert bedeckte er den Mann mit Hundeküssen. Dann versuchte er verzweifelt, in seine Arme zu klettern. Als das nicht gelang, drehte er sich wie wild im Kreis herum, sodass Smitty gezwungen war, den Kopf wegzudrehen, wenn Barts langer Schwanz ihn zu treffen drohte. Der Hund drängte sich immer wieder dicht an den Mann. Aus seiner Brust kam ein tiefes Grollen, das gleichzeitig zweifelnd und begeistert klang.

Smitty war überrascht, als er merkte, wie aus seinen Augenwinkeln ein paar Tränen rollten.

»Soll ich ihn in den Zwinger bringen, Smitty?«

»Nein, nein, das ist schon in Ordnung, Dan. Ich kümmere mich darum. Danke, dass du ihn abgeholt hast.«

»Was ist mit dem übrigen Papierkram?«, fragte Dan. »Soll ich die Formulare ausfüllen?«

»Ach, nee.« Smitty lachte. »Es ist schon spät. Du warst den ganzen Tag im Auto unterwegs. Ich mach das morgen früh.«

»Alles klar«, erwiderte Dan. »Dann mach ich mich auf den Heimweg. Das ist ein richtig glücklicher Hund. Ich hab noch nie erlebt, dass sich ein Hund so sehr über das Wiedersehen mit seinem Ausbilder gefreut hat. Gute Nacht, Smitty.«

»Gute Nacht, Dan.«

Als das Auto wieder wegfuhr, dachte Smitty über die Worte seines Kollegen Dan nach. Während er auf den Treppenstufen saß und den Labrador umarmte, wusste er, dass dieses Wiedersehen mehr war als das übliche Zusammentreffen eines Hundes mit seinem ehemaligen Ausbilder. Er hatte bei diesem Tier wirklich eine Grenze überschritten. Natürlich liebte er alle Hunde, mit denen er arbeitete, aber dieser nur schwer zu bändigende Freund hatte ihn in seinem tiefsten Inneren berührt, sodass er bereit war, jede Regel zu übertreten, nur damit Bart endlich so leben konnte, wie er es verdient hatte.

»Okay, Kumpel«, meinte er und stand auf. »Wir müssen uns was ausdenken, damit du zurück in die Schule kannst. Deshalb nehme ich dich für ein paar Tage mit zu mir nach Hause. Dort haben wir Zeit zum Überlegen. Was meinst du dazu?«

Der große Hund rieb seine Schnauze an der Hand des Mannes. Ihm war es gleichgültig, was sie machten, solange er nur bei seinem Trainer sein konnte.

Der Mann und der Hund fanden Smittys Chevrolet Camaro auf dem Parkplatz. Nur ein paar Minuten später waren sie auf der Autobahn und auf dem Heimweg.

Bart zitterte noch immer vor Aufregung, als er sich auf dem Beifahrersitz neben Smitty niederließ, in Reichweite seiner Hand. Er sah den Mann unverwandt an, und sein Schwanz schlug jedes Mal dumpf gegen den Sitz, wenn Smitty in seine Richtung sah. Bart verstand nicht, warum das alles passiert war, und es war ihm auch gleichgültig.

Smitty jedoch war sich durchaus bewusst, dass er jetzt ein großes Problem hatte. Es gab viele Dinge, über die er nicht allzu viel wusste, aber eines hatte er erkannt: Obwohl er es niemals offen zugeben würde, mochte, nein, *liebte* er Hunde mehr als Menschen.

Nach nunmehr fünfzig Jahren auf diesem Planeten gab es für ihn ein paar wichtige Grundwahrheiten. Die Liebe eines Hundes ist absolut. Er fordert nichts weiter als echte Gegenliebe. Smitty war davon überzeugt, dass es keine schlechten oder bösen Hunde gibt, sondern nur solche, die von Menschen falsch verstanden oder behandelt werden. Aus seiner Erfahrung heraus war eine sinnvolle Verständigung mit diesen Geschöpfen möglich, indem er ihnen Aufmerksamkeit entgegenbrachte und lernte, ihre Körpersprache und den Tonfall ihrer Stimme zu lernen, so wie sie es auch bei ihm taten.

Nach mehr als dreißig Jahren seiner Berufstätigkeit als Ausbilder entwickelte Smitty diese Empfindsamkeit und viele tief verwurzelte Instinkte. Zuerst arbeitete er in der Luftwaffe mit Rettungshunden und später war er bei der Polizei in Detroit als Ausbilder von Drogenspürhunden angestellt. Es war für ihn ein Glückfall, als er mit der Arbeit an Blindenführhunden in Berührung kam. Inzwischen hatte er bereits über eintausend Gespanne aus Hunden und Blinden zusammengeführt. Zweifellos liebte Smitty seinen Beruf. Wenn er ehrlich gewesen wäre, hätte er zugeben müssen, dass er von seiner Arbeit und den Hunden, die er ausbildete, förmlich besessen war.

Diese Besessenheit hatte ihn seine Ehe gekostet. Er konnte sich sogar noch genau an den Abend erinnern, an dem alles eskalierte. Seine Frau hatte ihm vorgeworfen, er würde die Tiere mehr lieben als sie. In dieser Stunde der Wahrheit erkannte er, dass sie mit diesem Vorwurf wohl recht hatte. Seitdem lebte er als überzeugter Junggeselle in einer Souterrainwohnung mit zwei Schlafzimmern, aber ohne einen nennenswerten Ausblick. In einem der Schlafzimmer schlief er, und das andere hatte er zu seiner persönlichen Ruhmeshalle gemacht. Die Wände waren förmlich gepflastert mit Bildern von Hunden und Menschen, den Gespannen, auf die er so stolz war. Seine beiden unentbehrlichsten Besitztümer beherrschten sein Wohnzimmer. Das war einmal ein großer, bequemer Entspannungssessel und dann der einzige Luxus, den er sich gönnte: ein riesiger Flachbildfernseher, der ihn ein wahres Vermögen gekostet hatte.

Smitty war ein Sportfanatiker. Er verpasste nie ein gutes Spiel, und manchmal wettete er auch gerne auf so genannte Top-Favoriten. Es war nur gut, dass seine Einsätze nie sehr hoch waren, weil er in schöner Regelmäßigkeit danebentippte. In manchen Monaten musste er seinen Bierkonsum reduzieren, um seine Wettverluste auszugleichen.

Jetzt war für ihn die schönste Zeit im Jahr. Die New York Giants machten sich bereit für das Frühlingstraining, die besten Basketballmannschaften kämpften um den Pokal und die Profiliga der Football-Mannschaften suchte in ihrem Auswahlwettbewerb die besten Spieler. Er war dankbar, dass der Sportkanal ESPN landesweit sendete. Ein echter Sportfanatiker wusste nämlich nie, ob er um drei Uhr morgens aufwachen würde, um unbedingt die Höhepunkte der nationalen Sportereignisse zu sehen.

Wenn sich ein Zuhause dort befindet, wo man mit dem Herzen ist, dann war Smittys Wohnung der richtige Ort für Bart, auch wenn es sich dabei um die schlichte Bleibe eines nicht allzu häuslichen Junggesellen handelte. Das stetige Klopfen von Barts Schwanz auf den Küchenfußboden spiegelte die Freude in seinen Augen wider, während er zusah, wie Smitty sich ein großes Sandwich machte. Die letzten Tage waren die bisher glücklichsten im Leben des Hundes gewesen. Er war bei Smitty, nicht in einem Zwinger, nicht in einem Haus bei Menschen, die ihn nicht verstanden, so wie Frauchen. Er war hier bei dem Menschen, der ihm am meisten bedeutete, und das war alles, was er wirklich brauchte.

Smitty musste sich eingestehen, dass er auf der Stelle trat, weil er nicht so recht wusste, was er als Nächstes tun sollte. Beth hatte wahrscheinlich Recht. Er konnte Bart nicht erneut als Anfänger in die Blindenhundschule aufnehmen. Er hatte bereits gegen die sehr strengen Regeln verstoßen, nach denen für jeden Hund nicht mehr als zwei Gespanne mit einem blinden Herrchen oder Frauchen möglich waren. Trotzdem war Smitty sich sicher, dass Bart der beste Hund war, den er in seiner langen Laufbahn ausgebildet hatte. Er konnte dieses Tier nicht einfach so gehen lassen, ohne dass es seine Mission erfüllt hätte. Darüber hinaus hatte Bart zu seinem Herzen gefunden. Smitty hatte damit die Grenzen überschritten, die ihm sein Beruf setzte.

Er bedauerte es zutiefst, dass Bart zwei Mal als Blindenführhund abgelehnt worden war, aber dafür gab er sich selbst die Schuld. Er hatte schließlich die beiden Männer ausgesucht, die zeitweise mit Bart ein Gespann bildeten. Im Rückblick musste er zugeben, dass beide Entscheidungen nicht gerade ideal waren. Aber manchmal findet sich eben kein passender Partner für ein Gespann, wenn ein Hund seine Ausbildung beendet hat und bereit ist für die Arbeit mit einem blinden Herrchen oder Frauchen. *Das ist der schwerste Teil der Ausbildung,* dachte Smitty. *Man kann diese Hunde nicht einfach da behalten, bis sie drei oder vier Jahre alt sind, nur weil sich gerade nicht der oder die Richtige findet. Schließlich sollen sie aktiv arbeiten, solange sie noch jung und fit sind. Dabei vergisst man oft, dass manche Blinde gar nicht geeignet sind für einen Blindenhund.*

Smitty musste schmunzeln, als er in sein Sandwich biss. *Das kommt mir fast so vor wie bei einer Partnervermittlung im Internet. Man findet vielleicht nicht den idealen Partner, aber manchmal können die Lücken mit Liebe und Hingabe gefüllt werden. Manchmal, aber nicht immer.*

Smitty aß weiter genüsslich sein Sandwich, obwohl Bart ihn mit großen Augen ansah.

»Es sieht ganz so aus, als ob dein letztes Herrchen dir Leckerbissen vom Esstisch gegeben hat. Das ist keine so gute Idee. Wenigstens diese Regel werden wir einhalten.«

Smitty wusste nur zu genau, dass mit Bart nicht gut Kirschen essen war. Er verglich den Hund mit einem hochbegabten Kind, weil er bei der Arbeit ein Genie, aber in der Freizeit ein Schrecken auf vier Pfoten war, vor allem dann, wenn er etwas Verlockendes entdeckte – sei es etwas zu essen, zu spielen oder etwas, was seine Neugier erregte. Im Alter von zweieinhalb Jahren war er wie ein Teenager, der nur langsam erwachsen wird.

Als er dem Hund in die klugen Augen sah, merkte Smitty wieder einmal, dass dieser Bursche etwas Besonderes war. Kein Hund, den er jemals ausgebildet hatte, begriff so schnell, worum es ging. Kein Tier war aggressiver oder entschlossener als er, wenn er eine Entscheidung getroffen hatte. Und doch war er liebevoller als jeder andere Hund. Das zeigte sich jeden Abend, wenn Bart sich neben ihm auf das Doppelbett fallen ließ, auch wenn er Smitty den meisten Platz wegnahm.

Smitty streckte einen Finger aus und strich dem Hund über die Stelle zwischen diesen klugen Augen, die ihn noch immer anschauten.

»Ich lass dich nicht im Stich, mein Freund. Wenn es mir gelingt, dich wieder zurück an die Arbeit zu bringen, dann nur mit jemandem, der dich auch verdient. Und der stark genug ist, dich in den Griff zu bekommen.«

Es war gerade Halbzeit im Spiel der beiden Mannschaften aus der Basketball-Liga. Deshalb stellte Smitty seinen Teller und die Bierdose in die Spüle und widmete sich den Papieren über die Gruppe von Schülern, die in seine nächste Klasse kommen würden. Momentan arbeitete er mit dem J-Wurf dieses Jahres. Das bedeutete, dass alle Namen seiner Schüler mit dem Buchstaben J begannen. Als Smitty die Liste durchlas, wusste er plötzlich, was er als Nächstes machen musste.

»Bart, mein Junge«, sagte er und sah auf das große Tier auf dem Boden, dessen Schwanz sofort zu wedeln begann. »Wir müssen deinen Namen ändern – wieder einmal. Dann können wir versuchen, dich in die nächste Gruppe reinzuschmuggeln.«

Smitty warf wieder einen Blick auf die vor ihm liegenden Seiten.

»Wenn ich mit dieser Klasse fertig bin – mal sehen – dann komme ich nach den anderen Ausbildern wahrscheinlich mit dem N-Wurf an die Reihe. Okay. Wie wollen wir dich nennen?«

Wieder wedelte der Hund mit dem Schwanz.

»Du bist ein toller Bursche. Sogar nach mehreren Herrchen bist du immer noch optimistisch. Also, wie sollst du heißen?«

Auf dem großen Fernsehschirm sah man jetzt die Kurznachrichten während der Halbzeit. Der Nachrichtensprecher berichtete über Oprah Winfreys Spende für Südafrika. Der Medienstar hatte kürzlich mit vierzig Millionen Dollar eine Mädchenschule unterstützt, und jetzt zeigte man in den Nachrichten Bilder von der Einweihungsfeier. Smitty sah zu, wie Nelson Mandela, der von seinem Volk verehrte Politiker und Nobelpreisträger, zur Eröffnung dieser wunderbaren neuen Schule gemeinsam mit Oprah das Band durchschnitt.

»Ich hab's! Nelson!« Smitty klatschte in die Hände. Bart hob neugierig den Kopf. »Nelson«, wiederholte Smitty. »So wirst du heißen. Bart, alter Junge, du wirst Nelson sein.«

Der Hund legte den Kopf auf die Seite und sah Smitty fragend an. Er versuchte offenbar herauszufinden, was ein Nelson sein könnte.

In den nächsten Tagen sollte es ihm klar werden. Smitty hatte so etwas schon vorher gemacht. Er wusste, dass Hunde sich an einen anderen Namen gewöhnen können, wenn man es richtig anfängt. Man musste zunächst die Namen abwechselnd nennen. Wenn der Hund arbeitete, würde Smitty deshalb sagen: »Platz, Bart; runter, Nelson« oder »Komm, Nelson; bei Fuß, Bart«. Dann würde Smitty allmählich den alten Namen weglassen.

In den nächsten beiden Wochen wandte der Ausbilder diese Methode an. Am fünfzehnten Tag war aus Bart der schwarze Labrador Nelson geworden, ein Hund aus der N-Gruppe, der auf ein neues Herrchen wartete.

Kapitel Fünf

Als die Flugrettung bei Mora anrief und man ihr mitteilte, dass man sie mit dem Hubschrauber nach Grand Junction und ins Marienkrankenhaus bringen würde, galt ihr erster Gedanke ihrem kleinen Hund Gus. Er konnte zwar durch eine Hundeklappe aus dem Haus und wieder hereinkommen und sie konnte ihm seinen Futternapf füllen, aber trotzdem ging sie zum Nebenhaus und bat ihre freundliche Nachbarin, ab und zu nach Gus zu sehen.

Dann nahm sie den Telefonhörer in die Hand und rief Lindsey an. Ihr war es zwar gleichgültig, ob Lindsey da war oder nicht, aber sie wollte das tun, was Brenden gewollt hätte. Lindsey bedeutete Brenden viel, sehr viel sogar. Nur deshalb versuchte Mora, die junge Frau zu erreichen.

Lindsay saß schon im Hörsaal und hörte eine Vorlesung über Vertragsrecht. Als ihr Handy summte, stieg sie über ein paar Studenten hinweg, damit sie den Raum verlassen und den Anruf annehmen konnte.

»Hallo«, sagte sie. Ihre Stimme klang leicht gereizt.

»Lindsey? Hier ist Mora, die Mutter von Brenden. Er hatte einen Unfall, und man bringt ihn vom Berg herunter ins Marienhospital in Grand Junction. Die Flugrettung hat mir angeboten, mich mit dem Hubschrauber dorthin zu bringen, damit ich Zeit spare. Ich dachte, Sie möchten vielleicht zu mir kommen und mitfliegen.«

»Mein Gott, Mrs McCarthy, das ist ja schrecklich«, entgegnete Lindsey. »Wie geht es ihm? Wissen Sie schon etwas?«

»Charlie Evans ist bei der Eilmannschaft, die ihn gefunden hat. Er sagt, dass Brenden bewusstlos ist und wohl eine Gehirnerschütterung oder ein schlimmeres Hirntrauma hat. Das ist alles, was ich im Augenblick weiß. Können Sie so schnell wie möglich bei mir sein?«

Es dauerte ein bisschen zu lange, bis Lindsey antwortete.

»Ich glaube schon. Ja. Ich kann mitfliegen. Ich muss nur noch mit ein paar Professoren sprechen. Wir sind nämlich mitten in den Zwischenprüfungen.«

Mora unterbrach sie. »Ich kann nicht auf Sie warten, Lindsey. Ich muss fertig sein, wenn der Hubschrauber mich abholt. Aber ich weiß, dass Brenden Sie gern an seiner Seite hätte, wenn er aufwacht. Sie wissen, wo das Marienhospital in Grand Junction ist? Mit dem Auto brauchen Sie ungefähr zwei Stunden. Bitte kommen Sie, so schnell Sie können.«

Mora legte auf, ohne die Antwort der jungen Frau abzuwarten.

Lindsey stand mit dem Handy in der Hand wie erstarrt da. Sie fragte sich, warum sie nicht einfach gesagt hatte: »Ich komme sofort, Mrs McCarthy.« War sie wirklich so egoistisch? Dieser Gedanke kam ihr blitzartig, aber dann war er auch schon genauso schnell wieder weg. Schließlich hatte sie sich große Sorgen gemacht. Sie hatte die ganze Nacht nicht geschlafen, weil sie sich gefragt hatte, wo Brenden denn bloß wäre und ob es ihm gut ginge. Aber sie verdrängte diese Gedanken und ging zurück in die Vorlesung. Am Ende der Stunde wollte sie mit ihren Professoren sprechen und sich dann auf den Weg nach Grand Junction machen.

Dr. Mark James, der Neurologe, der im Marienhospital Rufbereitschaft hatte, behandelte solche Fälle nur sehr ungern. Man hatte ihm gesagt, es handele sich um einen bewusstlosen jungen Mann mit einem Hirntrauma, vielleicht sogar mit Hirnblutungen. Er war bereits vor der Landung des Hubschraubers im Krankenhaus und veranlasste sofort eine Kernspin-Tomografie, nachdem man den Patienten stabilisiert hatte.

Schon bei der ersten Untersuchung wusste der Arzt, dass es seinem Patienten sehr schlecht ging. Er befand sich in einem Schockzustand, und sein Blutdruck war extrem niedrig. Alles deutete darauf hin, dass er stark gefährdet war. Das Ergebnis der Kernspin-Tomografie bestätigte seine Vermutung. Im Hinterhauptlappen des Gehirns war eine starke Blutung zu sehen. Man musste diese Blutung stillen und das Ödem reduzieren. Der Arzt wollte in diesem Bereich des Gehirns nicht operieren, weil er schon oft erlebt hatte, dass bei einer Operation alles Mögliche schieflaufen konnte. Deshalb entschied er sich für eine medikamentöse Behandlung mit Steroiden. Er wählte Decadron, weil das Mittel schnell wirkt und man in diesem Fall keine Zeit verlieren durfte.

Das Schlimmste an seinem Beruf war sowieso das Abwarten. Nein, das stimmte nicht ganz. Am schlimmsten war es, wenn er mit der Familie eines Patienten sprechen musste, so wie jetzt auch. Ein zweiter Hubschrauber hatte die Mutter des jungen Mannes zum Krankenhaus gebracht. Sie saßen in einem nüchternen Wartezimmer, und der Arzt konnte keine tröstlichen Worte finden. Dr. James bemerkte die ruhige Würde im Gesicht der Frau, die ihm gegenübersaß. *Diese Frau,* dachte er, *hat in ihrem Leben viel erlebt. Gott sei Dank hat sie die Kraft, Schicksalsschläge zu bewältigen.* Nachdem er ihr die Diagnose und Therapie für Brenden erklärt hatte, war er beeindruckt von ihrer nächsten Frage.

»Dr. James, was bedeutet der Hinterhauptlappen?«, fragte sie. »Ich meine, wird diese Verletzung Brendens Denkfähigkeit beeinträchtigen? Oder vielleicht seine Bewegung einschränken? Ich meine, könnte er gelähmt sein? Worum geht es hier überhaupt?«

Bevor er antwortete, musste der Arzt erst einmal tief Luft holen. Er wählte seine Worte mit Bedacht. »Mrs McCarthy, im Hinterhauptlappen wird das Sehvermögen gesteuert.«

Dr. James sah, wie die Hände der Frau unmerklich zu zittern begannen, als sie sich nach vorn beugte. »Sie meinen, er könnte ... er könnte ...« Jetzt schlug sie die Hände vors Gesicht, als ob sie die Worte zurückhalten wollte.

Der Arzt sprach mit sanfter Stimme weiter. »Mrs McCarthy, wir wissen noch nicht, wie stark Brendens Sehvermögen beeinträchtigt ist, solange er noch im Koma liegt. Momentan behandeln wir ihn mit Medikamenten, damit das das Ödem, also die Schwellung, zurückgeht. Im Augenblick können wir keine Prognose wagen. Wir wissen nur, dass der Hinterhauptlappen betroffen ist, aber wir kennen das Ausmaß des Schadens noch nicht, solange es uns Ihr Sohn nicht selbst sagen kann.«

Die Frau schien sich mit Gewalt zusammenzunehmen. Dann fragte sie mit leiser Stimme: »Sie meinen also, dass er erblinden wird?«

»Das ist möglich, Mrs McCarthy, aber wir wissen es noch nicht, bis wir das Ödem im Griff haben und Brenden aus dem Koma holen können. Es tut mir leid, dass ich Ihnen nichts Genaueres sagen kann, aber bei diesen Fällen müssen wir einfach abwarten und dann weitersehen.«

Mora holte tief Luft. »Weitersehen. Ja, das ist hier die Frage, oder etwa nicht?«

Brenden spürte plötzlich eine Bewegung und dann ein Vibrieren, das abrupt aufhörte. Wieder merkte er, dass er bewegt wurde, aber er nahm die Vorgänge um sich herum nur nebelhaft wahr. Er kämpfte gegen diese Nebelwand, und dann ließ er sich wieder in die Bewusstlosigkeit zurücksinken. Wieder kämpfte er und ruhte erneut aus. Jedes Mal kam er dem Bewusstsein ein bisschen näher, wie ein Taucher, der sich langsam an die Wasseroberfläche hocharbeitet. Er konnte Stimmen hören, aber er verstand nicht, was sie sagten. Dann lag er auf etwas Hartem, und er hörte ein lautes Klopfen. War dieses Geräusch in seinem Kopf oder kam es von außen?

Wieder spürte er, dass man ihn bewegte, und jetzt lag er in einem weichen Bett. Er spürte eine Nadel in seinem Arm, aber der Schmerz war nur kurz. Dann war wieder Ruhe und Dunkelheit um ihn herum. Jedes Mal, wenn er versuchte, aus der Nebelwand herauszukommen, war das so anstrengend, als ob er den Mount Everest besteigen wollte. Er wollte wieder zurück in die Welt, aber der Weg dorthin war so unendlich schwer.

Nachdem sie mit ihren Professoren gesprochen hatte, missachtete Lindsey sämtliche Geschwindigkeitsbegrenzungen, als sie im Eiltempo nach Grand Junction fuhr. Sie wollte nicht darüber nachdenken, ob sie von einem Adrenalinstoß oder von einem Schuldgefühl angetrieben wurde. Aber wie bei allem, was sie tat, konzentrierte sie sich voll auf ihre Aufgabe, und sie holte alles aus sich heraus.

Sie war dankbar, dass sie wegen ihres schnellen Fahrens nicht von der Autobahnpolizei angehalten worden war. Nach einer Stunde und siebenunddreißig Minuten kam sie mit quietschenden Bremsen auf dem Parkplatz des Marienhospitals zum Stehen. Als sie zum Eingang ging, sah sie den klapprigen Kleinlaster von Charlie Evans. Sie fand das Wartezimmer und schloss sich der Gruppe der Wartenden an.

Kurz nach ihrer Ankunft kam Dr. James herein und teilte ihnen mit, dass er mit seinem Patienten zufrieden sei. Nach vierundzwanzig Stunden war er noch immer bewusstlos, aber eine zweite Kernspin-

Tomografie zeigte einen Rückgang der Schwellung. Eine nächste Untersuchung ergab, dass die Augen des Patienten zuckten und sich seine Muskeln zusammenzogen. Das alles seien Hinweise auf eine deutliche Aktivität des Gehirns hin und sehr gute Zeichen.

Jetzt konnte Brenden hören, wie Leute sich miteinander unterhielten. Er verstand einzelne Wörter, konnte sie aber noch nicht zu Sätzen zusammenfügen. Er konnte die Wärme seiner Bettdecke spüren und ... was war das für ein seltsamer Geruch? Plötzlich erinnerte er sich. Er musste an seinen sterbenden Vater denken. Es roch nach *Krankenhaus*. Und plötzlich kam die Erinnerung an gestern zurück. Er sah sich, wie er auf dem Berg stand und dann abstürzte, wie sein Kopf gegen den Felsen schlug. *Nein! Nein!* Zuerst dachte er, er hätte geschrien, aber dann wusste er, dass das nicht der Fall war. Diesmal zwang er sich, den Nebel nicht zu durchdringen, sondern sich in die Stille zurückfallen zu lassen. Er wollte nur noch schlafen, aber da war jemand, der das nicht zulassen wollte. Er spürte, wie Hände nach ihm griffen und ihn sanft schüttelten. Die Stimmen wurden deutlicher.

»Er kommt zu sich«, sagte jemand. »Wecken Sie ihn auf. Na los schon, wecken Sie ihn.«

Na gut, dachte er widerstrebend. Dann wache ich also auf. Ich kann die Leute hören, aber wo sind sie? Meine Augen. Ich muss mir die Augen reiben.

Langsam, ganz langsam bewegte sich Brendens rechte Hand. Die Leute im Zimmer verfolgten diese Bewegung wie gebannt.

»Brenden? Brenden?« Mora beugte sich tiefer über das Bett. »Brenden, bist du wach?«

Seine Hand erreichte die Augen, und er rieb sie.

»Mutter? Mama? Bist du das?«

»Ja, mein Lieber«, flüsterte Mora. »Ich bin hier. Charlie ist da und Lindsey auch.«

Er konnte Lindseys Parfüm riechen, und dann hörte er, wie Charlie sich räusperte. Aber wo waren sie denn?

Die nächsten Worte brachte er mühsam krächzend heraus. »Ich kann ... kann euch nicht sehen. Ihr seid da, ihr alle. Aber ich kann euch nicht sehen.«

»Brenden, ich bin Dr. James.«

Jemand nahm seine Hand.

»Sie haben eine schwere Kopfverletzung, und davon ist der Hinterhauptlappen betroffen. Können Sie mich verstehen?«

Der *Hinterhauptlappen.* Brenden kämpfte sich durch den Nebel, der ihn noch immer umgab. Er wollte begreifen, was man ihm sagte. »Der Hinter ... Hinter ... Ich kann niemanden sehen. Der Hinterhaupt ... lappen.«

»Ja, genau«, entgegnete der Arzt. »Dieses Gehirnzentrum steuert die Sehkraft.«

Der Gedanke fuhr wie ein Blitz durch seinen von der Gehirnerschütterung schmerzenden Verstand, so heftig wie ein elektrischer Schlag. Er explodierte in seinem Kopf und drückte sich in einem Schmerzensschrei aus, der aus den Tiefen seiner Seele kam. Alle, die ihn hörten, konnten ihn nie mehr vergessen.

»Ich kann nicht sehen! Ich kann nicht sehen! Ich bin blind! Blind! Bliiiind!«

Eine Krankenschwester, die solche Situationen schon öfter erlebt hatte, reagierte blitzschnell. Sie gab Brenden eine Spritze, und er sank zurück in einen tiefen Schlaf.

Dr. James sah die Besucher an.

»Ich mache so etwas bei einer Gehirnerschütterung sehr ungern, aber weil die Blutung noch nicht vollständig gestillt ist, darf er sich nicht aufregen. Jede Form von Erregung könnte zu weiteren Blutungen führen. Es tut mir leid, aber wir werden ihn am Bett fixieren müssen.«

Lindsay gab einen Schreckenslaut von sich, und Mora klammerte sich am Gitter des Bettes fest.

»Nein«, sagte sie. »Dr. James, das ist nicht nötig. Wir werden uns um Brenden kümmern und dafür sorgen, dass er ruhig bleibt.«

»Das wird nicht gehen«, erwiderte der Arzt leise. »Sie alle müssen einsehen, dass es sich hier nicht um eine vorübergehende Sehschwäche handelt. Ihr Sohn hat es richtig verstanden. Wenn kein Wunder geschieht, wird er für immer blind sein.«

Kapitel Sechs

Dunkel. Dunkelheit. Ich werde für immer in der Dunkelheit leben. Wenn man blind ist, lebt man im Dunkeln. Man sieht niemals das Licht. Man sieht keinen Sonnenaufgang. Man sieht keine Farben wie das Gold der Espen im Herbst, das Blau des Ozeans oder die vielen Farbnuancen von Rot, Gelb, Lila und Orange. Man sieht nie einen Sonnenuntergang. Wenn man blind ist, sieht man kein Lächeln mehr. Oder ich sehe auch nicht das spöttische Funkeln in Lindseys Augen, wenn ich ihr einen Witz erzähle. Ich bin blind. Ich kann und will so nicht leben. Mein Leben ist nicht mehr lebenswert, wenn ich in ständiger Dunkelheit dahinvegetieren muss und niemals mehr das Licht sehen kann.

Diese Gedanken gingen Brenden McCarthy durch den Kopf, als er wieder bei vollem Bewusstsein war und er sich über seine Lage klar wurde. Er versuchte zu schlafen, um den Schmerz auszublenden, aber dieser Schmerz war zu stark. Um sich davor zu schützen, umgab er sich mit einer undurchdringlichen Mauer aus Selbstmitleid. Niemand konnte diese Mauer durchbrechen. Auch die Liebe seiner Mitmenschen drang nicht hindurch.

Er hatte sich schon eine neue Identität zusammengebastelt. Danach würde er niemals als Arzt arbeiten, niemals Patienten behandeln. Er wäre ja nicht einmal in der Lage, für sich selbst zu sorgen. Nein, er wäre für immer hilflos, abhängig, nutzlos, behindert, blind. Vor seinem Unfall war er Superman gewesen, mit großen Gedanken, Träumen, Hoffnungen und Ideen. Jetzt war er zu Clark Kent geworden, dem genauen Gegenteil. Er war unsichtbar, nichtssagend, isoliert.

Diese Verwandlung verdankte er einem Sturz, der nur fünf Sekunden gedauert hatte.

Er behielt diese Gefühle jedoch für sich, weil er noch nicht gelernt hatte, damit umzugehen, und erst recht nicht, sie anderen mitzuteilen. Also sprach er nicht darüber – nicht mit seiner Mutter, die ständig neben seinem Bett saß, nicht mit Charlie, der sich in einer Ecke des Zimmers aufhielt, und auch nicht mit Lindsey. Er merkte, dass Lindsey kam und ging wie ein ruheloser Vogel, der nicht bereit war, sich niederzulassen.

Er nahm die Vorgänge um sich herum wahr, aber er zeigte den anderen nicht, was er wusste. Meistens hielt er die Augen fest geschlossen und tat so, als ob er schliefe, weil er allein sein wollte. Er hörte, wie die anderen mit gedämpften Stimmen miteinander sprachen. Dabei fragte er sich, ob seine neu erworbene Blindheit schon sein Hörvermögen verbessert habe. Die anderen führten leise Gespräche, manchmal miteinander und manchmal mit dem Arzt, der zwei Mal täglich nach ihm sah.

Als dieser Mann ihn fragte, wie es ihm ginge, ließ er sich instinktiv von den guten Manieren leiten, die seine Mutter ihm mit so großer Sorgfalt beigebracht hatte. Er sagte, es gehe ihm gut, er habe keine Schmerzen und er wolle so bald wie möglich nach Hause. Wenn der Arzt das Zimmer verließ, drehte Brenden sich wieder zur Wand um. So verhielt er sich auch, als der Arzt ihnen allen bestätigte, dass die Schädigung des Hinterhauptlappens, die seine Blindheit verursacht hatte, höchstwahrscheinlich von Dauer sein werde. Die anderen versuchten nicht, ihn zum Reden zu bringen. Sie wussten nicht so recht, wie sie dieses Thema anschneiden sollten, weil sie selbst noch nicht so recht mit dieser neuen Situation und den damit verbundenen Gefühlen umgehen konnten.

Er hörte, wie sie sich über die Maßnahmen unterhielten, die sie mit der Reha-Station des Krankenhauses vereinbart hatten, um ihm seine Rückkehr nach Hause zu erleichtern. Sie wollten ihn zu Kursen für Mobilitätstraining und Rehabilitation anmelden. Seine Mutter wollte einen psychologischen Berater ausfindig machen, der Brenden helfen sollte, sich in seinem neuen Leben zurechtzufinden. Sogar Charlie sprach davon, dass sie noch immer vieles gemeinsam unternehmen könnten.

Brenden hörte sich das alles an, nahm es in sich auf und legte es dann ad acta. Er war blind, und für ihn war das Leben vorbei. Natürlich hatte er auch die Lebensgeschichten von Persönlichkeiten wie Helen Keller gelesen, die trotz ihrer zweifachen Behinderung ein erfülltes Leben geführt hatte. Die Musiker Stevie Wonder und Ray Charles konnten trotz allem ihr bemerkenswertes Talent nutzen. Dann war da noch dieser Eric Weihenmayer, der sogar den Mount Everest bestiegen hatte. Aber diese Leute waren nicht Brenden McCarthy. Er war nicht bereit, so weiterzuleben, als sei nichts geschehen. Was hatte das auch für einen Sinn? Gott hatte ihn schließlich auch nicht vor diesem Sturz bewahrt. Also würde er einfach aufgeben. Während er in seinem Krankenhausbett lag und sich von seiner schlimmen Lage niedergedrückt fühlte, war er sich sicher, dass Gott ihn nicht bestrafen würde, nur weil er sich aus diesem Leben davonstehlen wollte. Hatte Gott nicht seine Verletzung herbeigeführt? Warum sollte Gott dann nicht ein bisschen Nachsicht mit ihm haben? Bestimmt würde er ihm seine Sünde vergeben und ihm einen Platz im Himmel sichern.

Endlich war die Besuchszeit zu Ende, und im Krankenhaus kehrte nächtliche Ruhe ein. Er war froh, dass seine Mutter und Charlie ins Motel zurückgekehrt waren und ihn allein ließen. Und wo war Lindsey? Er wusste es nicht. Die Erkenntnis, dass sie nicht hier war, verstärkte seine Hoffnungslosigkeit und sein Selbstmitleid. Die Zeit verstrich nur langsam, weil er nicht schlafen konnte. In diesem Zustand war es ihm unmöglich, einfach abzuschalten. Deshalb überlegte er schon zum hundertsten Mal, wie er seinem wertlos gewordenen Leben ein Ende setzen könnte. Er wünschte sich, dass während seines Sturzes sein Kopf aufgeplatzt und er auf diese Weise gestorben wäre. Natürlich wäre das für seine Mutter ein schwerer Schlag gewesen. Aber schlimmer noch wäre für sie das Wissen, dass er seinem Leben selbst ein Ende setzen wollte.

Wie kann ich Schluss machen?, dachte er. *Wie kann ich die Welt von einem nutzlosen jungen Mann mit einem solchen Gebrechen befreien? Wie stelle ich es an, wenn ich mich aus diesem Leben verabschieden will?*

Seine Blindheit schränkte ihn in seiner Entscheidungsfreiheit ein, sogar bei dieser endgültigen Handlung. Aus den mitgehörten Gesprächen wusste er, dass sein Zimmer im zweiten Stock lag. Das war wohl nicht hoch genug für einen Sprung aus dem Fenster, selbst wenn er eines finden und öffnen könnte. Er hatte keine Schlafmittel, und in seiner Reichweite lag auch kein scharfer Gegenstand. Was bedeutete das für ihn? Er würde nach Hause zurückkehren und von dort aus auf sein Ableben hinarbeiten müssen. Diese Variante wäre aber nicht gut, weil er damit seiner Mutter ein großes Unrecht zufügen würde. Nein. Er musste nach einer Alternative suchen, und dafür müsste er stillschweigend die Rehabilitation über sich ergehen lassen, damit er die Möglichkeit hätte, von seinem Elternhaus wegzugehen und in einer anderen Umgebung zu sein. Also würde er morgen nach Hause zurückkehren. Dann fiel ihm ein Satz ein, der ihn beinahe zum Lachen gebracht hätte. Er würde die Augen offen halten – das klang wirklich zynisch – bis sich für ihn eine Gelegenheit ergeben würde, um – *was* zu tun? Die Antwort ergab sich von selbst.

Wie viele Tage ist es jetzt schon her? Diese Frage stellte sich Mora, als Charlie sie zum Motel zurückfuhr, in dem sie übernachteten. Sie wusste es nicht mehr. Die Zeit schien stehen geblieben zu sein. Es ging ihr wie ihrem Sohn. Tag und Nacht hatten ihre Bedeutung verloren. Die Welt drehte sich weiter, aber Moras Welt schien in ihrem Lauf inne zu halten. Sie hatte ihren Mann verloren, und jetzt das. Was bedeutete das für ihr Schicksal – oder in ihrem Fall für ihren Glauben? Was hatte Gott mit ihr vor? Welche Prüfung sollte sie jetzt bestehen? Was sollte sie aus diesem Schicksalsschlag lernen?

Nachdem sie sich von Charlie verabschiedet und die Tür ihres Zimmers geschlossen hatte, warf sie sich auf das Bett und vergrub das Gesicht in den Kissen. Sie wollte am liebsten laut schreien. Sie wollte, dass Gott sie hörte. Sie wollte ihm sagen, wie ungerecht das Leben ist. Ich habe Brians Tod überwunden, dachte sie, aber jetzt ist mein Sohn blind, und ich weiß nicht, wie ich damit fertig werden soll. Ich weiß auch nicht, ob Brenden es schaffen wird. Vielleicht hat er gar nicht die Kraft dazu.

Aus ihren Gedanken wurde plötzlich ein Gebet. Oh Gott, bitte gib Brenden die Kraft, seinen Weg richtig zu verstehen und zu erkennen, dass die Last, die du ihm auferlegt hast, dein Wille für ihn ist. Wie bei einem Hamster im Laufrad kamen ihr immer dieselben Gedanken, und so sprach sie dieses Gebet wieder und wieder.

In den letzten Tagen hatte sie sich verhalten wie immer in einer Krisensituation. In ihrer zupackenden Art versuchte sie, alles zu planen. Sie hatte mit dem Blindenzentrum des Staates Colorado gesprochen. Dort hatte man ihr einen psychologischen Berater in Denver empfohlen. Sie war überrascht, als der Mann ihr sagte, dass Brendens Verhalten nicht ungewöhnlich sei.

»Wenn jemand sein Augenlicht verliert, muss er diesen Verlust erst einmal verarbeiten«, meinte er. »Ich weiß zwar noch nicht viel über Ihren Sohn, aber er wird auch Zeit brauchen, um seiner Wut Ausdruck zu verleihen. Es wird dauern, bis ihr Sohn sein seelisches Gleichgewicht wiedergefunden hat, Mrs McCarthy. Es ist ein langer Weg mit vielen Rückschlagen, aber wir werden diesen Weg gemeinsam gehen, Schritt für Schritt.«

»Kann ich irgendetwas tun? Ich meine, kann ich unser Haus auf seine Rückkehr vorbereiten?«

Der Mann am anderen Ende der Leitung lachte leise. »Bitte entschuldigen Sie, Mrs McCarthy. Ich lache Sie nicht aus. Aber diese Frage stellen mir die Leute immer wieder. Für Ihren Sohn und für jeden, der gerade erst sein Augenlicht verloren hat, ist es sehr wichtig, dass in seiner Umgebung alles so ist, wie in der Zeit vor seiner Erblindung. Wir werden seine neue, sich entwickelnde Sinneswahrnehmung und Mobilität schulen, damit er sich innere Bilder von den Orten machen kann, die er vor seinem Unfall gekannt hat.«

»Vielen Dank«, entgegnete Mora. Jetzt verstand sie, was der Mann sagen wollte. »Ich werde ihm einfach das Gefühl geben, dass er zu Hause ist.«

»Das ist viel wert, Mrs McCarthy. Liebe ist immer das beste Heilmittel.«

Lindsey war in den letzten drei Tagen zwischendurch immer wieder im Krankenhaus gewesen. Als sie wieder nach Denver fuhr und diesmal die Geschwindigkeitsbegrenzungen beachtete, war sie wütend über sich. Warum fühlte sie sich so unwohl, wenn sie mit Brenden und seiner Mutter zusammen war? *Natürlich mache ich mir Sorgen,* dachte sie. *Ich liebe Brenden doch. Ich will doch, dass es ihm wieder gut geht, dass er wieder sehen kann. Liegt es vielleicht daran? Bin ich so egois-*

tisch? Werde ich nicht damit fertig, wenn er nicht der perfekte Mann ist? Habe ich nicht die Geduld oder die Güte, mein Leben mit jemandem zu teilen, der – sie verschluckte sich beinahe an diesem Wort – *behindert ist?*

Sie hielt an einer Raststätte, als sie in Tränen ausbrach. Waren es Tränen der Traurigkeit oder Tränen des Ekels über sich selbst? Schließlich schüttelte sie ihre Melancholie ab. Es gelang ihr, sich ihre eigene Wirklichkeit zurechtzulegen. Es ist nicht verkehrt, dachte sie. Ich liege nicht falsch, wenn ich mir nicht sicher bin, ob ich mit Brendens Behinderung umgehen kann. Ich habe schließlich meine eigenen Hoffnungen, Träume und Ziele. Wenn ich mich nicht damit abfinden kann, dass der Mann, den ich heiraten wollte, blind sein wird, bin ich noch lange kein schlechter Mensch. Fast jeder, der im Leben vorankommen will, würde auch so empfinden.

Plötzlich summte ihr Handy.

»Lindsey? Ich bin's, Andrea. Schaffst du es noch zur Lerngruppe? Wir brauchen deine Kurzbeschreibung über Präzedenzfälle.«

Lindsey war froh über diese Ablenkung.

»Ich werde da sein«, meinte sie. »Sag den anderen, dass sie sich keine Gedanken machen sollen. Die Prozessanwältin Lindsey wird pünktlich sein.«

Das sollte ihre Zukunft sein. Sie wollte Prozessanwältin werden, eine Kämpferin vor Gericht, eine Gewinnerin im Leben und eine Frau mit dem eisernen Willen, immer die Beste zu sein.

Brenden war wieder zu Hause und in seinem Zimmer. Eine Nacht folgte auf den Tag. Es war ihm gleichgültig. Aber jetzt meldete sich bei ihm ein natürliches Bedürfnis, und er wusste, dass er aufstehen musste. Bei seiner Entlassung aus dem Krankenhaus hatte man ihn in einen Rollstuhl gesetzt und zum Auto seiner Mutter gebracht. Man folgte damit nur den Vorschriften, aber er brauchte sich nur auf den Beifahrersitz fallen und sich fahren zu lassen. Zu Hause hatte Charlie ihn die Treppe zu seinem Zimmer hinauf beinahe getragen. Sie stellten sich ungeschickt an, weil sie nicht wussten, wie sich verhalten sollten. Der erst vor Kurzem erblindete junge Mann traute sich kaum, einen Fuß vor den anderen zu setzen, und sein Freund behandelte ihn, als ob er aus Glas wäre. Endlich gab ihm seine Mutter einen Gutenachtkuss und ging ins Bett. Jetzt musste er zum ersten Mal eigenständig handeln.

Wo ist denn das Bad?, dachte er. Er versuchte, sich in Gedanken einen Plan zurechtzulegen. Aus der Tür raus, den Flur entlang und dann nach rechts. So hatte er den Weg noch in Erinnerung. Er streckte die Arme aus und bewegte sich zögernd auf die Tür zu. Aber er hatte einen falschen Winkel erwischt. Plötzlich fegte er mit einer Hand ein gerahmtes Bild von seinem Schreibpult. Er wusste, dass es ein Foto von Lindsey war, von seiner schönen, eigenständigen, wundervollen Verlobten. Er hatte heute noch nichts von ihr gehört, aber das überraschte ihn nicht sonderlich.

Endlich fand er den Türgriff. Dann war er auf dem Flur und bog nach links ab. Eine Stufe, noch eine, drei, vier fünf. Die Tür zum Bad müsste jetzt rechts von ihm sein. Wieder streckte er beide Hände aus, aber plötzlich fühlte er sich genauso wie vor seinem Sturz auf dem Berg. Seine Zehen fanden keinen Halt mehr, und er bewegte sich taumelnd auf dem Treppenabsatz. Während er mühsam versuchte, das Gleichgewicht zu halten, warf er sich instinktiv nach hinten. Er rutschte die ersten drei Stufen auf seinem Hinterteil herunter. Dann blieb er sitzen. Gus war zuerst bei ihm. Er liebte den kleinen Hund, und das Tier leckte ihm besorgt das Gesicht. Seine Mutter war direkt hinter ihm.

»Oh weh! Brenden, ist alles in Ordnung?«

»Klar doch«, antwortete er ohne zu zögern. »Entschuldige, Mama, aber ich glaube, ich bin an der falschen Stelle abgebogen, und dann hab ich vergessen, das Licht anzumachen.«

Sie konnten über diesen Versuch einer witzigen Bemerkung nicht lachen.

Seine Mutter half ihm, den Weg zum Bad und wieder zurück zu seinem Zimmer zu finden. Zum ersten Mal in seinem Leben blieb Gus bei ihm. Der kleine Hund kroch unter die Bettdecke und kuschelte sich an ihn.

»He, Gus«, sagte Brenden. »Was hast du denn vor? Willst du etwa als Blindenhund arbeiten? Ich glaube, für diesen Job bist du ein bisschen zu klein.«

Der Hund leckte seine Hand.

»Weißt du was?« Brendens Stimme klang laut im Dunkeln. »Du solltest deine Zeit nicht mit mir verschwenden. Ich bin diese Mühe nicht wert, und ich weile sowieso nicht mehr lange unter den Lebenden.«

Gus stupste die Schulter des jungen Mannes an, um ihm zu zeigen, dass er seine Meinung nicht teilte.

Kapitel Sieben

In einer Nacht-und-Nebel-Aktion, mit einem Dutzend Rosen für seine Sekretärin und gefälschten Papieren meldete Smitty Nelson alias Bart erneut zur Ausbildung für Blindenhunde an. Widerwillig nahm der Hund seinen Platz im Zwinger ein, zusammen mit anderen Tieren aus einer Gruppe in Phase drei. Smitty gab die Hoffnung nicht auf, dass sich in seiner nächsten Klasse ein blinder Schüler finden würde, der die Fähigkeit und Entschlossenheit hatte, diesen besonderen Hund in den Griff zu kriegen. Zunächst einmal wollte er Nelson als Teil seiner Gruppe ausbilden und ein Stoßgebet zum Himmel schicken.

Smitty liebte seine Arbeit, weil für ihn die Beziehung zwischen einem Blindenführhund und einem Blinden die höchste Form der Verbindung zwischen Mensch und Tier darstellte. Er liebte seine Arbeit auch, weil er wusste, dass diese erstaunlichen Geschöpfe alles gaben, wenn sie zu ihren Herrchen oder Frauchen erst einmal eine Vertrauensbeziehung aufgebaut hatten. »Liebe in ihrer reinsten Form«, sagte er immer zu seinen Freunden und Bekannten. »Das erleben wir, wenn wir mit diesen Hunden arbeiten. Liebe in ihrer reinsten Form.«

Er lernte etwas über die Geschichte der Arbeit mit Blindenhunden, als er nach seinen Jahren bei der Luftwaffe an der Blindenhundschule anfing. Die Arbeit begann um die Jahrhundertwende in Deutschland. Kurz nach dem Zweiten Weltkrieg fand sie ihren Weg nach Amerika. Eine außergewöhnliche Frau namens Dorothy Eustis sah, wie junge deutsche Soldaten, die durch Kriegsverletzungen erblindet waren, von Hunden geführt wurden. Sie war von der Vision getrieben, diese Arbeit nach Amerika zu bringen. Ihr Engagement führte dazu, dass unzählige Blinde im ganzen Land ein neues Leben führen konnten.

Damals waren von hundert Hunden nur drei geeignet für die Arbeit als Blindenhunde. Durch moderne Zucht- und Erziehungsmethoden bei Welpen hat sich diese Zahl drastisch erhöht. Smitty freute sich, dass heute sechs oder sieben von zehn Hunden, die den schwierigen Ausbildungsprozess durchlaufen, ihren Platz an der Seite von Blinden einnehmen, und zwar weltweit. Er bewunderte die Privatleute, die bereit sind, junge Hunde zu erziehen. Für ihn gehörten diese Patenfamilien zu den Besten der Besten. Sie gaben den Tieren in den ersten entscheidenden Monaten ihre ganze Liebe, um sie dann abzugeben, damit sie einer höheren Berufung folgen konnten. Natürlich litt Smitty auch unter diesem Trennungsschmerz, wenn seine Arbeit mit einem Hund abgeschlossen war, aber das Engagement der »Zivilisten«, wie er die Patenfamilien nannte, war wirklich anerkennenswert.

Seine Gruppe begann mit der dritten Phase der Ausbildung. Wie immer war er mit der Büroarbeit im Rückstand. Die Leistung der Tiere wurde nach einer Skala von eins bis fünf bewertet. Erst wenn ein Hund bei jedem Prüfungspunkt die Note drei oder eine bessere Bewertung erreichte, wurde er ins Feld geschickt und einem Blinden anvertraut. Als Smitty sich bemühte, seinen schon lange fälligen Bericht über die Hunde seiner Gruppe zu schreiben, dachte er darüber nach, welchen Ausbildungszyklus jeder Hund zu durchlaufen hatte.

Zuallererst mussten sich alle Tiere, die neu in die Blindenhundschule aufgenommen wurden, an ein Leben im Hundezwinger gewöhnen. Weil sie vorher in Familien gelebt hatten, gefielen den Hunden die Einschränkungen im Zwinger überhaupt nicht. Deshalb musste ihr neuer Ausbilder in den ersten Tagen den Tieren viel Liebe, Aufmerksamkeit und Zuwendung entgegenbringen. Die Hunde waren immer dankbar für diese Behandlung.

Smitty hielt immer Ausschau nach bestimmten Verhaltensmustern bei den Tieren, wenn er die von den Welpen-Erziehern antrainierten Gehorsamsregeln weiter verstärkte. *Sitz*, *Lieg*, *Steh*, *Komm* und *Gehen wir*, eine informelle Alternative zum traditionellen *Bei Fuß*. Am Ausdruck in den Augen des jeweiligen Hundes konnte er immer Zeichen von Zögern oder Angst erkennen. Er konnte auch sehen, ob der Hund überempfindlich auf sanfte Vorschläge oder Korrekturen reagierte. Smitty achtete auch darauf, ob bei manchen Hunden über längere Zeit die Aufmerksamkeit nachließ, wenn sie mit den anderen in ihrer Gruppe zusammen waren.

Er saß an seinem Schreibtisch und las sich seine Notizen über Nathaniel durch. Das war ein gelber Labrador mit einer ähnlich starken Persönlichkeit wie Nelson. Nathaniel liebte die neue Ausbildungstechnik mit dem Laufband. Nachdem die ersten Tage der Begegnung zwischen Hund und Ausbilder verstrichen sind und der Hund die ersten Schritte zum Gehorsam gelernt hatte, wurde das Laufband eingesetzt. Entscheidend für den Erfolg der Ausbildung war der Wunsch des Hundes, sich in einer geraden Linie vorwärtszubewegen und einen gleichmäßigen Druck auf das Geschirr auszuüben. Bei diesem nach vorne gerichteten Druck konnte der blinde Halter jede Nuance in der Bewegung des Hundes erkennen. Diese auch als »Geschirr-Zug« bezeichnete Technik ist erforderlich, wenn ein Hund die Prüfung als Blindenführhund bestehen will.

Mit dem Laufband und der darauf folgenden Belohnung mit einem

Leckerbissen sollten die Hunde erst nur fünfzehn oder zwanzig Sekunden, später bis zu fünf Minuten lang lernen, sich der Geschwindigkeit des Laufbandes anzupassen, während der Ausbilder das Geschirr hielt. Auf diese Weise spürte der Hund den Druck des Geschirrs auf seiner Brust, und er bekam Belohnungen für sein gleichmäßiges Vorwärtsgehen. Smitty war überrascht, wie positiv sich die Verwendung des Laufbands auf die spätere Arbeit des Hundes auswirkte. Ihm gefiel es auch, dass schon in dieser frühen Phase der Ausbildung der Hund und sein neuer Trainer ein Abenteuer erlebten, das beide genossen.

Nathaniel schnitt beim Laufband-Training sehr gut ab. Deshalb schlug Smitty die nächste Seite auf, um sich Nathaniels Leistung im Verhaltenstraining anzusehen. Die Hunde lernten zusammen mit ihren Ausbildern etwa vier Wochen lang die Verhaltensmuster, die zum Bestandteil ihrer Arbeit mit den Blinden werden sollten. In dieser Phase wurde kein Geschirr verwendet. Die Hunde mussten an der Seite ihrer Ausbilder gehen und die gezeigten Verhaltensmuster erlernen.

In diesen vier Wochen zeigten die Ausbilder den Hunden für jedes Problem eine Lösung. Sie achteten darauf, dass die Tiere sich in einer geraden Linie bewegten, Hindernisse umgingen, an Bordsteinkanten stehen blieben und problemlos in Gebäude hineingingen. Sie mussten nach Aufzügen und Rolltreppen suchen, und sie lernten, wie man in einem vollen Parkhaus einen leeren Stuhl oder ein Auto findet. Die Hindernisse, die weiter oben hervorstanden, waren für die Hunde am schwersten zu erkennen. Die Ausbilder nahmen sich deshalb viel Zeit bei den Übungen. Sie griffen nach oben, rüttelten an der potenziellen Gefahrenstelle mit den Händen und brachten die Hunde dazu, nach oben zu sehen. In diesem positiven Gewöhnungsprozess wurden die

Tiere bereits mit ihrer künftigen Arbeit als Blindenführhunde konfrontiert.

Smitty schrieb in einer Randnotiz, dass Nathaniel zu den sehr guten Schülern gehörte, weil er die Verhaltensmuster erstaunlich schnell erfasste – sogar schon im ersten Monat. Er blieb von sich aus an Bordsteinkanten stehen, und er schien sogar bereit zu sein, schneller zu laufen oder zu »hüpfen«, wie es in der Schule auch genannt wurde – wenn der Ausbilder es von ihm verlangte. Smitty notierte auch, dass Nathaniel ein »zu liebes Hündchen« sei, weil er sich von anderen Tieren auf der Straße ablenken ließ. Dieser Charakterzug war bei einem Blindenführhund nicht so günstig, aber im jetzigen Stadium ließ sich so etwas noch leicht korrigieren. Smitty war verblüfft, wie sich im zweiten Monat der Ausbildung das Engagement des Trainers auszahlte. So bewegte sich Nathaniel in einer geraden Linie, sobald ihm das Geschirr angelegt wurde. Er hielt den Vorwärtsdruck aufrecht und gab dem Ausbilder ein gutes Gefühl beim Führen. Dann blieb er immer sofort stehen, wenn sie zu einer Bordsteinkante kamen. Allerdings verhielt er sich immer noch wie ein »liebes Hündchen«, wenn er auf der Straße anderen Tieren begegnete.

Zu den schwierigsten Aufgaben für Hund und Ausbilder gehört die Verkehrserziehung. Für Smitty war dieser Punkt entscheidend für die Ausbildung eines Blindenhundes. Er musste sich selbst immer wieder ins Gedächtnis rufen, dass Hunde farbenblind sind und ihr Verhältnis zu den Gefahren im Straßenverkehr immer wieder trainiert werden muss. Sogar in den frühen Phasen der Ausbildung, wenn ein Trainer die volle Verantwortung für ein Tier übernahm, wurde den Hunden beigebracht, wie sie den Gefahren des Autoverkehrs begegnen mussten. Die Ausbilder machten diese Verkehrserziehung zu einer Art Spiel. Jedes Mal, wenn ein Auto näher kam oder mit hoher Geschwindigkeit um eine Ecke bog, gab der Trainer dem Hund den Befehl, er solle vorwärtsgehen. Dann brachte der Ausbilder dem Hund mit Entschlossenheit und Liebe bei, dass er trotz des Befehls stehen bleiben müsse.

Im gesamten Ausbildungsprozess mussten die Positionen »gehen« und »stehen bleiben« sehr sorgfältig gehandhabt werden. Als Smitty sich die Notizen über Nathaniel durchlas, war er erfreut, weil der Hund sich offenbar durch nichts in seinem Wohlbefinden stören ließ. Smitty hatte die Technik im Laufe der Jahre verfeinert, sodass er beim Anhalten niemals das Wort »Nein« gebrauchte. Ein sanfter Zug an Leine oder Geschirr tat es auch, und der Hund verstand, worum es ging.

Smitty las weiter. Nathaniel bewährte sich auch im zweiten Monat der Ausbildung. In diesem Zeitraum kamen die gleichen Trainingsmuster zur Anwendung wie im ersten Monat, aber diesmal legte der Ausbilder dem Hund während der Arbeit das Geschirr an. Am Ende des zweiten Monats legten sich alle Ausbilder Augenbinden um, wenn sie mit ihren Hunden eine Art Abschlussprüfung machten.

Smitty hatte bei dieser Methode gemischte Gefühle. Ein sehender Mensch mit Augenbinde verhält sich nicht wie jemand, der von Geburt an oder seit geraumer Zeit blind ist. Andererseits musste er einsehen, dass die Hunde es schwerer hatten, die Unbeholfenheit ihrer Ausbilder ausgleichen zu müssen, als wenn sie ihre Arbeit mit einem echten Blinden aufnehmen würden. Deshalb fand er diese Übungen mit den Augenbinden doch ganz hilfreich. Dieses Training lag genau in der Mitte der Ausbildung. Die dritte Phase war entscheidend für die Umwandlung der Hunde zu Blindenführhunden. Jetzt mussten sie »intelligenten« Ungehorsam an den Tag legen. Bei dieser Übung schnitt Nathaniel erstaunlich gut ab. Der Hund musste bereit sein, um der Sicherheit willen gegen den Befehl des Ausbilders zu handeln. Vorwärts bedeutete nur dann vorwärts, wenn keine Gefahr im Verzug war, wenn es kein überstehendes Hindernis gab, wenn man nicht den Halt verlieren konnte, wenn es keine Schlaglöcher oder ein anderes Hindernis gab, das die Sicherheit eines Blinden gefährden konnte.

Smitty war immer wieder erstaunt über die Liebe dieser Hunde. Selbst wenn sie von ihrem blinden Herrchen gewaltsam korrigiert wurden, weil er nicht verstand, was um sie herum vorging, würden diese Hunde an ihrer Entscheidung festhalten, weil sie den Blinden nicht in Gefahr bringen wollten.

In dieser Phase der Ausbildung begannen die Trainer mit Übungen innerhalb von Gebäuden. Sie fuhren bis in die Innenstadt von San Francisco. Dort wurden die Hunde mit komplizierten Situationen im Straßenverkehr und großen Menschenmengen konfrontiert. Erst wenn die Hunde den »intelligenten« Ungehorsam erlernt hatten, waren sie bereit, im Gespann mit einem Blinden zu arbeiten. Smitty hatte seine Freude daran, wenn er sah, wie manche Hunde ein größeres Selbstvertrauen entwickelten und es ihnen offenbar Spaß machte, immer mehr Eigenverantwortung zu übernehmen. Für ihn war es etwas Besonderes, wenn er beobachten konnte, wie ein Hund mit glänzenden Augen und ständig wedelndem Schwanz arbeitete, als ob er für diese Arbeit bestimmt sei. Es war im Grunde genommen ganz einfach: Wenn ein Hund bereit war für die Begegnung mit seinem blinden Herrchen oder Frauchen, musste er die Unbeholfenheit, die neue Blindenhundbesitzer oft an den Tag legten, ausgleichen können. Dieses Selbstvertrauen war wichtig, wenn ein Gespann zusammenwachsen und -arbeiten sollte.

Ausbilder sagen gerne, dass alles von der Leine abhängt und ein Hund von Anfang an genau weiß, was er zu tun und zu lassen hat.

Zunächst hat der oder die Blinde mit Problemen zu kämpfen. Zur Kehrtwendung kommt es erst, wenn der oder die Blinde mehr Selbstvertrauen bekommt und dem Tier die Richtung vorgeben kann, sodass beide zu einer Einheit zusammenwachsen, zu einem Gespann, das alles gemeinsam macht.

Die zukünftigen Halter der Blindenhunde kommen aus allen gesellschaftlichen Schichten und Altersgruppen. Das war Smitty bewusst. Seine Aufgabe war es, zu gewährleisten, dass die Hunde sich in jeder Situation sicher fühlten und bereit waren, auf die möglichen Anliegen und Wünsche ihrer neuen Halter einzugehen.

Smitty lehnte sich in seinen Bürostuhl zurück. Er dachte über Nathaniels Zukunft nach. Es war klar, dass dieser Hund zu einem hervorragenden Blindenführhund werden könnte, wenn Smitty für ihn den passenden Halter finden würde. Der Schlüssel zu einem guten Gespann aus Führhund und Halter lag in der Herstellung einer Verbindung zwischen Mensch und Tier, aber auch in der Fähigkeit des Hundes, sich an den Lebensstil und die Wünsche seines blinden Herrchens oder Frauchens anzupassen. Von Seiten des Halters war es wichtig, dass er oder sie das Potenzial des Hundes voll ausschöpfen konnte. Dieses Gleichgewicht zwischen Mensch und Tier herzustellen gehörte zu Smittys wichtigsten Aufgaben in seiner Arbeit als Ausbilder von Blindenführhunden.

Als er so dasaß und den Bericht über Nathaniel las, musste er wieder an Nelson denken. In den letzten paar Tagen hatte er den schwarzen Labrador aus dem Zwinger genommen und mit ihm gearbeitet. Wieder war er verblüfft über das große Talent dieses Tieres. Noch nie zuvor hatte er es erlebt, dass ein Hund sich so stark und so schnell seiner Verantwortung bewusst wurde, sobald man ihm das Geschirr anlegte. Nelson war wirklich der beste Blindenführhund, den er in seiner gesamten Laufbahn ausgebildet hatte. Er warf einen Blick auf die Liste der zukünftigen Halter, die mit der N-Gruppe der Blindenführhunde zusammengebracht werden sollten. Dabei schickte er ein Stoßgebet zum Himmel. Gott sollte doch endlich jemanden schicken, der mit diesem erstaunlichen Geschöpf umgehen und dessen Fähigkeit voll ausschöpfen könnte.

Kapitel Acht

Die Sekretärin sagte Brenden, dass Mr Barnes gleich für ihn da wäre, sobald die Besprechung zu Ende sei. Brenden saß unbequem auf der äußersten Kante eines Sofas. Er hörte das Ticken einer Uhr in der Ecke des Raums, und er fragte sich, wie viel Zeit er für dieses Aufnahmegespräch verschwenden müsste.

Charlie hatte ihn zum erforderlichen Vorgespräch ins Büro des Rehabilitationszentrums für Blinde gebracht. Brenden wollte nur die Fragen dieses Typen beantworten, um die Sitzung so kurz wie möglich zu gestalten. Schließlich stand seine Entscheidung schon fest. Das hier war nur eine Formalität, die nichts an seinen Plänen ändern würde.

In den drei Wochen seit seinem Unfall hatte er sein Zimmer kaum verlassen. Seine Mutter brachte ihm die meisten Mahlzeiten auf einem Tablett. Bis heute früh hatte er sich nicht rasiert und kaum richtig gewaschen. Lindsey war nur zwei Mal bei ihm vorbeigekommen. An den anderen Tagen hatte sie behauptet, sie stecke mitten im Prüfungsstress. Er spürte, dass ihre Beziehung zu Ende gehen würde. Dieses Gefühl verstärkte seine Depression. Er war sich sicher, dass der Mann, mit dem er gleich sprechen würde, ihm auch nicht weiterhelfen konnte.

Die laute Stimme vor der Tür schien jeden Gegenstand im Büro zum Vibrieren zu bringen.

»Annie, ist der junge McCarthy hier?« Diese Worte klangen eher wie eine Erklärung als eine Frage.

»Er wartet schon in Ihrem Büro, Mr B.«

Plötzlich schwang die Tür mit einem lauten Krachen auf. Brenden hörte ungleichmäßige Schritte, als der Boden unter dem Gewicht des Mannes buchstäblich erzitterte. Er stand schon vor ihm, bevor Brenden sich von seinem Platz erheben konnte.

»Willkommen an der Universität der Dreiäugigen«, sagte der dicke Mann mit dröhnender Stimme. Er streckte die Hand aus und fand die von Brenden, die in seiner Riesenpranke beinahe verschwand. Brenden war zwar auch nicht gerade kleinwüchsig, aber neben diesem Mann kam er sich vor wie ein Zwerg. »Willkommen an dem Ort, an dem sich Augen öffnen und Leben ändern! Ich bin Marvin Barnes. Man nennt mich auch den ›ewigen Pessimisten‹. Setzen Sie sich doch. Entschuldigen Sie die Verspätung, aber die Besprechung war länger als geplant. Dann dauert es immer eine Weile, bis ich mein verletztes Knie wieder richtig bewegen kann. Die Ärzte meinen, es muss operiert werden, aber das will ich nicht. Ich glaube, ich kann in etwa einem Monat schon wieder Ski laufen. Dabei ist es auch passiert, dort oben in Winter Park. Wissen Sie, ein Zweizentnermann wie ich, ein ehemaliger Verteidiger beim Rugby, sollte nicht meinen, er könne die Schwerkraft und Trägheit überwinden, indem er mit Höchstgeschwindigkeit einen steilen Hang runtersaust. Gegen die Schwerkraft und das Alter sind wir schließlich machtlos!«

Noch während er sprach, bewegte sich der Riese hinter seinen Schreibtisch und nahm Platz. Die Federn seines Bürostuhls quietschten, als ob sie gegen diese Last protestieren wollten.

»Sind Sie Skiläufer, McCarthy?«

»Vor meinem Unfall«, entgegnete Brenden tonlos. »Da bin ich oft Ski gelaufen.«

»Prima«, meinte Barnes. »Ich gehöre zum Rennstall in Winter Park, und wir brauchen neue blinde Skiläufer für die Weltmeisterschaft in ein paar Jahren.«

Brenden war plötzlich hellwach. »Wie bitte?«, fragte er. »Sie wollen doch nicht etwa sagen, dass Sie ...«

Barnes unterbrach ihn. »Dass ich blind bin? Na klar doch, mein Junge! Blind wie ein Maulwurf und dazu noch schwarz. Was für eine tolle Mischung.«

Barnes drückte auf eine Taste. Brenden hörte, wie eine Kunststimme aus Lautsprechern kam, die sich wohl in einem Computer auf dem Schreibtisch des Mannes befanden.

»Zehn Uhr dreißig Termin mit Brenden McCarthy, Alter fünfundzwanzig, Arzt im Praktikum, neu erblindet durch einen Bergunfall auf den Todesglocken.«

Barnes drückte wieder eine Taste. Die Stimme verstummte.

»Sind diese Daten richtig, Brenden?«

»Ja«, erwiderte Brenden tonlos.

»Ihre Mutter und Ihr Freund Charlie haben mir erzählt, dass Sie seit Ihrem Unfall in Ihrem Zimmer rumhängen und vor lauter Selbstmitleid nicht mehr ein noch aus wissen. Stimmt das?«

Brenden merkte, wie er rot wurde. Die Wut stieg in ihm hoch wie die Lava in einem Vulkan kurz vor dem Ausbruch.

»Wer zum Teufel sind Sie eigentlich?«, fragte er trotzig. »Wir kennen uns noch nicht einmal, und schon verurteilen Sie mich. Warum tun Sie so, als wüssten Sie genau, wer ich bin und was ich fühle?«

Das Ächzen des Bürostuhls ließ vermuten, dass der Mann sich zurücklehnte. »Das ist gut«, meinte er. »Sehr gut sogar. Jetzt weiß ich wenigstens, dass Sie Gefühle haben. Wenn ich Sie wütend machen kann, ist das schon mal ein guter Anfang. Jetzt müssen wir diese Wut nur noch in die richtigen Kanäle lenken. Was wissen Sie über das Blindsein, Brenden, außer dass Ihre Augen nicht funktionieren?«

Die Uhr tickte. Es vergingen ein paar Sekunden.

»Es bedeutet, dass mich das Leben ankotzt.« Brenden spie die Worte förmlich aus. »Ich werde nie mehr die Dinge genießen können, an denen ich mich gefreut habe. Ich werde immer auf die Hilfe anderer angewiesen sein. Die Leute werden mich bemitleiden. Ich werde meine Karriere als Arzt und Chirurg aufgeben müssen. Stattdessen werde ich wohl Stuhlsitze flechten, Bleistifte verkaufen oder so was Ähnliches. Das macht ihr doch alle, oder etwa nicht? Vielleicht werde ich ja auch musikalisch. Dann kann ich Klaviere stimmen. Wie wäre es damit?«

Der große, dicke Mann lachte leise. »Kennen Sie den Typen, der die Weltmeisterschaft der blinden Abfahrtsläufer gewonnen hat? Er ist schneller gefahren als Jean-Claude Killy bei den Olympischen Spielen von 1964. Wissen Sie, dass ein Amputierter im Freistil-Skilaufen viele Geschwindigkeitsrekorde hält? Haben Sie schon von Eric Weihenmayer gehört? Er hat den Mount Everest bestiegen. Oder wissen Sie, dass Blinde auch als Richter, Senatoren oder Anwälte arbeiten? In Baltimore gibt es sogar einen Typen namens David Hartman, der als Psychiater praktiziert. Er hat auch ein Medizinstudium abgeschlossen. Das alles können Sie auch machen, Brenden, wenn Sie nur wollen. Und wenn Sie sich entschließen, etwas aus Ihrem Leben zu machen, geben wir Ihnen die Unterstützung und Ausbildung, die Sie dafür brauchen. Und noch etwas: Sie werden erleben, dass ein Leben in der Dunkelheit Ihnen neue Wege der Sinneswahrnehmung öffnet, die Sie nie für möglich gehalten hätten. Reden wir mal über Ihre geliebten Berge. Ich bin nicht nur im Winter zum Skilaufen dort. Im Sommer fahre ich Mountainbike. Ich sitze hinten auf einem Tandem. Vorne sitzt ein armer Kerl, der sich die Seele aus dem Leib strampelt, damit ich mit meinem fetten Hintern die Berge hoch- und runterkomme. Wenn ich dort oben bin, höre ich dem Gesang der Lerchenstärlinge zu und dem Plätschern der Bergbäche. Wissen Sie was, mein Junge? Ich hab sogar die Rehe im Wald gehört und im Herbst das Röhren der Rothirsche in der Paarungszeit. Ich hab auf einem Felsen gesessen und das beste Schinken-Käse-Sandwich meines Lebens verspeist. Ist Ihnen schon aufgefallen, dass das Essen in viertausend Metern Höhe viel besser schmeckt als hier unten?«

Wider Willen musste Brenden lächeln, und der dicke Mann hörte auch das.

»Ich hab gerade gehört, wie Sie lächeln, mein Junge, und das klingt wunderbar. Geben Sie mir noch mal Ihre Pfote.«

Der Riese stand auf und packte Brendens Hand. Diesmal schüttelte er sie kräftig, um seine Worte zu unterstreichen.

»Was sagt Ihnen dieser Händedruck, mein Junge?«

Unwillkürlich dachte Brenden darüber nach. »Er sagt mir, dass Sie auch ein Politiker sein könnten. Er sagt mir, dass Sie versuchen, mich mit Angeberei über die Schönheit des Blindseins zu beeindrucken. Er sagt mir, dass Sie gut geeignet sind, den Krüppeln dieser Welt Mut zu machen. Aber ich nehme Ihnen das alles trotzdem nicht ab.«

Der dicke Mann setzte sich wieder. »Also gut, mein Junge«, sagte er mit einem Seufzer. »Ich hab das dumpfe Gefühl, dass Sie sich nicht nur in Selbstmitleid baden, sondern Sie meinen wohl auch, Sie seien der einzige Mensch auf Erden, der einen Schicksalsschlag erlitten hat. Hab ich recht damit? Also, dann hören Sie sich mal meine Geschichte an. Ich bin nach Colorado umgezogen, weil ich die Nummer eins auf der Auswahlliste für die Denver Broncos war. Aber damals war gerade der Vietnamkrieg, und es fand noch eine andere Auswahl statt als für eine Football-Mannschaft. Und so musste ich trotz meines Vertrags mit der Nationalen Football-Liga nach Vietnam. Das war 1973. Mit etwas Glück wäre ich trotzdem noch Football-Spieler geworden, gerade als die Jungs anfingen, so richtig viel Geld zu machen. Kaum zu glauben, aber wahr: Ich wäre zusammen mit John Elway und den anderen Prachtburschen im Superbowl, im Finale der Profi-Liga, gewesen. Aber dann war da diese kleine Sache mit der Mine in der entmilitarisierten Zone. Sie ist in meinem Gesicht explodiert, und seitdem ist alles anders. Ich war schon vor dem Knall ein ziemlich hässlicher Kerl gewesen. Aber jetzt ...« Wieder lachte er. »Jetzt ist es besser, dass Sie mich nicht sehen können, weil die Narben nie weggehen werden.«

»Das tut mir leid«, antwortete Brenden beinahe mechanisch. »Wirklich.«

»Wissen Sie was?« Der dicke Mann sprach weiter. »Die inneren Narben, die sind ganz gut verheilt. Ich gehöre in diesem Land zu einer Minderheit, als blinder Afroamerikaner mit 140 Kilo Lebendgewicht, mit einer Frau und drei Kindern, einem Vorstadt-Haus, das ich nicht abzahlen kann und ein paar überfälligen Rechnungen. Alles in allem bin ich doch ein Glückspilz, oder etwa nicht?«

Brenden konnte nicht anders. Er war fasziniert von der Offenheit und Ehrlichkeit des Mannes. »Hören Sie mal«, fragte er. »Gefällt Ihnen Ihr Leben wirklich? Ich meine, so wie es ist? Erzählen Sie mir auch keine Lügengeschichte? Geht es Ihnen wirklich so gut, wie Sie mir weismachen wollen?«

Jetzt beugte Barnes sich vor und stützte die Ellbogen auf dem Schreibtisch ab. »Hören Sie mir gut zu, Brenden«, sagte er, und seine Stimme klang aufrichtig. »Sie haben einen steinigen Weg vor sich, wenn Sie sich entschließen, in der Welt wieder Ihren Platz einzunehmen. Ich will Ihnen nur ein paar Zahlen nennen. In unserem Land leben anderthalb Millionen Blinde. Von ihnen könnten etwa achthunderttausend einer sinnvollen Beschäftigung nachgehen. Aber trotzdem haben nur zwanzig Prozent von uns eine Arbeit. Die anderen leben von Sozialhilfe, weil wir entweder nicht genug Selbstvertrauen haben, um im Berufsleben zu bestehen oder aber schlicht und einfach zu faul sind. Es liegt bei Ihnen, zu welcher Gruppe Sie gehören wollen. Nur wenige von uns heiraten und gründen eine Familie, aber das liegt meistens nur daran, dass wir viel zu stark mit uns selbst beschäftigt sind. Viele von uns engagieren sich in Einrichtungen für Blinde. Das ist zwar nicht schlecht, aber viele von diesen Organisationen sind offen gestanden ziemlich militant, weil sie Zufluchtsstätten für zornige Menschen sind. Bevor ich diese Arbeit hier angenommen habe, habe ich zehn Jahre lang außerhalb gearbeitet, um zu beweisen, dass ich das kann. Trotzdem werden Sie eine Menge Bevormundung auszuhalten haben. Wenn Sie zum Beispiel mit ein paar guten Freunden einen netten Abend in einem Restaurant verbringen wollen, kann es schon passieren, dass die Kellnerin an Ihren Tisch kommt und zu Ihren Freunden sagt: ›Was hat er sich ausgesucht?‹ Oder die Leute sprechen besonders laut mit Ihnen, weil sie meinen, ein Blinder müsse auch taub sein. Diesen Irrglauben haben wir wohl der guten alten Helen Keller zu verdanken.

Wenn Sie Ihr Leben nicht gut organisieren, stehen Sie an so manchem Morgen auf und verlassen das Haus in einer Aufmachung, als ob jemand in Ihrem Kleiderschrank einen Regenbogen vergessen hat. Oft reden die Leute über Sie, als ob Sie gar nicht da wären. Wenn Sie zu den Glückspilzen gehören, heiraten Sie vielleicht und haben Kinder. Dann kann es Ihnen passieren, dass Ihnen ein Baseball an den Kopf fliegt, wenn Sie Ihren Nachwuchs für die Kinderliga trainieren wollen. Wenn Sie nicht bereit sind, hier im Zentrum richtig hart zu arbeiten, werden Sie sich wahrscheinlich die meiste Zeit von Tiefkühlkost ernähren oder aber ständig ins Restaurant gehen müssen, weil Sie nie richtig kochen lernen werden. Können Sie mir folgen, mein Junge?«

Widerstrebend nickte Brenden, aber bevor er diesen Fehler korrigieren konnte, unterbrach ihn Barnes.

»Ich hab gehört, wie Sie genickt haben. Ihr Hemdkragen ist gut gestärkt. Haben Sie eine Freundin, Brenden?«, fragte Barnes.

»Ja. Sie heißt Lindsey, und sie will Anwältin werden.«

»Na gut, dann kommen wir jetzt zur Sache mit der Partnerschaft. Wenn Sie die richtige Partnerin finden, also eine Frau, die Sie wirklich liebt und schätzt, dann kann Ihre Ehe eine richtig tief gehende Beziehung werden, weil Sie viel vertrauter miteinander umgehen als ein normales Ehepaar. Sie lesen morgens gemeinsam die Zeitung. Wenn Sie bei Sonnenuntergang spazieren gehen, halten Sie sich an den Händen. Wenn Sie vorhaben, abends zusammen auszugehen, hören Sie, wie sie sich zurechtmacht, und Sie wissen, dass sie nur für Sie schön sein will. Ihre Kinder sind auch besser dran, weil sie ohne Vorurteile gegenüber Behinderten aufwachsen.

Als Blinder können Sie hinter die Fassaden blicken und das Leben von innen nach außen betrachten, anstatt von außen nach innen. Ich will Ihnen was sagen, mein Junge, weil ich gelernt habe, daran zu glauben. Jede Behinderung kann in eine Befähigung umgewandelt werden. Bitte lassen Sie mich ausreden. Ich weiß, dass Sie das jetzt noch nicht glauben können, aber ich sage Ihnen eins: Sie können darauf zählen.

Wenn ich Anfang der Siebzigerjahre in der Nationalen Football-Liga gespielt und, sagen wir, im zweiten Jahr wegen einer Verletzung hätte aufhören müssen, hätte ich schlechte Karten gehabt. Damals gab es nämlich keine Versicherung für Profispieler und auch keine Pensionskasse. Ich wäre ein großer schwarzer Kerl mit kaputten Knien und ohne Zukunftsaussichten gewesen.«

»Okay«, unterbrach ihn Brenden. »Aber Sie sind nach Vietnam gegangen, und dort hat man Sie zusammengeschossen. Wollen Sie mir etwa sagen, dass das besser gewesen ist?«

»Nein. Das will ich nicht sagen. Aber es ist doch so: Wenn Gott uns bestimmte Karten zuspielt, können wir sie selbst mischen. Wir alle haben ein Stück weit unser Schicksal in der Hand, wenn wir das nur wollen. Wir müssen uns nur entscheiden, ob wir sagen wollen, dass ein Glas halb leer oder halb voll ist. Darf ich Ihnen eine Frage stellen, Brenden? Was für ein Mensch waren Sie vor Ihrem Unfall? Ich meine, vor einem Monat. War für Sie das Glas halb leer oder halb voll, als Sie auf diesen Berg gestiegen sind? Wie haben Sie sich selbst gesehen?«

Brenden dachte kurz nach. Er hörte das Ticken der Uhr, aber diesmal brauchte er länger, bis er die Frage beantworten konnte. Endlich sagte er mit leiser Stimme: »Ich war überglücklich. Das Leben war fantastisch. Ich hatte alles.«

»Okay, mein Junge«, entgegnete der andere Mann sanft. »Also was haben Sie eigentlich verloren?«

»Ich bin blind«, antwortete Brenden. Ihm kamen die Tränen. »Ich bin blind!«

»Das stimmt«, meinte Barnes. »Aber Sie sind immer noch Brenden, und Brenden hat dem Leben vieles zu bieten.«

Noch leiser fügte Brenden hinzu: »Aber ich habe Lindsey nicht genug zu bieten. Ich werde für Lindsey nie gut genug sein.«

»Was?«, fragte Barnes. »Bitte sprechen Sie ein bisschen lauter. Ich glaube, ich werde tatsächlich taub. Was haben Sie gesagt?«

»Nichts«, erwiderte Brenden. »Nichts. Ich hab nur mit mir selbst geredet.«

Barnes nickte, aber er ging nicht weiter darauf ein. »Wissen Sie, Brenden, was mal auf meinem Grabstein stehen soll, wenn ich tot bin? ›Hier liegt der dicke James Barnes, der ‚ewige Pessimist', ein Schwarzer, Ehemann, Vater, Football-Spieler, Veteran, Aktivist, psychologischer Berater und Freund, der so ganz nebenbei auch noch blind war.‹ Hören Sie mir gut zu, Brenden. Ich bin für Sie da. Wir alle hier sind für Sie da. Das Leben ist immer noch lebenswert, wenn Sie es nur zulassen.«

Der große, dicke Mann stand auf. Diesmal legte er Brenden den Arm um die Schultern. »So, mein Junge«, fügte er hinzu. »Ich schicke jetzt eine Mitarbeiterin hier rein. Sie wird mit Ihnen einen Stundenplan ausarbeiten. In den nächsten Monaten werden Sie lernen, wie Sie ein eigenständiges Leben führen können. Ich kann Ihnen eins versprechen: Wenn Sie es ausprobieren, werden Sie merken, wie Sie wieder anfangen zu leben. Es ist so einfach. Jetzt meinen Sie noch, dass Sie immer von anderen Menschen abhängig sein werden. Aber Sie werden sich mit dem Gedanken anfreunden, unabhängig zu werden. Die Wahrheit sieht jedoch wieder ganz anders aus. Wenn Ihre Freundin Sie liebt und Sie gute Freunde haben, werden Sie lernen, dass es im Leben um gegenseitige Abhängigkeit geht. Und wenn sich dieser Gedanke erst mal in Ihrem Kopf festsetzt, ist es nicht mehr so wichtig, dass Sie blind sind.«

Brenden spürte, wie viel Wärme und Kraft in der Umarmung des großen, dicken Mannes lag. Kraftlos ließ er sich auf das Sofa zurückfallen.

»Ich gebe Ihnen ein paar Minuten Zeit, damit Sie sich sammeln können«, meinte Barnes, als er zur Tür ging, »dann wird eine Mitarbeiterin zu Ihnen kommen. Viel Glück, Brenden. Ich bin immer für Sie da, rund um die Uhr. Machen Sie's gut, mein Junge!«

Nachdem Barnes die Tür geschlossen hatte, saß Brenden ganz still. Er versuchte, seine Gefühle zu verarbeiten. Hatte der Mann etwa recht? Könnte das Leben für ihn trotz allem noch einen Sinn haben? Gab es vielleicht ein Licht am Ende des Tunnels?

Die Tür ging wieder auf. Eine Frau betrat das Büro. In der Hand hatte sie einen Schreibblock, den sie auf den Schreibtisch legte. Ein paar Minuten später hatte Brenden einen Stundenplan erstellt. Jetzt begann ein neues Kapitel in seinem Leben.

Kapitel Neun

In den nächsten Tagen vor Beginn des Rehabilitationsprogramms schwand der Zauber der Begegnung mit Barnes allmählich. Stattdessen meldeten sich bei Brenden Gefühle wie Zweifel, Wut und Niedergeschlagenheit. Die Zweifel plagten ihn, weil er noch immer Probleme hatte, sich zu Hause zurechtzufinden. Die Treppen war er zwar nicht heruntergefallen, aber ab und zu verlor er mitten im Wohnzimmer die Orientierung, wenn er von einem Stuhl aufstand und sich versehentlich in die falsche Richtung gedreht hatte.

Der Zweifel führte zu Wut, weil dieses Gefühl bei ihm unterschwellig immer vorhanden war. Und die Niedergeschlagenheit ergab sich ganz natürlich aus der Wut in jenen Augenblicken, in denen er Lindsey vermisste oder seine Mutter ihn bevormundete, wenn sie versuchte, ihm zu helfen. Er wusste zwar, dass sie es nur gut mit ihm meinte. Sie war schließlich seine Mutter. Aber seine Nerven waren zum Zerreißen angespannt, und deshalb explodierte er bei der kleinsten Andeutung einer Bevormundung. Entweder wurde er wütend oder traurig, wenn er über seine schlimme Lage nachdachte.

Seine Stimmung besserte sich nicht, als am ersten Morgen des Rehabilitationsprogramms der Kleinlaster des Zentrums vor dem Haus anhielt und er sich sechs anderen jämmerlichen Gestalten anschloss. Sie alle waren auf dem Weg zu dem Ort, an dem sie rehabilitiert werden sollten. *Was für eine tolle Vorstellung*, dachte er, als er sich missmutig auf den hinteren Sitz des Autos setzte. Rehabilitation. Rehabilitiert werden. Das sollte jetzt mit ihm passieren. Er sollte umgearbeitet werden. Umorganisiert. Umgebaut. Aufgemöbelt. Erneuert. In seinen Augen war das alles Blödsinn. Man konnte es nennen, wie man wollte. Für Brenden McCarthy hieß das, dass er niemals wieder so frei sein würde, wie er es einmal gewesen war. Das bisschen, das von seiner Freiheitsliebe übrig war, würde niemandem besonders viel nützen, vor allem ihm selbst nicht.

Er erfuhr, dass sein Schicksal sich kaum von den anderen Kandidaten für die Rehabilitation unterschied. Zwei seiner Mitfahrer litten unter Diabetes und bei ihnen waren in den letzten Monaten »die Lichter ausgegangen«, wie sie es formulierten. Ein anderer hatte *Retinitis* Pigmentosa, eine Augenerkrankung, die so schleichend verlief, dass er seine allmähliche Erblindung zunächst geleugnet hatte und nicht bereit war, sich darauf vorzubereiten. Eine ältere Frau hatte eine Netzhautablösung zu lange verschleppt, und als sie sich endlich behandeln ließ, war es zu spät. Allen seinen Mitfahrern ging es ähnlich wie ihm. Sie waren von Selbstmitleid geplagt.

Natürlich war er beeindruckt gewesen von dem, was Barnes ihm erzählt hatte. Er musste zugeben, dass der große, dicke Mann sich offenbar sehr gut mit seiner Blindheit arrangiert hatte. Aber er wollte sich nicht mit Barnes vergleichen. Er glaubte nicht, dass er jemals aus den Tiefen seiner inneren Dunkelheit herauskommen und seine alte Lebensfreude wiedergewinnen würde.

Seine Tage im Zentrum begannen mit dem Mobilitätstraining. Das war wieder so ein Wort, das auf ihn so trügerisch harmlos wirkte. Für Brenden, den Bergsteiger, der sich mit katzenhafter Geschmeidigkeit von Fels zu Fels bewegen konnte, war es keine große Errungenschaft, sich entweder am Arm eines wohlmeinenden Trainers durch einen Raum zu bewegen oder mit den Händen eine Wand abzutasten, um eine Tür zu finden. Das Zählen von Schritten und das Auswendiglernen einfachster Strecken, um von einem Ort zum anderen zu gelangen, erforderten eine ungemeine Konzentration. Er erkannte, dass seine Anpassung an eine Welt im Dunkeln nicht einfach sein würde. Besonders frustriert war er in einem Kurs, den die Mitarbeiter des Rehabilitationszentrums als »Fertigkeiten im Alltag« bezeichneten.

Er fand heraus, wie man den Arm eines Helfers nehmen musste, wie man sich in freien oder geschlossenen Räumen bewegt und wie man Körperbewegungen lesen kann. Er merkte, wie seine anderen Sinne immer mehr Informationen aufnahmen. Aber er konnte sich einfach nicht an den Stock gewöhnen. Ihm erschien es sinnlos, mit einem Stock in der Hand herumzulaufen, weil dieses Hilfsmittel es nicht verhinderte, dass er sich das Schienbein anstieß, auf einer Treppenstufe stolperte, mit dem Kopf gegen ein überhängendes Hindernis prallte oder sich auf einer vorher geplanten Strecke verirrte.

Die meisten anderen Kursteilnehmer waren ihm unsympathisch, weil sie so alt und müde wirkten. Natürlich fehlte ihm Lindsey, die sich kaum noch blicken ließ. Er würde sich anstrengen müssen, um sie zurückzugewinnen, um ihr zu zeigen, dass er trotz seiner Behinderung erfolgreich sein konnte. Aber zuerst musste er selbst an diese Möglichkeit glauben, und davon war er noch weit entfernt. Würde er dieses Ziel jemals erreichen? Er war sich da nicht so sicher. Brendens Selbstmordgedanken waren in den Hintergrund geruckt. Sie waren zwar immer noch da, aber für ihn waren sie zum Plan B geworden. Diese Veränderung fand zunächst von ihm selbst unbemerkt statt.

Brenden musste zugeben, dass er überrascht war über die vielen Errungenschaften der modernen Technik, die Blinden den Alltag erleichterten. Allmählich gewöhnte er sich an das Training. Er lernte, wie man sich an einem Herd mit »sprechenden« Zeitschaltuhren eine

Mahlzeit zubereiten konnte. Dann wurde ihm beigebracht, wie er die von Ray Kurzweil erfundene Lesemaschine und das Sprachausgabe-Programm JAWS bedienen konnte. Interessant waren auch die Uhren mit Tonaktivierung, die man einstellen konnte, indem man eine Taste gedrückt hielt und der Chip den Wecker auf die gewünschte Uhrzeit programmierte. Dann wurde die Auswahl der richtigen Garderobe im Kleiderschrank geübt und Brenden gezeigt, wie man die Kleidungsstücke mit Etiketten versehen konnte. Als das Etikettieren geübt wurde, musste Brenden die Braille-Schrift erlernen. Schon bald merkte er, dass er sehr lange brauchen würde, bis er diese Technik beherrschte. Es war ein mühsamer und auch frustrierender Lernprozess, bis die Finger den vom Franzosen Louis Braille entwickelten Punkt-Code für Buchstaben und Zahlen unterscheiden konnten.

Aus diesem Grund entschieden sich die meisten Teilnehmer des Programms für kleine Aufkleber, die sie anhand eines selbst entwickelten Systems ertasten konnten. Dann gab es auch noch den Farb-Erkenner, eine Art sprechenden Scanner. Dieses fantastische Gerät verrät einem Blinden die Farbe eines Kleidungsstückes. Brenden war im Hinblick auf seine Kleidung nicht besonders kreativ. Deshalb war er froh, sich eines dieser Geräte kaufen und seine Kleidungsstücke nach Farben sortiert zusammenstellen zu können. Er lernte, wie man passende Sachen zusammen aufhängt. Nach ein paar Wochen war sein Kleiderschrank durchorganisiert, und er kam beim Anziehen erstaunlich gut zurecht.

Obwohl er gut angezogen war, machte er mit seinen küchentechnischen Fähigkeiten eine eher traurige Figur. Besonders schlimm war es für ihn, als er zum ersten Mal versuchte, sich Milch einzugießen, aber vergessen hatte, das Glas umzudrehen. Der ganze Tisch war überschwemmt, und ein weißes Rinnsal ergoss sich auf die Schöße von zwei anderen Teilnehmern. Die Lehrer waren der Meinung, dass Blinde am besten kochen lernten, wenn sie eine Mikrowelle benutzten und einen dieser kleinen elektrischen Grillgeräte, mit denen man das Grillgut von beiden Seiten garen konnte. Brenden arbeitete mit einem Grill, für den der bekannte Boxer George Foreman im Fernsehen die Werbetrommel rührte. Er freute sich, dass er auf diese Weise schnell ein Hähnchen oder Fisch grillen konnte.

Das Reha-Zentrum verwendete auch spezialisierte Mikrowellengeräte. Brenden entdeckte, dass die Firma Hamilton Beach das beste Gerät mit Sprachfunktion herstellte. Die Stimme erklärte einem nicht nur die verschiedenen Einstellungen der Mikrowelle, sondern sagte nach jeweils einer Minute die Kochzeit an. Jetzt konnte er zu seinem Hähnchen oder Fisch eine gebackene Kartoffel zubereiten.

Als die Tage vergingen, spürte er, wie sehr er sich über jeden kleinen Fortschritt bei den scheinbar einfachen Alltagsverrichtungen freute, aber dennoch fühlte er sich unbeholfen wie ein Invalide. Eine der Frauen in seinem Kurs war verheiratet und hatte vier Kinder. Sie hatte immer sehr gern gekocht, und deshalb klebte sie kleine Punkte um die Zeituhr eines normalen Herdes. Mit dieser Methode konnte sie die richtige Temperatur einstellen und sogar den traditionellen Truthahn für das Erntedankfest zubereiten. Brenden glaubte nicht, dass er so etwas jemals fertig bringen würde, aber er war trotzdem beeindruckt von der Leistung dieser Frau.

Schon als kleiner Junge trank Brenden sehr gern Kaffee. Er wusste nicht, warum er dieses Getränk so gern mochte, aber als Erwachsener durfte es bei keinem Frühstück fehlen. Er war froh, dass die Firma Hamilton Beach eine Kaffeekanne hergestellt hatte, bei der man die Tasse unter eine Ausgusstülle stellte und damit den Gießvorgang aktivierte und ein Verschütten verhinderte.

Der so genannte Flüssigkeitsanzeiger war ein weiteres Gerät mit Tonaktivierung. Es sah aus wie eine Sonde. Wenn man es in eine Schüssel, ein Glas oder eine Tasse stellte, zeigte es den Stand einer Flüssigkeit mit einem Piepton an. Es piepste in einem noch höheren Ton, wenn beim Eingießen die gewünschte Höhe erreicht war.

Es gab eine ganze Menge technische Spielsachen, dachte Brenden sich, aber sie waren nur dann sinnvoll, wenn man diszipliniert war und lernen wollte, sie richtig anzuwenden. Schließlich war er nur hier im Zentrum, um sie für kurze Zeit auszuprobieren. Für ihn wäre es sowieso bald vorbei, und dann würde er diese Hilfsmittel nicht mehr brauchen. Die einzige Ausnahme war die Computertechnik, für die sich Brenden schon immer brennend interessiert hatte. Schon als Jugendlicher hatte er eine Vorliebe für Videospiele gehabt.

Er hatte bereits ein Notebook mit hoher Speicherkapazität und allen Schikanen. Trotzdem war er überrascht über so hoch entwickelte Programme wie JAWS von der Firma *Freedom Scientific* oder Window-Eyes von der Firma *Human Ware*. Wenn er etwas tippte, sagte ihm eine Stimme, was genau er eingegeben hatte. Es gab sogar eine sprechende Rechtschreibprüfung. Neben den Computerprogrammen hatte die Firma *Freedom Scientific* auch noch ein Lesegerät für gedruckte Texte hergestellt. Brenden konnte alle Texte lesen, indem er sie erst scannte und dann mit Hilfe einer Sprachausgabe las. Er hatte die Auswahl unter etwa einhundert verschiedenen Stimmen, aber er entschied sich für »Paul Perfekt«, der wie ein guter Sportreporter klang. Diese Freiheit, eine Zeitung, ein Buch oder eine Zeitschrift lesen zu können, war der einzige Teil des Reha-Programms, der ein Lächeln auf sein Gesicht zauberte.

Noch erstaunlicher war die von einer Firma namens *Sendero Group* entwickelte technische Neuerung. Die Forscher dieses Unternehmens haben Navigationssysteme mit Tonaktivierung erfunden. Die Geräte kann man entweder am Handgelenk oder auch in der Hand tragen. Wie bei den Navigationssystemen in Autos kann ein Blinder jederzeit wissen, wo er sich befindet, und es ist auch möglich, eine genaue Route zu programmieren.

In einem schwachen Moment sagte Brenden zu Charlie: »Manche dieser Sachen sind wirklich toll. Es ist beinahe so, als ob man sehen könnte.« Und dann fügte er traurig hinzu: »Aber nur beinahe.«

Obwohl die Unterstützung durch Technik und Wissenschaft erstaunlich war, änderte das nichts an der Tatsache, dass Brenden blind war und sein Leben nie mehr so sein würde wie vorher. Die moderne Technik konnte die Verzweiflung eines niedergeschlagenen und mit seinem Schicksal hadernden jungen Mannes nicht überwinden. Nacht für Nacht lag er schlaflos im Bett und lebte von der Erinnerung an das, was einmal gewesen war. Vor seinem geistigen Auge konnte er immer noch die aufgesetzten Bälle sehen, die er beim Baseballspielen seinem Freund Charlie zuwarf. Er erinnerte sich noch gut an seine blitzschnellen Läufe zum Schlagmal, als sie in der Baseball-Kinderliga spielten. Dann versuchte er, sich das Gefühl ins Gedächtnis zu rufen, das er hatte, wenn er auf Skiern einen von Pulverschnee bedeckten Hang herabfuhr, wenn der Schnee ihm über die Schulter flog und er die halsbrecherische Geschwindigkeit genossen hatte. Dann kamen ihm auch die Erinnerungen ans Bergsteigen, wenn er hoch über der Baumgrenze war und die Sonne so hell wie sonst nie an einem wolkenlosen, tiefblauen Himmel stand. Er dachte daran, wie stolz er gewesen war, als er sein Medizinstudium abgeschlossen hatte und endlich als Arzt arbeiten konnte. Davon hatte er schließlich sein Leben lang geträumt. Besonders schlecht ging es ihm, wenn er sich Lindsey vorstellte. Sein Kopfkissen wurde von seinen Tränen nass, weil er wusste, dass er ihr Gesicht nie wieder sehen würde.

Es spielte keine Rolle, was Typen wie Barnes ihm sagten oder welche Tricks man ihm im Reha-Programm beibrachte. Die Wirklichkeit war schlimm genug. Brenden McCarthy war nicht mehr derselbe wie vor seinem Unfall. Jetzt war er nur noch ein Blinder, der sich selbst bemitleidete und keinen Lebenswillen mehr hatte. Er haderte mit Gott, weil er sich um sein Augenlicht betrogen fühlte. Womit hatte er eine solche Strafe verdient? Wem hatte er ein so schlimmes Unrecht zugefügt, dass er jetzt mit diesem Fluch leben musste? Oder lag hinter dem allen ein tieferer Sinn, den er verstehen und für sich annehmen sollte? Nichts von dem allen ergab einen Sinn. Obwohl er sich widerwillig eingestehen musste, dass er im Reha-Programm viel Interessantes lernte, war seine Zukunft bei Weitem nicht so vielversprechend wie in der Zeit, als er noch sehen konnte.

Nach einem besonders schwierigen Unterrichtstag kam er nach Hause, um mit seiner Mutter und Gus das Wochenende zu verbringen. Es war nur noch eine Woche bis Halloween, und die Luft war zum ersten Mal winterlich kalt. Weil er nur eine leichte Windjacke anhatte, fröstelte Brenden, als er sich vorsichtig tastend über die Terrasse zur Hintertür bewegte. Bevor er dort ankam, sauste Gus um die Ecke und ließ vor seinen Füßen einen Tennisball fallen. Brenden bückte sich, um den Ball aufzuheben, aber er rollte weg. Der Hund lief hinterher, packte den Ball mit der Schnauze und versuchte es noch einmal. Wieder konnte Brenden den Ball nicht finden. Deshalb entschloss Gus sich, seinem jungen Freund den Gegenstand direkt in die Hand zu geben.

»Du bist ein braver Hund, Gus«, sagte Brenden. »Wir haben schon lange nicht mehr miteinander gespielt, stimmt's?«

In den nächsten zwanzig Minuten genossen die beiden ein herrliches Ballspiel. Der kleine Hund rannte durch den Garten und jagte dem Ball nach, bis er müde war, und Brenden genoss das Spiel mit diesem erstaunlichen Tier ebenfalls.

Seine Mutter beobachtete die Szene vom Fenster aus. Sie weinte und lachte gleichzeitig. In Brenden ging eine Veränderung vor sich. Bei jeder Reise nach Hause machte er Fortschritte. Vielleicht erkannte Brenden allmählich, dass das Leben trotz seiner Erblindung lebenswert war.

Beim Abendessen bemerkte seine Mutter, wie Brenden geschickter mit Messer und Gabel hantierte. Obwohl er sich noch nicht selbst die Milch eingießen wollte, konnte er sich im Haus viel sicherer bewegen. Wurde er jetzt endlich etwas freier?

Als sie beim Nachtisch angelangt waren und ein Stück Apfelkuchen genossen, schnitt Mora ein Thema an, das sie schon längere Zeit beschäftigte. »Brenden, hast du im Reha-Zentrum mal mit jemandem über einen Hund gesprochen? Ich meine einen Blindenhund.«

Brenden schnitt ihr das Wort ab. »Gus genügt mir, Mama. Ich will keine Verantwortung für ein Lebewesen übernehmen. Ich weiß ja noch nicht einmal, ob ich überhaupt allein zurechtkomme, geschweige denn mit einem großen Hund.«

»Ich glaube nicht, dass es darauf ankommt«, meinte seine Mutter. »Wenn es stimmt, was ich gelesen habe, geht es darum, dass du und der Hund lernen, wie ihr euch umeinander kümmert. Wenn du von hier wegziehen und eine eigene Wohnung haben willst, brauchst du Hilfe, und ich weiß, dass du den Stock so ungern benutzt. Willst du es nicht mal probieren? Ich habe im Internet eine Blindenhundschule in San Rafael in Kalifornien gefunden. Offen gestanden habe ich schon ein Antragsformular angefordert.«

»Mama ...«

»Brenden, probiere es doch mal. Bitte. Wenn du ein paar Wochen in der Blindenhundschule bist und feststellst, dass es nicht funktioniert, dann ist es auch gut. Du kannst immer nach Hause kommen. Aber ich weiß, wie sehr du Gus liebst, und ... na ja ... ich meine, ein richtiger Blindenhund könnte in deinem Leben viel Positives bewirken.«

Brenden konnte in der Stimme seiner Mutter den verzweifelten Wunsch hören, ihm helfen zu wollen. Deshalb wollte er sich erst einmal fügen, auch deshalb, weil er Lindsey beweisen wollte, dass er unbedingt unabhängig sein wollte.

Nach einer kurzen Pause sagte er: »Na gut, Mama.« Auf ihrem Gesicht zeigte sich ein strahlendes Lächeln. »Du kannst den Antrag ausfüllen. Wenn die Blindenhundschule mich haben will, dann probiere ich es mal.«

Als Brenden später im Bett lag und Gus sich an ihn kuschelte, war er hellwach. Er erkannte, dass er eine Verpflichtung eingegangen war und sich die Durchführung von Plan B dadurch verzögerte, falls er Lindsey verlieren würde. Er wollte einen Schlussstrich ziehen, aber jetzt wurde sein Leben komplizierter.

»Ich weiß nicht, warum ich das mache, Gus. Du bist doch mein bester Freund, und ich brauche niemand anderen.«

Der kleine Hund kroch noch tiefer unter die Decke. Offenbar war er mit Brenden einer Meinung.

Kapitel Zehn

Mora hatte schnell gehandelt. Bevor Brenden es sich anders überlegen konnte, war seine Bewerbung von der Blindenführhundschule angenommen worden und sein Flug gebucht. Er konnte nicht so recht verstehen, warum ihm die Idee, sich einen Blindenhund zuzulegen, nicht so gut gefiel. Eigentlich liebte er Tiere. Seine Beziehung zu dem kleinen Hund Gus war der beste Beweis dafür, und Brenden sehnte sich nach einem eigenständigen Leben. Aber als er in der Nacht vor seinem Abflug im Bett lag, wurde ihm klar, dass er sich in seinem tiefsten Inneren noch nicht mit seiner Blindheit abgefunden hatte. Wartete er etwa auf einen Durchbruch in der Medizin oder auf ein Wunder, durch das ihm sein Augenlicht zurückgegeben würde? Er und seine Mutter hatten eine ganze Reihe von bekannten Augenspezialisten konsultiert, um weitere Meinungen zu hören, aber alle Ärzte waren sich in ihrer Diagnose einig. Er würde für den Rest seines Lebens blind bleiben. Das war die Wirklichkeit, der er sich stellen musste.

Als ihn am nächsten Morgen Lindsey zum Abschied umarmte und küsste, fragte sich Brenden noch immer, worauf er sich eingelassen hatte, als er zustimmte, zu dieser Blindenhundschule nach Kalifornien zu fliegen. Als die junge Frau ihm noch einen Kuss gab und seine Leidenschaft für sie wieder aufflammte, war er sich sicher, warum er diese Reise antreten musste. Er wollte um jeden Preis an Lindseys Liebe festhalten. Er glaubte zwar nicht an einen Erfolg in der Blindenhundschule, aber er glaubte sowieso an fast gar nichts mehr. Wenn er eine Pleite nach der anderen erleben sollte, gab es ja immer noch einen

Ausweg ... Warum hatte er sich von seiner Mutter zu dieser lächerlichen Sache überreden lassen? Er war schließlich blind. Auch ein Hund würde daran nichts ändern. Er hatte alles verloren, alles, was ihm Freude machte. Er konnte sich nicht mehr in der freien Natur aufhalten, und sein Traum vom Arztberuf war ausgeträumt. Warum also war er unterwegs nach San Rafael?

Lindsey übergab ihn einer Passagierbetreuerin der Fluggesellschaft. Diese Dame sollte ihn zum Flugzeug begleiten. Er hielt seinen Stock unbeholfen in der rechten Hand. *Der Blindenstock*, dachte er. *Das Zeichen, das der Welt alles sagt, was sie über mich wissen muss. Brenden McCarthy. Blind.*

Wieder fühlte er sich bevormundet.

»Sind wir so weit?« Die Stimme der Passagierbetreuerin klang, als ob sie sich um ein kleines Kind kümmern müsste.

Brenden unterdrückte seine Wut und nickte schweigend. Dann geschah zwischen ihnen wieder der unbeholfene Tanz, als die Frau versuchte, seinen Arm zu nehmen und er versuchte, das im Reha-Programm erlernte System anzuwenden. Nach einigem Hin und Her konnte Brenden schließlich den Ellbogen der Frau packen und ihr folgen, als sie vorsichtig die Fluggastbrücke entlangging. Er erinnerte sich, dass er nicht so vorsichtig gewesen war, als er auf diesen Berg gestiegen war. Vielleicht hätte er sich damals anders verhalten sollen.

Beim Einsteigen ins Flugzeug traf die viel zu besorgte Passagierbetreuerin auf einen Flugbegleiter, der Brenden beinahe zu seinem Sitzplatz trug und der nicht weggehen wollte, bis er dem durchtrainierten jungen Mann den Sicherheitsgurt angelegt hatte.

»Ich heiße Edward«, sagte er zu Brenden. »Bitte rufen Sie mich, wenn Sie etwas brauchen. Ich zeige Ihnen jetzt, wo die Ruftaste ist.«

Wieder spielte sich ein unbeholfener Tanz ab, als die beiden Männer sich die Hände schüttelten.

Jetzt kamen Brendens Sitznachbarn an. Zu allem Unglück war es eine Mutter mit zwei Kindern – einem acht Monate alten, unruhigen Baby, das auf dem Schoß der jungen Frau saß, und einem altklugen Jungen im Alter von etwa vier Jahren. Er war quengelig und traktierte den Sitz mit Fußtritten, wenn er nicht sofort bekam, was er wollte.

Es dauerte nicht lange, bis er Brenden im Visier hatte.

»Was ist denn das?«, fragte er unvermittelt.

Brenden antwortete nicht.

»Was ist das für ein Stock?« Jetzt klang die Frage drängender.

»Das ist ein Blindenstock.«

»Wozu braucht man den?«

»Den braucht man, um freche Kinder zu schlagen«, entgegnete Brenden, aber dann hätte er diese Worte am liebsten zurückgenommen.

»Das ist aber gar nicht nett«, meinte die Mutter, die ihr Kind in Schutz nehmen wollte.

»Ich weiß.« Brenden zuckte mit den Schultern. »Entschuldigen Sie bitte. Ich bin erst vor Kurzem blind geworden, und ich kann mich noch nicht so richtig damit abfinden, wenn Sie wissen, was ich meine.«

»Okay. Tommy, lass den Mann in Ruhe«, sagte die Mutter daraufhin.

Nachdem die Frau dafür gesorgt hatte, dass ihre Kinder beschäftigt waren, gewann die Neugier die Oberhand. »Wie ist es denn passiert?«, fragte sie. In ihrer Stimme schwang Mitleid mit.

»Ich bin gefallen.« Mehr sagte er nicht, weil er seine Geschichte nicht einer Fremden anvertrauen wollte. Er war froh, dass er seine

Kopfhörer aufsetzen und damit jedes weitere Gespräch vermeiden konnte.

Während er sich die Musik von Eric Clapton anhörte, startete das Flugzeug. Er atmete tief durch und versuchte, sich zu entspannen. Dann dachte er darüber nach, was er über das Programm an der Blindenhundschule und über die vor ihm liegenden Tage wusste. Es war sehr wenig. Seine Mutter hatte das Antragsformular ausgefüllt, und sie hatte ihn schließlich dazu gedrängt, diesen Kurs zu besuchen. Warum sollte er sich einen Blindenhund zulegen? Stand ihm überhaupt ein solches Tier zu oder irgendetwas und irgendjemand sonst im Leben? Er war doch für niemanden mehr von Bedeutung, außer vielleicht für seine Mutter, und das war ja auch nicht anders zu erwarten.

Er hatte keinen Wert, keine Bedeutung in dieser Welt, und jetzt sollte er auch noch der Herr eines großen Hundes werden. *Ich glaube nicht, dass das klappt*, dachte er. *Das glaube ich beim besten Willen nicht.* Trotzdem hatte ihn etwas veranlasst, in dieses Flugzeug zu steigen, diesen Platz einzunehmen und die erniedrigenden Fragen eines verzogenen Jungen und seiner Mutter zu erdulden. Irgendetwas hatte ihn veranlasst, diesen Kurs in der Blindenhundschule mitzumachen. War es die Hoffnung auf ein eigenständiges Leben? Gehörte das Bedürfnis, in der Welt seinen Platz einzunehmen, noch immer zu seinem ureigensten Wesen? Wollte er mit diesem Schritt etwa Lindseys Liebe für sich erhalten – oder zurückgewinnen?

Lindsey – Lindsey – Lindsey.

In diesem Augenblick sang Eric Clapton ein trauriges Lied über eine Frau, die ihren Freund betrügt. Plötzlich kam Brenden der Gedanke, dass er schon bald mit Lindsey die gleiche Erfahrung machen könnte. Nein, das konnte er einfach nicht glauben. Sie liebte ihn doch von ganzem Herzen, oder etwa nicht? Wenn sie ihn wirklich liebte, spielte es doch keine Rolle, dass er blind war. Zwei Menschen, die sich lieben, gehen doch durch dick und dünn, oder nicht? Aber warum sollte eine schöne, begabte junge Frau ein blindes Pferd vor ihren Wagen spannen? Er würde sie doch nur in ihrer Entwicklung aufhalten, und dafür war sie zu fest entschlossen, ihren Weg zu machen. Deshalb ergab es für sie keinen Sinn, wenn sie an ihm festhielt. Er könnte es sogar verstehen, wenn sie mit ihm Schluss machen würde.

Nein!, dachte Brenden. Verzweifelt und fest entschlossen biss er die Zähne zusammen. *Das kann ich nicht zulassen. Ich werde für sie kein Hindernis sein. Ich werde ihr zeigen, dass aus mir ein vollwertiger Mensch werden kann. Und wenn mir das nicht gelingt, habe ich ja immer noch meinen Plan B.*

Nach der Landung in San José wurde Brenden von einem pensionierten Lehrer abgeholt. Der Mann hatte eine Menge Lebenserfahrung. Er sagte nur, dass er John heiße, aber Brenden erfuhr schon bald mehr über ihn. Er war bei einem blinden Vater aufgewachsen, der ihm eine einfache Lebensweisheit mit auf den Weg gegeben hatte. Für ihn war alles möglich, wenn man nur bereit war, es sich hart zu erarbeiten. John war es gleichgültig, ob Brenden blind war oder ob er zwei Köpfe hatte. Er war ein gradliniger Mensch, für den jeder seiner Mitmenschen die gleiche Ausgangsbasis hatte. Zum ersten Mal seit seinem Unfall merkte Brenden, wie er sich entspannte und sich auf der einstündigen Fahrt zur Blindenhundschule ganz normal mit diesem Mann unterhielt.

»Wie ist es dort, John? Ich meine, wie sieht es dort aus?«

»Oh Mann«, entgegnete John. »Es ist wunderschön. Die Schule ist umgeben von saftig grünen Hügeln. Die Gebäude sind im spanisch-kalifornischen Stil gebaut, mit einer Menge Backsteinen und Fliesen. Und die Hundezwinger, die sind wirklich toll – schöner als die meisten Hotels in diesem Land. Aber die Quartiere für die Schüler können sich auch sehen lassen. Jeder Teilnehmer am Programm hat sein eigenes Zimmer, und dann gibt es drei anständige Mahlzeiten. Der Koch ist wirklich Spitze. Alles in allem haben Sie hier ein gutes Leben. Sie bleiben einen Monat, stimmt's? Weil es Ihr erster Hund ist?«

»Ich glaube schon«, meinte Brenden.

»Die haben schon härtere Brocken hingekriegt als Sie.« John musste lachen. »Manche von den Kriegsveteranen, die wir hier hatten, sind wirklich harte Nüsse. Im Vergleich zu diesen Jungs wird die Arbeit mit Ihnen ein Zuckerschlecken sein. Wissen Sie, dass wir seit der Eröffnung dieser Schule im Jahr 1956 mehr als tausend Gespanne ins Feld geschickt haben?«

»Gespanne?«, fragte Brenden.

»Ja, mein Freund, Sie und Ihr Hund werden ein Gespann bilden.«

Brenden erwiderte nichts, und John ließ ihn in Ruhe. Sie fuhren schweigend weiter, bis sie das Schulgelände erreichten und durch die Tore rollten. Brenden spürte eine ungeheure Vielfalt von Düften. John merkte, wie er schnüffelnd einatmete.

»Gefallen Ihnen die Düfte, Brenden? Ich mag sie auch. Die Pflanzen hat man ausgewählt, damit die neuen Schüler sich gleich wohl fühlen bei uns. Jetzt helfe ich Ihnen beim Ausladen Ihres Gepäcks, und dann stelle ich Sie den Mitarbeitern am Empfang vor.«

John führte Brenden zu seinem Zimmer und wartete, bis er seinen Koffer ausgepackt hatte.

»Wir sind rechtzeitig zum Abendessen da«, meinte John. »Jetzt werden Sie gleich merken, dass das Essen wirklich toll ist.«

John führte ihn zum Speisesaal und half ihm, an einem runden Tisch Platz zu nehmen. Brenden spürte, dass dort sechs oder sieben weitere Teilnehmer saßen. Die Hausleiterin stellte ihn vor. »Bitte hört mal alle zu. Das ist Brenden McCarthy. Er ist zum ersten Mal hier, also macht ihm bitte keine Angst mit euren Horrorgeschichten.«

Alle seine Tischnachbarn brachen in lautes Gelächter aus.

Am anderen Ende war eine Stimme zu hören. »Was, das erste Mal? Ich hab mein erstes Hündchen in den Sechzigerjahren bekommen, und jetzt bin ich hier, um mein fünftes zu kriegen.«

»Der arme Hund tut mir jetzt schon leid, Jimmy«, unterbrach ihn eine Frauenstimme. »Du bist so ein alter Griesgram. Jedes Tier, das du bekommst, will so schnell wie möglich zurück in den Zwinger.«

»Ach, du bist doch bloß eifersüchtig, Lorraine.« James lachte. Er wusste genau, wer mit ihm sprach. »Als wir das letzte Mal hier waren, hab ich Lea bekommen, den schönsten Golden Retriever seit Menschengedenken, und du hast diesen Boxer abgekriegt. Wie hat er noch mal geheißen? Leonard? Damals haben sie es mit Boxern probiert, den größten Schlabbermäulern der Welt.«

Die Frau lachte, weil sie das spaßig fand. »Ja, stimmt, aber mein Leonard war ein guter Junge.«

»Also, Brenden, was für einen Hund willst du haben?«, fragte Jimmy. »Sie haben hier Golden Retriever, schwarze und gelbe Labradors, ein paar Schäferhunde und diese Neuzüchtung, den Labradoodle. Das ist eine Mischung aus Labrador und Pudel. Ich hab gehört, dass das richtig schlaue Kerle sind, aber was weiß ich denn schon? Ich bin schließlich blind.«

Wieder lachten alle am Tisch. Brenden fragte sich, warum sie so ungezwungen mit ihrer Behinderung umgingen. Gab es unter ihnen nicht auch Leute, die das gleiche Schicksal hatten wie er und durch einen Unfall ihr Augenlicht verloren hatten?

Jimmy wiederholte seine Frage. »Also, was für einen Hund willst du, Kumpel?«

»Ich weiß nicht so recht«, antwortete Brenden zögernd. »Ich warte erst mal ab, welchen sie mir geben.«

»Na ja«, meinte Jimmy wieder. »Du bist in der Klasse von Harold Smith. Wir nennen ihn Smitty. Dann bekommst du auf jeden Fall einen prima Hund. Smitty ist der beste Ausbilder hier. Sein einziges Problem ist, dass er Hunde lieber hat als Menschen.«

Lorraine ergriff wieder das Wort. »Das stimmt nicht, Jimmy. Es ist nur so, dass er Hunde lieber mag als so eine alte Nervensäge wie dich.« Diesmal war das allgemeine Gelächter noch lauter.

Brenden wurde bewusst, dass die meisten der Leute am Tisch schon öfter in der Blindenhundschule gewesen waren. Sie waren aufgeregt, aber sie fühlten sich auch wohl hier. Das konnte er nicht verstehen. Er war hier, weil seine Mutter ihn unter Druck gesetzt hatte und weil er keinen Zweifel daran hatte, dass er Lindsey überhaupt nichts mehr zu bieten hätte, wenn er nicht wieder ein eigenständiges Leben führen würde. Er musste ihr in jeder Hinsicht ebenbürtig sein. Wenn nicht, wäre ihre Liebe zu Ende. Ihm war der Optimismus, den die anderen an den Tag legten, einfach zu viel.

Plötzlich öffnete sich eine gläserne Schiebetür ganz hinten im Speisesaal. Ein Mann kam mit festen Schritten herein. Brenden hörte, wie am Tisch begeisterter Applaus losbrandete. Smitty war da.

»Guten Abend, meine Damen und Herren«, sagte er zur Begrüßung. »Willkommen in unserer Schule für Blindenführhunde. Sie haben das Vorrecht und die Freude, in meiner Klasse zu sein.«

Diese Bemerkung wurde mit fröhlichen Buhrufen quittiert.

»Ach, ihr seid ja nur neidisch, dass ihr nicht so glatzköpfig und gut aussehend seid wie ich.« Smitty lachte. »Ja, meine Damen, gut aussehend, glatzköpfig und auch nicht mehr der Jüngste.«

»Du bist viel jünger als ich«, ließ Jimmy sich hören.

»Damit hast du recht, Jimmy. Keiner hier ist so alt wie du.«

Wieder ertönte Gelächter.

»So, meine lieben Schüler und Schülerinnen. Ihr kennt die Regeln, aber wenn ihr neu hier seid und das Informationsmaterial gelesen habt, wisst ihr, dass die Hunde euch in den ersten drei Tagen noch nicht vorgestellt werden. Zuerst durchlauft ihr das Juno-Programm.«

Jimmy stöhnte unwillig. »Ich etwa auch, Smitty?«

»Na klar, Jimmy. Deine Technik ist mit den Jahren bestimmt schludrig geworden. Du nimmst wahrscheinlich zu viele Abkürzungen. Das müssen wir wieder ausbügeln.«

Brenden wusste nicht so genau, was das Juno-Programm war, aber er hatte gehört, dass es sich dabei um Trockentraining handelte.

»Morgen haben wir einen langen Tag vor uns«, fügte Smitty hinzu. Wir werden viel laufen. Das Frühstück ist um Punkt sieben. Um acht beginnen wir mit der Arbeit. Zuerst hören wir ein bisschen Theorie, dann werden wir in den wunderschönen Straßen von San Rafael mit unserem Training beginnen. Jetzt habt ihr noch ein bisschen Zeit, um euch miteinander bekannt zu machen. Manche von euch wissen bereits, wo ihre Zimmer sind, aber wenn ihr euch nicht so sicher seid, helfen wir euch gerne. Lasst uns einfach wissen, wann ihr ins Bett wollt.«

Die Gruppe am Tisch applaudierte wieder. Dann merkte Brenden, dass die meisten Teilnehmer des Programms sofort eifrig miteinander redeten. Sie freuten sich schon jetzt auf ihre Begegnung mit den Hunden. Brenden dagegen wollte nur noch nach Hause.

Smitty beobachtete, wie der junge Mann sich immer mehr zurückzog. Er dachte an McCarthys Aufnahmeantrag. Darin stand etwas von seiner Sportbegeisterung und seiner Liebe zur freien Natur, von seinem abgeschlossenen Medizinstudium und seinem Wunsch, in der

Innenstadt von Denver zu wohnen. Smitty hatte schon daran gedacht, dass Nelson der richtige Hund für diesen jungen Mann wäre, aber als er ihn jetzt sah, war er sich nicht mehr so sicher. Vielleicht musste Nelson auf die nächste Klasse warten, wenn ihm bis dahin niemand auf die Schliche gekommen war.

Er ging zum Platz des jungen Mannes und stellte sich vor. »Ich bin Harold Smith. Sie sind doch Brenden McCarthy?«

Brenden merkte, dass dieser Mann sein Leben lang hart gearbeitet hatte. Seine Hand war abgearbeitet und kräftig, aber trotzdem lag auch Wärme und Freundschaft in seinem Händedruck. Seitdem Brenden sein Augenlicht verloren hatte, wusste er, dass man an einem Händedruck vieles erkennen konnte. Dieser hier wollte ihm sagen: »Freut mich, Sie kennenzulernen. Vielleicht kann ich Ihnen helfen.« Aber im Augenblick wollte Brenden keine Hilfe. Er wollte nur noch ins Bett.

»Bitte entschuldigen Sie«, meinte er, ohne den Mann ins Gespräch zu ziehen. »Können Sie mich auf mein Zimmer führen? Ich mache am besten Schluss für heute.«

»Na klar«, entgegnete Smitty. »Nehmen Sie meinen Arm. Hier entlang, bitte.«

Sie gingen den Flur entlang, und Smitty machte Brenden noch einmal mit seinem Zimmer und dem dazu gehörigen Bad vertraut.

»Dann gute Nacht«, sagte Brenden und setzte sich auf das Bett.

»Hören Sie mal, McCarthy«, meinte Smitty, als er spürte, dass der junge Mann bereits innerlich abgeschaltet hatte. »Ich will Ihnen nur sagen, dass ich für Sie da bin, wenn Sie etwas brauchen oder wenn ich Ihnen und dem Hund, den wir für Sie aussuchen werden, Extrastunden geben soll. Aus Ihrem Aufnahmeantrag weiß ich, dass ihr Unfall ein schwerer Schicksalsschlag für Sie war. Es fällt Ihnen bestimmt nicht leicht, ohne Augenlicht leben zu müssen. Aber wenn Sie bereit sind, es zu versuchen, kann ein Blindenhund ihr Leben verändern.«

Weil Brenden nicht reagierte, sprach Smitty weiter. »Ich hab ja schon gesagt, dass wir morgen nach dem Frühstück anfangen. In den ersten paar Tagen werde ich mit Ihnen zusammenarbeiten. Ich freue mich schon auf unsere Partnerschaft. So, jetzt schlafen Sie gut.«

Wieder saß Brenden nur stumm da, und Smitty schloss leise die Tür hinter sich. Lange nachdem der Ausbilder gegangen war, saß Brenden noch immer nachdenklich auf dem Bett. Er hasste sein jetziges Leben. Er hasste es, dass er jetzt zu diesen Leuten gehörte. Sie waren blind, sie waren behindert, sie waren Krüppel, aber trotz ihres jämmerlichen Zustands schienen sie glücklich zu sein. Wussten sie etwa nicht, wie die Welt wirklich aussah? Wussten oder merkten sie nicht, was ihnen entging? Der Wechsel der Jahreszeiten. Ein Regenbogen. Ein glückliches Lächeln. Das alles konnten sie nicht sehen. Sie waren blind.

Und dann traf es ihn wie ein überraschender Schlag in die Magengrube. Er war auch blind. Brenden McCarthy, der Arzt, der Bergsteiger, der Verlobte von Lindsey. Er war wie die anderen – nicht besser, nicht schlechter. Er war blind. Und morgen würde er lernen, wie man mit einem Blindenhund umgeht, mit dem untrüglichen Zeichen seiner Behinderung.

Er schlug die Hände vors Gesicht, weil seine Gefühle und die Gedanken an seine Lebenssituation ihn überwältigten. Wieder einmal flossen Tränen. Sein Weinen klang herzzerreißend, und es kam aus der Tiefe der Verzweiflung. Seine Tränen hatten keine reinigende Wirkung. Sein Schmerz ließ nicht nach, und er erkannte auch keinen Sinn in seinem Leiden. Brenden war ein gebrochener Mensch, gebrochen an Geist, Seele und Leib.

Als die Tränen schließlich versiegten, rollte er sich auf seinem Bett zusammen. Er war noch voll angekleidet, als er endlich in einen traumlosen Schlaf sank.

Kapitel Elf

Als er am nächsten Morgen beim Frühstück saß, spürte Brenden die Atmosphäre freudiger Erregung im Speisesaal. Er merkte, wie aufgeregt die Teilnehmer am Programm waren, weil sie jetzt lernen sollten, mit neuen Blindenhunden eine gute Beziehung anzuknüpfen und dadurch auch ein eigenständigeres Leben führen zu können. Brenden ärgerte sich über diese Begeisterung der anderen. Waren sie denn so ahnungslos? Wussten sie nicht, dass ihre Hunde Sinnbilder waren für ihren Zustand als ... Das Wort »Krüppel« blieb ihm im Hals stecken. Schon der Gedanke widerte ihn an.

Smitty kam herein, als die Schüler schon fertig waren. »Okay, Jungs und Mädels«, sagte er. »Eure Kutsche wartet draußen. Wir fahren zum Freizeitraum und machen euch dort mit euren Ausbildern bekannt. Habt ihr eure Laufschuhe an? Prima. Ihr werdet sie nämlich brauchen. Wenn dieser Tag vorbei ist, werdet ihr die vielen Kilometer, die ihr lauft, in den Füßen spüren. So, jetzt gehen wir.«

Alle Teilnehmer wurden in einen Bus geladen. Der Freizeitraum war ein schuleigenes Gebäude, in dem Schüler und Ausbilder ihre Pausen verbringen und alkoholfreie Getränke kaufen konnten. Als sie dort angekommen waren, hielt Smitty sein Versprechen. Er legte eine Hand auf Brendens Schulter.

»Bist du bereit?«, fragte er.

Der junge Mann nickte nur.

»Oh weh«, meinte Smitty. »Du bist wohl ein Morgenmuffel. So ein Pech.« Der Trainer legte eine Leine und ein Geschirr in Brendens

Hände. »Hier ist deine Ausrüstung – das zweitwichtigste Verbindungsglied zu deinem Hund und zu deiner Unabhängigkeit.«

Wider Willen war Brenden neugierig geworden. »Das zweitwichtigste Verbindungsstück?«, wollte er wissen.

»Genau. Das wichtigste Verbindungsglied ist die Liebe – die Liebe, die das Tier für dich empfindet und umgekehrt. Vertrauen ist auch wichtig, aber das kannst du nur gewinnen, wenn die Liebe zwischen euch beiden so tief ist, dass nichts und niemand sie zerstören kann. Siehst du, Brenden, Hunde haben reine Seelen. Klar machen sie Fehler, und manchmal benehmen sie sich unmöglich, aber das geschieht nie aus Bosheit heraus oder aus dem Wunsch, dich zu verletzen oder sogar in eurer Zusammenarbeit die Oberhand zu gewinnen. Sie sind eben Hunde – vollkommen in ihrer Liebe zu uns, aber manchmal unvollkommen in ihrem Benehmen.«

»Das klingt so, als ob du Hunde lieber magst als Menschen«, meinte Brenden.

Smitty musste lachen. »Das hast du richtig erkannt, Kumpel. Menschen enttäuschen uns, aber Hunde enttäuschen uns nie. Komm mal mit.«

Smitty führte Brenden an eine Wand und legte seine Hände auf einen unbekannten Gegenstand. »Was ist das?«, fragte Brenden.

»Was ist es denn deiner Meinung nach?«, entgegnete Smitty.

»Ist das ... ist das ein künstlicher Hund?«

»Du hast's erfasst. Ich möchte mit dir üben, wie man das Geschirr und die Leine anlegt. Fühl mal, wie das sitzen muss. Das Geschirr wird über den Kopf gezogen und um die Brust herum festgemacht. Die Leine kommt direkt ans Würgehalsband. Na los. Probiere es mal aus.«

Sobald Brenden das Geschirr angelegt hatte, sprach Smitty weiter.

»So, jetzt nimmst du den Griff vom Geschirr in die Hand. Das ist dein Steuerruder. Auf diese Weise kannst du jede Bewegung und jede Nuance im Verhalten deines Hundes ablesen. Das Geheimnis einer guten Zusammenarbeit mit einem Blindenhund ist nicht nur Liebe und Vertrauen, sondern auch die Fähigkeit, das Verhalten des jeweils anderen zu deuten. Brenden, mein Junge, du wirst verblüfft sein, wie viel diese Tiere verstehen können. Offen gestanden wissen sie mehr als wir ihnen zugestehen. Sie können es spüren, wenn du nervös bist oder wenn du etwas auf dem Herzen hast. Sie merken es, wenn du glücklich oder traurig bist. Sie wissen, ob du einen guten oder einen schlechten Tag hast. Und das alles hat Auswirkungen auf die Art, wie sie für dich arbeiten.

Heute werde ich als dein Hund fungieren. Wir gehen spazieren, und ich halte das eine Ende des Geschirrs. Ich werde immer einen kräftigen Druck nach vorne ausüben, damit du meine Bewegungen deuten kannst. Klar ist das nicht dasselbe wie die Arbeit mit einem Hund, weil ich aufrecht und auf zwei Beinen gehe, während der Hund sich auf allen Vieren fortbewegt. Die Signale kommen von der Art, wie er sich bewegt und seine Schultern dreht. Aber nach dreißig Jahren Erfahrung kann ich einen Hund ganz gut nachahmen. Also, jetzt gehen wir erst mal spazieren.«

Sie verließen das Gebäude. Smitty übte einen stetigen Druck auf das Geschirr aus, und Brenden folgte ihm zögernd.

»Ich spüre, dass du ein bisschen nervös bist, Brenden«, meinte Smitty. »Wenn ich das schon am Geschirr merke, dann weiß der Hund das sofort. Du brauchst keine Angst zu haben. Mache ganz normale Schritte. Weder der Hund noch ich werden zulassen, dass dir etwas passiert.«

Smitty blieb an einer Ecke stehen. »Okay«, sagte er. »Jetzt reden wir erst mal über die Umgebung, in der du arbeiten wirst. Hier in San

Rafael sind wir sehr gut dran, weil die mit Buchstaben versehenen Straßen A bis E von Osten nach Westen verlaufen und die von Eins bis Fünf nummerierten Straßen von Norden nach Süden. Deshalb ist es für uns einfach, für dich die Trainingsrouten auszuarbeiten. In den nächsten Wochen wirst du mich oft sagen hören: ›Geh zur Dritten Straße und von dort in die Straße B.‹ Was heißt das für dich?«

»Ich muss drei Straßenblöcke nach Osten gehen, dann nach links oder nach Süden abbiegen und dann noch vier Straßenblöcke weiter.«

»Sehr gut«, entgegnete Smitty. Er musste unwillkürlich lächeln. »Ich hab einen klugen Schüler erwischt. Du liegst richtig, Brenden. Wenn du dich mit deinem Hund und deiner Blindheit arrangiert hast, musst du dir im Kopf ein Bild von der Umgebung machen, in der ihr arbeitet. Der Hund kann sich auch viel merken, aber ein Tier ist nur so gut wie die Vorstellungskraft seines Herrn. Ist das klar?«

Brenden nickte.

Smitty war noch nicht fertig mit seinen Erklärungen. »In dieser Hinsicht bist du besser dran als jemand, der von Geburt an blind ist. Jetzt üben wir, wie wir uns einer Bordsteinkante nähern. Die Hunde sind so ausgebildet, dass sie sich nach vorn bewegen und einen gleichmäßigen Druck auf das Geschirr ausüben, bis sie zur Bordsteinkante gelangen. Dann musst du stehen bleiben, damit die Zehen des Fußes, der die Richtung vorgibt, genau dort sind, wo wir die Bordsteinkante verlassen. Hast du das verstanden?«

»Ich glaube ja«, meinte Brenden, aber er war sich seiner Sache nicht so sicher.

Smitty sah, dass der junge Mann verwirrt war. »Mach dir keine Gedanken«, meinte er nur. »Wir probieren es einfach. Der Bordstein ist ungefähr zwanzig Meter Luftlinie von hier entfernt, also gehen wir jetzt drauf zu. Gib mir das Kommando.«

»Wie soll ich dich nennen?«, fragte Brenden. »Oder soll ich nur sagen: Vorwärts, Hund?«

»Nein. Sag einfach: ›Smitty, vorwärts.‹«

Brenden musste lachen. »Na toll. Endlich kann ich mal jemandem sagen, wo es langgeht.«

»Genau so ist es«, meinte Smitty. Er legte eine Hand auf Brendens Schulter. »Das wollen wir erreichen. Bis zum Monatsende sollst du deinem Hund sagen, wo es langgeht, weil der Hund für dich arbeiten will. Also, gib mir jetzt das Kommando.«

Brenden nahm den Griff des Geschirrs in die Hand. »Smitty, vorwärts.«

Der Mann ging mit einem forschen Schritt los. Er zog mit einem starken Druck am Geschirr. Brenden war gezwungen, sich dieser Geschwindigkeit anzupassen. Als sie die Bordsteinkante erreichten, blieb Smitty so abrupt stehen, dass Brenden über die Kante trat. Smitty packte ihn mit seiner freien Hand, damit der blinde Mann nicht hinfiel.

»Siehst du«, meinte er. »Ich hab's dir gesagt. Der Hund wird genau an der Bordsteinkante anhalten. Du musst ein bisschen aufpassen. Jetzt probieren wir es noch mal.«

Beim nächsten Mal blieb Brenden an der richtigen Stelle stehen. Seine Zehen trafen genau auf die Kante.

»Okay«, sagte Smitty. »Jetzt gib mir noch mal das Kommando.«

»Smitty, vorwärts«, sagte Brenden Aber als sie die Straße überqueren wollten, verlangsamte der Trainer mit Absicht sein Tempo. Brenden spürte am Geschirr keinen Zug mehr.

»Jetzt musst du mich aufmuntern«, meinte Smitty. »Sag mir, dass ich schneller laufen soll. Manchmal bekommen Hunde Angst, wenn sie mit einem neuen Halter eine Straße überqueren sollen. Sag nur

›hopp‹. Dieses Kommando kennen alle Hunde. Aber du musst dabei meinen Namen nennen. So, jetzt muntere mich mal auf.«

Brenden musste lachen. »Okay. Hopp, Smitty. Gehen wir, alter Junge. Na los schon, hopp.«

»Denk dran, dass du den Namen zuerst nennen musst.«

»Smitty, hopp.«

Der Trainer beschleunigte seine Schritte und kam auf der anderen Straßenseite an. Er ging auf die Bordsteinkante, kurz bevor Brenden es ihm gleich tat. Dann blieb er stehen.

»Brenden, die Hunde haben in ihrer Ausbildung gelernt, die Bordsteinkante zuerst mit den Vorderpfoten zu betreten, damit du weißt, dass sie einen Schritt nach oben machen werden. Aber später werden sie das nicht mehr machen – ich meine, wenn ihr euch draußen in der Welt als Gespann bewegt. Dann überquerst du die Straße, und der Hund wird vor der Bordsteinkante nur eine kleine Pause machen. Das gehört zu den Nuancen, von denen wir gesprochen haben, zum Gewöhnungsprozess, wenn der Hund anfängt, deine Reaktionen genauso gut zu lesen wie du seine.«

Als sie den nächsten Straßenblock entlanggingen, erwähnte Smitty die verschiedenen Arten von Bordsteinen, auf die sie treffen würden.

»Nicht alle Bordsteine sind gerade. Vielleicht erinnerst du dich noch daran aus der Zeit, als du sehen konntest. Manche Bordsteine sind gerundet und viel schwerer zu erkennen. Dann musst du dich darauf verlassen, dass dein Hund dich genau in die Richtung dreht, in die du gehen willst. Dann gibt es diese Rampen für Rollstuhlfahrer. Die können richtig knifflig werden, weil die Hunde meistens schon frühzeitig oben auf der Rampe stehen bleiben, anstatt dich bis zur Kante zu bringen. Es gibt auch noch so genannte versenkte Bordsteine. Die findest du in einem Parkhaus oder einem Durchgang, und sie bilden in Wirklichkeit gar keine Stufe, sondern nur einen Zwischenraum auf der Straße. Die Hunde kennen die Unterschiede zwischen den verschiedenen Bordsteinarten, aber es geschieht sehr oft, dass ein Halter das Tier zwingt, die Kante ohne Pause zu überqueren. Manchmal nehmen die Hunde dann solche Übergänge als etwas Selbstverständliches hin. Deshalb musst du deine Ohren gebrauchen und aufmerksam sein, vor allem im Straßenverkehr. Für diese Arbeit braucht man Konzentration, Brenden, viel Konzentration. Aber die Mühe lohnt sich, wenn aus dir und deinem Hund ein gutes Gespann wird.«

Brenden war seltsam berührt von Smittys Begeisterung. Der schwache Hoffnungsschimmer, den er bereits auf dem Weg zur Blindenhundschule gespürt hatte, zeigte sich auch jetzt wieder.

»Okay«, fügte Smitty hinzu. »Wenn wir zu diesem Bordstein kommen und ich stehen bleibe, versuchen wir, ihn seitlich zu überqueren. Dafür brauche ich von dir das Kommando »Smitty, rumdrehen.« Dann machst du einen Schritt zurück und lässt mich links von dir den Bordstein hochgehen. Hast du das verstanden?«

»Klar doch, Smitty«, meinte Brenden.

»Okay, hier kommt der Bordstein.«

Brenden blieb genau an der richtigen Stelle stehen und gab dem Trainer das Kommando, damit er sich in die angegebene Richtung drehen konnte. Die beiden machten ihre Sache sehr gut.

»Prima, Brenden«, lobte Smitty. »Aus dir kann man was machen.«

In den nächsten drei Stunden übten die beiden Männer, wie man durch die Tür eines Gebäudes geht, eine Rolltreppe findet und in einem voll besetzten Restaurant nach einem freien Platz sucht. Nach der Mittagspause zeigte Smitty seinem Schüler, wie man einen Hund korrigiert, wenn er einen Fehler macht. Er veranschaulichte es ihm an einem drastischen Beispiel. Er und Brenden kamen zu einem Bordstein. Smitty schritt aus, ohne eine Pause zu machen. Dadurch kam Brenden ins Stolpern.

»Lass das Geschirr fallen«, sagte Smitty. »Und nimm die Leine in beide Hände. Jetzt ziehst du kräftig, damit das Würgehalsband sich zuzieht. Dabei sagst du dem Hund laut und deutlich *Nein.*«

Brenden übte diesen Vorgang drei oder vier Mal. Einmal sagte er nicht nur »Nein«, sondern auch »böser Hund«.

»Sag so etwas nie wieder«, meinte Smitty. »Hunde sind nicht böse. Sie machen bloß Fehler. Du willst dem Tier ja nicht sein Selbstwertgefühl nehmen. Es ist entscheidend, dass sich der Hund bei der Arbeit genauso wohlfühlt wie du als sein Partner.«

Brenden war überrascht, wie viel es zu lernen gab. Widerwillig gestand er sich ein, dass er diese neue Erfahrung sogar genoss. Er bewunderte insgeheim die Kenntnisse und Fähigkeiten von Smitty, ja, er fühlte sich in Gesellschaft dieses Mannes sogar wohl. Smitty war ein guter Lehrer, und Brenden hatte schon immer Respekt gehabt vor Menschen, die von ihrem Fach etwas verstanden und auf manchen Gebieten mehr wussten als er.

Am Nachmittag wurde das Training wiederholt, aber diesmal machte Brenden Bekanntschaft mit dem Simulator. Man konnte diesem vierrädrigen, in Dänemark entwickelten Apparat das Geschirr anlegen. Der Trainer ging hinter dem Schüler her und schob das merkwürdig aussehende Fahrzeug nach vorn. Das war sehr wichtig, denn jetzt hatte der Schüler einen leeren Raum vor sich, ohne den Trainer als Puffer dazwischen.

Am Ende des zweiten Tages hatten Brenden und Smitty praktisch die ganze Innenstadt von San Rafael durchwandert. Sogar Brenden als durchtrainierter Sportler spürte seine Füße. Er konnte es kaum glauben, dass Jimmy, dieser alte Mann, am Abend während des Essens noch immer unermüdlich am Tisch Hof hielt.

»Jetzt hört mal alle her«, sagte er. Man merkte seiner Stimme die große Begeisterung an. »Wir müssen noch einen Tag lang dieses blöde Trockentraining über uns ergehen lassen, aber dann lernen wir unsere Hunde kennen. Morgen Abend, Jungs und Mädels, werden wir unsere erste Begegnung mit dem besten Freund des Menschen haben.«

»Du meinst, mit deinem einzigen Freund, stimmt's, Jimmy?« Lorraine konnte es nicht lassen, ihn ein bisschen zu verspotten.

Der alte Mann stimmte in das allgemeine Gelächter ein. »Du bist bloß verärgert, Lorraine, weil wir uns schon vor Jahren nicht ineinander verliebt haben. Vielleicht ist es dafür noch nicht zu spät.«

Die Frau warf mit einem Brötchen nach ihm und traf ihn tatsächlich am Kopf. Das Gelächter wurde lauter.

»Ich glaub nicht, dass du blind bist, Lorraine«, sagte Jimmy schließlich. »Das war ja ein Volltreffer. Vielleicht hätte ich mich doch in dich verlieben sollen. Das wäre bestimmt das Beste gewesen, was dir hätte passieren können.«

Lorraine seufzte. »Ach du liebe Zeit.« Aber in ihrer Stimme schwang ein Lächeln mit, und jeder am Tisch, auch Brenden, konnte es spüren.

Nach dem Essen wurden die Schüler in kleine Gruppen aufgeteilt, damit sie Einzelgespräche mit ihren Trainern führen konnten. Die aus zwölf Teilnehmern bestehende Klasse wurde zuerst in vier Dreiergruppen geteilt. Jede dieser Gruppen wurde von einem Trainer geleitet. Im Laufe des Abends luden die Trainer jeden der Schüler zu einem Gespräch unter vier Augen ein. Alle Ausbilder bewerteten in den ersten Tagen die Leistung der Teilnehmer. Aber jetzt sollten die verschiedenen Teile zu einem Gesamtbild zusammengesetzt werden, damit die Trainer ihre Schüler mit den richtigen Hunden zusammenführen konnten und Gespanne entstanden, die ein erfülltes Leben zu zweit führen sollten.

Smitty hielt Brendens Antragsformular in der Hand. »Brenden, in deiner Bewerbung steht, dass du dich gerne in der freien Natur aufhältst und viel Sport treibst. Hast du in der Schule und im College auch Mannschaftssport gemacht?«

»Ja«, meinte Brenden. Seine Gesichtszüge verdüsterten sich. »Ja, ich hab praktisch alles gespielt, was zu spielen war. Ich war Spielmacher in der Football-Mannschaft, Kapitän der Baseballmannschaft, Aufbauspieler in der Basketballmannschaft. Ich bin auch gern Ski gelaufen und gewandert. Aber am liebsten ...« Er hielt inne. »Am liebsten mochte ich Bergsteigen.«

Smitty ergriff wieder das Wort. Plötzlich wurde ihm so manches klar. »Du bist beim Bergsteigen verunglückt, stimmt's, Brenden?«

»Du meinst, ich bin durch den Unfall blind geworden«, entgegnete Brenden.

»Okay«, meinte Smitty. »Also bist du durch einen Bergunfall blind geworden. Und dann?«

»Und dann ...«, fügte Brenden hinzu. Diesmal sprudelte es förmlich aus ihm heraus. »Seit diesem Unfall bin ich behindert oder wie willst du es nennen? Ein Invalide? Ein Krüppel?«

»Aber deshalb bist du nicht hier«, sagte Smitty. »Du bist hier, weil du die Unabhängigkeit oder besser gesagt die gegenseitige Abhängigkeit erleben willst, die entsteht, wenn du dich verliebst und dein Leben mit einem Freund teilst – klar hat dieser Freund ein Fell, aber du wirst niemals einen besseren, liebevolleren Gefährten haben. Und außerdem ...« Jetzt musste Smitty lächeln. »Außerdem sind Hunde die ultimativen Frauen-Magneten. Die Mädels fühlen sich hingezogen zu einem gut aussehenden Hund. Es wird dir nie an Verabredungen mangeln. Hast du eigentlich eine Freundin?«

»Ich hatte eine«, entgegnete Brenden leise. »Jetzt bin ich mir da nicht mehr so sicher.«

»Nur Geduld«, fügte Smitty sofort hinzu. »Wenn du einen Hund mit nach Hause bringst, wird sie euch beide lieben. Der schnellste Weg zum Herzen einer Frau führt über die Begegnung mit einem Labrador, einem Golden Retriever oder einem Schäferhund.«

Brenden konnte es langsam nicht mehr hören. Er glaubte nicht so recht daran, dass mit einem Hund plötzlich alles eitel Freude und Sonnenschein sein sollte.

»Hör mal zu«, meinte er deshalb. »Du tust so, als ob die Hunde Wunder vollbringen könnten, so nach dem Motto: Wenn du erst einen Hund hast, ist alles in Butter.«

»Das hab ich nicht gesagt«, erwiderte Smitty. »Als wir heute zusammengearbeitet haben, bist du über Bordsteine gestolpert. Ein paar Mal habe ich dich gegen Büsche rennen lassen, und dann bist du mit dem Kopf beinahe an eine Tür gestoßen. Wenn du deinen Hund bekommst, wird so was öfter passieren. Obwohl wir uns mit Leib und Seele für diese Tiere engagiert haben, sind sie genauso neu in dieser Arbeit wie du. Jeder von euch beiden muss sich entscheiden, ob er seine Kraft und Zeit für den anderen investieren will. Darum geht es, Brenden: Es ist eine gegenseitige Investition.«

Beide Männer schwiegen.

»Ich weiß nicht, ob ich das wirklich will«, meinte Brenden schließlich. »Ich bin mir nicht sicher, ob ich diese Verantwortung übernehmen will, und ich weiß nicht, ob ich mir wirklich so viel Mühe geben will.«

»Welche Alternative hast du denn?«, fragte Smitty sarkastisch. »Ein Blindenstock? Du hast mir gesagt, dass du den Stock hasst. Oder willst du lieber zu Hause bleiben und dich von deiner Mutter umsorgen lassen?«

»Ach, sei doch still«, entgegnete Brenden. »Das ist unfair. Ich bin noch nicht so lange blind.«

Smitty wurde wieder ernst. »Das weiß ich nur zu gut, Brenden. Aber ich verspreche dir, dass wir dir das größte Geschenk der Welt machen, wenn du dem Hund und mir eine Chance gibst.«

»Was ist das für ein Geschenk?«, fragte Brenden. Er beugte sich neugierig vor.

»Freiheit«, antwortete Smitty. »Eine wunderbare, herrliche Freiheit.«

Brenden dachte über das Gespräch nach, als er später im Bett lag. Er fragte sich, ob er wirklich diese Freiheit haben, ob er sich wieder lebendig fühlen wollte. Wieder spürte er diesen schwachen Hoffnungsschimmer in sich. Es war, als ob in seinem Magen ein winziger Schmetterling hin und her flitzte. Hatte der Trainer etwa recht? Wäre er fähig, ein Tier zu lieben? Gab es für ihn noch Hoffnung auf Freiheit?

Um etwa die gleiche Zeit lag Smitty ebenfalls wach in seinem Bett und machte sich seine eigenen Gedanken. War Brenden der Richtige für Nelson? Hatte er endlich den idealen Partner für den energiegeladenen Labrador gefunden? Es war ein Risiko. Was würde passieren, wenn Brenden mit dem Hund nicht zurechtkommen würde? Was wäre, wenn er ohne Hund nach Hause fahren würde und Nelson gezwungen wäre, ein weiteres Mal in den Hundezwinger zurückzukehren? Wie würde das Tier mit einer solchen Niederlage umgehen?

Wie oft sollte Nelson noch meinen, er habe den richtigen Halter gefunden? Wie oft könnte der Hund eine erneute Ablehnung ertragen, ohne daran zugrunde zu gehen?

Smitty wusste, dass Tiere eine sensible Psyche haben, genau wie Menschen auch, und ihm war bewusst, dass Nelson an der Grenze seiner Belastbarkeit angelangt war. Die nächsten beiden Wochen würden ihm mehr Klarheit bringen. Er warf sich schlaflos auf dem Bett hin und her, weil er versuchte sich vorzustellen, was geschehen würde, wenn der junge Mann und der Hund morgen Abend ihren gemeinsamen Weg beginnen sollten.

Kapitel Zwölf

Nach dem Abendessen war es endlich so weit. Alle Schüler gingen in den großen Aufenthaltsraum und setzten sich auf Stühle, die nebeneinander standen, aber mit genügend Zwischenraum, damit sich ihre Hunde bequem neben ihnen hinlegen konnten. Brenden spürte, wie sich die Atmosphäre im Raum veränderte. Die Teilnehmer des Programms warteten gespannt auf das, was kommen würde. Es war fast wie das Gefühl, das er immer hatte, bevor er bei einem wichtigen Football-Spiel aufs Spielfeld lief. Eine nervöse Spannung lag in der Luft. Die Leute waren ungeduldig. Und was empfand er? Auch wenn er es sich nicht eingestehen wollte, war er ebenfalls angespannt. Was war das für ein Gefühl? Neugier? Furcht? Hoffnung? Er war sich nicht sicher.

Noch immer wusste er nicht, ob er überhaupt einen Hund haben wollte, aber diese letzten beiden Tage mit Smitty waren ... nun ja, sie waren interessant. Er hatte eine Menge gelernt, und er merkte, dass seine Sinne viel schärfer waren als vor seinem Unfall oder auch im Reha-Programm. Er war zumindest bereit, ein Experiment zu wagen, dieses neue Tier kennenzulernen, es zu testen und zu warten, was dann passierte.

Die Schiebetür am anderen Ende des Raums glitt auf. Er hörte das leise Klimpern von Ketten und Leinen, und dann spontanen Applaus. Die Hunde waren da, und Smitty war auch dabei.

»Guten Abend, meine Damen und Herrn«, begrüßte er die Versammelten. »Eure besten Freunde sind angekommen. Zumindest hoffe ich, dass sie eure besten Freunde werden. Denkt an die Grundregel. In diesem Stadium eurer Beziehung wissen die Hunde mehr über ihre Arbeit als ihr. Deshalb müsst ihr euch ihre Liebe verdienen. Weil wir schon lange Blindenhunde ausbilden, sind die meisten von euch hier, um ihren zweiten, dritten oder ...«

»Fünften Hund«, unterbrach ihn Jimmy.

»Oder fünften Hund zu holen, Jimmy. Ich kenne die meisten von euch, und deshalb denke ich, dass ich die passenden Hunde für euch ausgesucht habe. Also, fangen wir an. Aus Respekt vor deinem Alter, Jimmy, bist du der Erste. Bitte steh auf und mach zwei Schritte nach vorn.«

Jimmys Stuhl quietschte, als der alte Mann vortrat. Ein Mitarbeiter der Blindenhundschule führte Nan zu ihm. Als Jimmy seine Hände ausstreckte und die Hündin berührte, füllten sich seine Augen mit Tränen, die ihm die Wangen herabliefen.

»Oh, Smitty«, sagte er mit zitternder Stimme. »Du alter Teufelskerl. Du hast für mich wieder einen Golden Retriever gefunden. Oh Mann!«

Jimmy umarmte die junge Hündin, und sie leckte ihm das Gesicht.

»Eine Verbindung, die im Himmel geknüpft wurde«, sagte Smitty. »Ja, im Himmel.«

Lorraine war als Nächste an der Reihe. Sie bekam einen Labradoodle. Smitty meinte, dieser Hund wäre sehr gut geeignet für die Arbeit auf der Westseite von Manhattan.

Jetzt stand Smitty vor Brenden. »Weil ich weiß, dass das dein erster Hund ist, Brenden. Du bist bestimmt ganz schön nervös. Aber ich finde, ich habe für dich ein wundervolles Tier ausgesucht.« Smitty war froh, dass Brenden nicht den Ausdruck in seinen Augen sehen konnte. Er hoffte so sehr, die richtige Wahl für Nelson getroffen zu haben.

Er sprach weiter. »Als wir über deine Bewerbung gesprochen haben, hast du mir von deinem großen Wunsch nach sportlicher Betätigung erzählt. Deshalb haben wir für dich einen Hund ausgesucht, der deine Liebe zum Sport bestimmt teilt. Darf ich vorstellen? Dein neuer Blindenführhund ist ein schwarzer Labrador namens Nelson.«

Brenden hörte das leise Klimpern eines Halsbandes und das klickende Geräusch von kurzen Krallen auf dem Fußboden, als jemand diesen Nelson durch den Raum führte. Was sollte er jetzt machen? Die Hand ausstrecken und das Tier streicheln oder einfach still stehen? Er fühlte sich unsicher und unbeholfen in Gegenwart der anderen Blinden, die ihre neuen Hunde offenbar so problemlos annahmen.

»Na los, Brenden«, meinte Smitty. »Streck die Hand aus und streichle ihn. Er steht genau vor dir.«

Zögernd folgte Brenden dieser Aufforderung. Seine Handbewegung schien den jungen Hund aus der Fassung zu bringen. Er drehte den Kopf weg und wich vor der Hand zurück.

»Komm schon, Nelson«, sagte die Mitarbeiterin der Blindenhundschule aufmunternd. »Lerne deinen neuen Herrn kennen.«

»Vielleicht sollten wir das Ganze vergessen«, platzte Brenden heraus.

Smitty unterbrach ihn. »Vielleicht solltest du jetzt in die Knie gehen und ihn umarmen, Kumpel. Das wollen die Hunde. Sie wollen wissen, dass man sie liebt.«

Smitty entging nichts, als Brenden sich vor dem Hund hinkniete. Nach dreißig Jahren Berufserfahrung als Ausbilder hatte er Menschenkenntnis. Er merkte sofort, dass sich dieser erst vor Kurzem erblindete junge Mann noch immer nicht sicher war, ob er einen

Hund haben wollte oder nicht. Smitty würde also weiter nach allen Gefahrenzeichen Ausschau halten müssen. Er hoffte, dass er nicht schon wieder einen Fehler gemacht hatte.

Brenden tastete endlich das Tier mit den Händen ab. Er spürte die Umrisse eines großen Kopfes, eines dicken Halses, breiter Schultern, eines großen Brustkorbs, eines kurzen, drahtigen Fells und eines Schwanzes, der jetzt freudig wedelte. Der Hund mochte es, wenn man ihn streichelte.

»Er will arbeiten und geliebt werden«, meinte Smitty. »Das ist fast wie bei uns, wenn du darüber nachdenkst. Jetzt wird Andrea dir die Leine geben. Sag ihm nur »Platz«, und lass ihn ruhig neben deinem Stuhl liegen, während wir die anderen Hunde ihren neuen Haltern geben.«

In der nächsten halben Stunde hörte Brenden zu, wie überglücklich die anderen Teilnehmer des Kurses waren, als sie ihre neuen Gefährten kennenlernten. Er selbst war hin und her gerissen zwischen Unbehagen und Angst, als er merkte, wie wenig er über die Arbeit mit Tieren wusste. Natürlich liebte er Gus. Gus war sein Freund. Aber ihre Beziehung war frei von der Verantwortung füreinander. Er musste sich eingestehen, dass er Angst hatte. Angst wovor? Vor dem Versagen? Er wusste es nicht so genau.

Er hielt die Leine fest in beiden Händen. Nicht einmal beugte er sich herunter, um den ruhig neben seinem Stuhl liegenden Hund zu streicheln. Ab und zu berührte der junge Mann den Hund mit seinem Fuß, um sicherzugehen, dass er sich nicht bewegt hatte, aber er fühlte sich zu unsicher, um seine Nähe zu suchen.

Jedes Mal, wenn Smitty vorbeikam, hörte Brenden ein dumpfes Klopfen auf dem Boden. Der Hund wedelte freudig mit dem Schwanz. *Er liebt seinen Trainer,* dachte Brenden. *Na ja, er braucht sich keine Sorgen zu machen. Ich bin vielleicht nicht mehr lange da.*

Smitty wandte sich wieder an alle Schüler. »Alle herhören, bitte! Ihr kennt die Regeln. Bitte mogelt nicht. Versucht nicht, schon vor Beginn des morgigen Unterrichts mit euren Hunden zu arbeiten. Zeigt ihnen nur, dass ihr sie lieb habt und lasst sie bei Fuß gehen, damit sie nicht mit den anderen Hunden herumalbern. Jetzt haben wir noch ein gemütliches Beisammensein, und dann gehen wir ins Bett. Morgen wartet eine Menge Arbeit auf uns. Deshalb schlaft ein bisschen auf Vorrat. Aber ich weiß jetzt schon, dass ihr wahrscheinlich die ganze Nacht aufbleibt, weil ihr nachsehen wollt, ob euer neuer Freund echt ist.«

Jimmy redete schon wieder dazwischen. »He, Smitty, ich hab doch vor diesem Mädchen schon vier Hunde gehabt. Meinst du, es ist in Ordnung, wenn ich ihr beibringe, den Flur entlangzugehen und Lorraines Zimmer ausfindig zu machen?«

»Jimmy, du bist einfach unmöglich«, meinte Smitty. »Aber ich hab dich trotzdem lieb. Okay, Leute. Frühstück ist um sieben. Bis morgen dann.«

Smitty beobachtete Brenden von Weitem. Er merkte, wie angespannt der junge Mann war. *Dieser Typ geht mir nicht mehr aus dem Kopf,* dachte er, als er wohl zum zehnten Mal zu ihm herübersah. *Wenn ich diese Entscheidung noch einmal treffen müsste, würde ich ihm Nelson nicht anvertrauen. Der Hund ist einfach zu gut. Im Moment sieht es nicht so aus, als ob McCarthy das jemals zu schätzen weiß, aber ich hatte auch schon Unrecht. Also probieren wir es. Mal sehen.*

Als das gemütliche Beisammensein zu Ende war, begleitete Smitty Brenden und Nelson auf ihr Zimmer. Der Hund zog ständig an der Leine, weil er Smittys Nähe suchte. Brenden war überrascht, dass der Trainer das Tier nicht beachtete.

»Warum redest du nicht mit ihm?«, fragte Brenden schließlich. »Er will offenbar lieber bei dir und nicht bei mir sein.«

»Das stimmt«, entgegnete Smitty. »Aber du bist jetzt sein Herr. Ich darf ihn nur beachten, wenn ich ihn korrigiere und mit dir arbeite.«

Brenden wollte das noch immer nicht verstehen. »Aber ist das nicht hart?«, fragte er. »Ich meine, wenn du ihn einfach übersiehst.«

»Das ist der schwerste Teil meiner Arbeit«, meinte Smitty mit einem tiefen Seufzer. »Es ist schon hart, wenn ich mich von einem Freund trennen muss. So was gehört eben zum Beruf. Aber ich werde ja auch reichlich dafür entschädigt. Wenn ich sehe, wie ein Gespann zusammenwächst, fühle ich mich großartig. Ich hoffe, dass du auch diese Erfahrung machst, McCarthy. So, jetzt streck mal am Fußende deines Bettes die Hand aus. Dort findest du einen Karabinerhaken. Ich möchte, dass du Nelsons Leine daran festmachst. Kannst du ihn fühlen?«

Brenden beugte sich nach vorn und fand den Karabinerhaken.

»Wenn du ins Bett gehst, könnte er anfangen zu heulen, weil er meint, ich sei noch im Gebäude. Beachte ihn nicht. Sag nur ›Nein‹, und wenn er weiterheult, gib ihm einen beruhigenden Klaps. Aber nur einen. Wenn du ihn zu liebevoll behandelst, meint er, dass es erlaubt ist, in der Nacht zu heulen. In diesem Prozess der Annäherung steckt eine Menge Psychologie. Dabei gibt es ungeheuer viel zu lernen.«

Als sich die Tür schloss und Smitty das Zimmer verlassen hatte, fing der große Labrador an zu heulen. Brenden konnte es kaum ertragen.

»Also, du Fellknäuel«, sagte er. »Sei einfach ruhig. Mir gefällt dieses Arrangement genauso wenig wie dir, aber jetzt müssen wir es erst mal miteinander aushalten. Also versuchen wir, ein bisschen zu schlafen, okay?«

Anstelle einer Antwort heulte der Hund erneut. Brenden war gezwungen, aus dem Bett zu schlüpfen und ihm einen Klaps zu geben.

»Hör mal zu, Nelson«, sagte er in die Dunkelheit hinein. »Du scheinst ein ganz netter Kerl zu sein. Es tut mir leid, dass du ausgerechnet an mich geraten bist. Aber wollen wir versuchen, miteinander klarzukommen?«

Das Tier schnupperte an dem jungen Mann, als ob es entscheiden wollte, wo Brenden eigentlich herkam. Dann rollte er sich auf die Seite und zeigte seinen Bauch. Der junge Mann strich zögernd über das weiche Fell. Als der Hund einen Seufzer hören ließ, schien er damit sagen zu wollen, dass er sich damit abfinden wollte, heute Nacht hierzubleiben. Gleich darauf schlief er ein. Vielleicht gefiel es ihm in diesem Zimmer besser als im Hundezwinger. Brenden schlüpfte zurück in sein Bett und schlief ebenfalls ein.

Am nächsten Morgen brauchte er keinen Wecker. Der große Hund leckte ihm den Fuß. Im Laufe der Nacht hatte der junge Mann wohl ein Bein unter der Bettdecke hervorgestreckt. Der Hund leckte jeden Fußzeh ab, als ob er ihm guten Morgen sagen wollte. Andere Schüler waren schon auf. Brenden konnte hören, wie Hunde und Menschen vor seiner Tür durch den Flur gingen. Bald darauf schloss er sich dieser Gruppe an. Er war überrascht, als die Schüler nach draußen gingen, bevor sie sich an den Frühstückstisch setzten.

»Wir müssen mit unseren Hunden in den Park gehen«, meinte Jimmy. »Dort findest du dann raus, ob du wirklich einen Hund willst. Du musst nämlich seinen Dreck wegmachen.«

»Was redest du da?«, fragte Brenden. »Du meinst, wir müssen ...«

»Genau«, meldete sich ein anderer Schüler. »Du musst dich hinknien und es aufheben.«

»Das stimmt nicht ganz«, sagte Smitty. »Es gibt da nämlich eine spezielle Technik, aber die erlernst du heute noch nicht. Wir haben hier eine Grünanlage für alle Hunde. Diese Jungs wollen dich nur ein bisschen nerven, Brenden.«

»In den Park gehen?«, entgegnete Brenden. »Das ist ein ziemlich gutes Wort für diese unangenehme Sache.«

»Du findest schon noch raus, wie gut dieses Wort ist«, erklärte ihm Jimmy. »Dein Hund sollte es wirklich kennen.«

Während des Frühstücks sprachen alle Schüler über ihre Hunde, die ersten Eindrücke, die sie von ihnen hatten. Jeder erzählte von den Besonderheiten seines neuen Freundes. Alle am Tisch äußerten sich über ihre Gefühle, aber Brenden konnte das nicht, weil er nichts für Nelson empfand. Sie waren zusammen, aber es gab noch kein echtes Miteinander, keine enge Verbindung zwischen den beiden.

Später drängten sich alle Schüler in Kleinbusse. Kurz nach acht kamen sie am großen Aufenthaltsraum an, um den ersten Tag des Zusammenspiels mit ihren neuen Blindenführhunden zu beginnen. Brenden merkte schnell, dass zuerst der Gehorsam auf dem Lehrplan stand. Kommandos wie *komm*, *runter*, *sitz*, *bleib* und *bei Fuß* erinnerten den Hund daran, dass er jetzt für einen neuen Herrn arbeiten musste. Dem Schüler halfen diese Befehle beim Umgang mit seinem Hund. Diese Art von Arbeit erstreckte sich über den ganzen Morgen. Brenden war überrascht, als Smitty ihm nach dem Mittagessen mitteilte, dass sie sofort mit dem Geschirr arbeiten würden. Es ging jetzt alles sehr schnell.

Sie standen vor dem Aufenthaltsraum an der Ecke zur Ersten Straße, die fast geradlinig verlief.

»Keine Angst«, sagte Smitty zu Brenden. »Du brauchst nur auf und ab zu gehen, vielleicht einhundertfünfzig Meter, damit du dich an ein echtes Tier im Geschirr gewöhnst. Alles klar? Ich muss dich aber warnen. Nelson ist ein besonders starker Hund. Wenn du ihm das Kommando ›Nelson, vorwärts‹ gibst, wirst du seine Reaktion spüren. Mach dich auf einen kräftigen Zug am Geschirr gefasst. Der Schlüssel zu einer guten Zusammenarbeit zwischen Hund und Mensch liegt jedoch nicht in der Kraft, die der Hund anwendet, sondern in der Gleichmäßigkeit seiner Bewegung. Wenn der Zug am Geschirr gleichbleibend ist, kannst du daraus die Richtung ablesen und die Nuancen verstehen. Aus meiner Erfahrung in der Arbeit mit Nelson kann ich dir sagen, dass sein Zug hervorragend ist. Bist du bereit? Okay, dann gib ihm den Befehl und folge deinem Hund.«

Wieder spürte Brenden Schmetterlinge im Bauch, als er tief Luft holte. *Das ist meine Jungfernreise*, dachte er. *Vielleicht geht sie auch so aus wie die erste Fahrt der Titanic.*

»Okay«, sagte er schließlich. »Nelson, vorwärts.«

Das Tier drehte den Kopf und sah zu Smitty herüber. In seinem Blick lag zuerst eine Frage und dann eine tiefe Traurigkeit.

Ich weiß, mein Junge, dachte Smitty. *Du hast das jetzt schon zwei Mal durchgemacht. Als Welpe hast du zuerst deinen Paten geliebt und dann mich, aber das muss jetzt gut laufen, Nelson. Mit diesem Typen muss es einfach klappen.*

»Noch mal, Brenden«, meinte Smitty mit fester Stimme. »Gib ihm noch mal das Kommando.«

Brenden wiederholte den Befehl. »Nelson, vorwärts.«

Wieder suchten die Augen des großen Hundes seinen Trainer, aber diesmal sah Smitty weg. Er wusste, was er zu tun hatte. Deshalb streckte er die Hand aus und gab dem Tier einen leichten Schlag auf die Schulter.

»Sag es ihm noch mal, Brenden«, erklärte Smitty. »Aber diesmal noch lauter.«

Brenden tat, was ihm der Trainer sagte. »Nelson, vorwärts.«

Der Hund warf noch einen resignierten Blick auf seinen Trainer, aber dann setzte er sich in Bewegung. Zum ersten Mal spürte Brenden, wie es war, sich durch den Raum zu bewegen, während der Hund in einer vollkommen geraden Linie lief.

Smitty ließ sich ein paar Schritte zurückfallen. Sofort drehte der Hund seinen Kopf, als ob er ihm folgen wollte, als ob er immer noch hoffte, bei seinem Trainer bleiben zu können. Trotzdem bewegte er sich weiter die Straße entlang.

»Brenden«, sagte Smitty zum neuen Halter. »Korrigiere deinen Hund und sage: ›Nein, geradeaus.‹«

Der große Hund verstand diese Zurechtweisung. Er wollte noch immer für seinen Trainer arbeiten, denn er liebte ihn. Aber der andere Mann hielt die Leine und das Geschirr. Das Tier war so erzogen worden, dass es gehorchen musste, wenn es das Geschirr trug. Die Disziplin gewann schließlich die Oberhand. Nelson beruhigte sich und zeigte Brenden, warum Smitty glaubte, dass er der beste Hund war, den er jemals ausgebildet hatte.

In der nächsten Stunde bewegten sie sich die gerade Straße entlang. Mit jedem Schritt wuchs ihr Vertrauen. Zum ersten Mal war Brenden gut gelaunt, als sie sich an jenem Abend mit den anderen zum Abendessen trafen. Diesmal beteiligte er sich an den Gesprächen. Er merkte, wie er die Unterhaltung mit manchen der anderen Schüler sogar genoss.

Das sind ganz normale Menschen, dachte er. *Sie sind zwar blind, aber sie haben Hoffnungen, Träume und Gefühle wie jeder andere Mensch auch.* Die Gesprächsthemen reichten von Sport bis zur Politik, von Musik bis zur Literatur, aber immer wieder ging es auch um ihre gemeinsame Behinderung und um Hunde. Brenden war überrascht über die vielen verschiedenen Berufe, die die Leute in seiner Klasse ausübten. Der aus Puerto Rico stammende Alberto hatte sein Augenlicht durch eine *Retinitis pigmentosa* verloren. Heute wohnte er in Boston und arbeitete als Programmierer für eine große Softwarefirma. Lorraine war Sozialarbeiterin. Sie engagierte sich hauptsächlich für ältere Menschen, die mit einer Behinderung fertig werden müssen. Jimmy war Lehrer gewesen. »Stell dir vor«, erzählte er Brenden. »Ich hab fünfunddreißig Jahre lang an öffentlichen Schulen unterrichtet, die meiste Zeit mit einem Hund im Klassenzimmer. Was meinst du, war ich bei meinen Schülern beliebt oder nicht?«

Suzanne war Hausfrau und Mutter von drei Kindern. Eddie Harrison konnte von seinem Beruf als Klavierstimmer gut leben. Er fuhr mit öffentlichen Verkehrsmitteln oder Taxis zu seinen Auftraggebern, aber die wichtigste Rolle spielte sein Hund. In der Klasse waren auch einige Musiker, und er sprach auch mit einem faszinierenden Mann namens Mark West. Er arbeitete als Strafverteidiger.

Während er den anderen zuhörte, fragte sich Brenden, was er mit seinem Leben anfangen wollte. Es war noch zu früh, um eine Entscheidung zu treffen, aber nach diesem wunderbaren Tag mit Nelson sah er seine Möglichkeiten in einem neuen Licht. Mein Leben könnte doch noch einen Sinn haben, dachte er. Vielleicht konnte er doch noch daran glauben, dass das Leben lebenswert sein könnte.

Nelson hatte das alles schon einmal durchgemacht. Als Welpe war er bei einer Familie mit zwei kleinen Kindern, mit denen er so gerne gespielt hatte. Dann war Smitty sein Herr geworden. Er liebte Smitty. Dann musste er zu einem anderen Mann, und danach zu Herrchen und Frauchen. Er machte seine Arbeit, aber er war bei diesen Leuten nicht lange genug gewesen, um sie in sein Herz zu schließen. Jetzt hörte er auf die Kommandos dieses neuen Mannes, der anders roch als die anderen, der sich anders anfühlte, als er das Geschirr hielt, der die Befehle anders gab und ihn auf eine andere Art streichelte.

Seine Verwirrung und Traurigkeit konnte man am Ausdruck in seinen Augen erkennen und an der Art, wie er immer nach Smitty Ausschau hielt, wenn alle zusammen waren. Er konnte das alles nicht verstehen. Warum musste er das alles noch einmal durchmachen? Der schwarze Labrador war unglücklich. Er wollte nur noch eines: bei Smitty sein.

Wieder endete ein Tag. Der Mann legte sich schlafen, aber der große Hund blieb bis in die Nacht hinein wach. Er wusste, dass es nicht richtig war, aber trotzdem kaute er auf den Socken herum, die Brenden auf dem Boden liegen gelassen hatte. Seine Beklemmung und Frustration machten ihn unruhig, und er musste einfach etwas zum Beißen haben.

Nach den Socken war das weiche Glanzleder von Brendens teuren Slippern an der Reihe, und dann ein Flanellhemd, das zu den Lieblingsstücken des Mannes gehörte. Ein warmer Wind blies durch das offene Fenster, und Nelson hörte das Brummen eines Automotors auf der Hauptstraße außerhalb des Schulgeländes. Sein Hundegehirn verband ein Auto mit weggehen. Aber wohin? Plötzlich wusste er es. Zu Smitty. Er musste zu Smitty gehen. Er konnte einfach nicht anders. Also stützte er sich mit den Vorderpfoten auf die Fensterbank und sah hinaus. Instinktiv schätzte er die Entfernung ein. Wenn er aus dem Fenster springen würde, könnte er auf den Büschen dort unten landen und von dort aus den Boden erreichen.

Na dann los! Das Fliegengitter sprang mit einem lauten Krachen auf. Der große Hund landete genau auf den Büschen und dann auf dem Boden. Er schüttelte sich kräftig und trottete los. Ein schwarzer Hund machte sich in der dunklen Nacht auf die Suche nach seinem Herrn, nach Smitty.

Kapitel Dreizehn

Brenden wurde vom Krachen des Fliegengitters aus dem Schlaf gerissen. Zuerst blieb er still liegen, weil er das Geräusch nicht gleich zuordnen konnte. Er wartete erst einmal ab, ob noch eine weitere Katastrophe folgen würde.

Schon bald merkte er, dass er in Sicherheit war. Aber er war ja nicht allein. »He, Fellknäuel, ist alles in Ordnung mit dir?«, rief er laut.

Im Zimmer herrschte Schweigen. Brenden versuchte es noch einmal.

»Nelson, komm her. Bist du okay?«

Wieder kam keine Antwort. Brenden stand auf. Er war nicht wirklich beunruhigt, aber seine Neugier war geweckt. Weil er sein Zimmer noch nicht so gut kannte und noch nicht so lange blind war, bewegte er sich langsam und vorsichtig. Mit ausgestreckten Armen tastete er sich durch den Raum, während er seinen Radius erweiterte. Nachdem er merkte, dass der Hund nicht da war, stießen seine Füße an einen Gegenstand. Was war denn das? Er bückte sich und entdeckte – was? Den Absatz eines Schuhs ...

»Oh nein«, sagte er laut in die Dunkelheit hinein. »Der Absatz von meinem Schuh. Meine Slipper!«

Jetzt kroch er auf allen Vieren auf dem Boden herum. Schon kurz darauf entdeckte er alle weiteren Schäden. Sein Hemd, seine Socken und seine Schuhe waren in kleine Stücke zerbissen worden.

Plötzlich spürte er einen Luftzug vom Fenster her. Als er dem Wind folgte und den Fensterrahmen abtastete, merkte er, dass das Fliegengitter zerbrochen war. Jetzt war es klar. Nelson war fort. Wahrscheinlich war er bei Smitty.

»Gut, dass ich dich los bin«, murmelte Brenden. Er warf den zerbissenen Schuh quer durch das Zimmer. »Ich kann sowieso erst morgen früh Bescheid sagen. Also gehe ich einfach wieder ins Bett. Gut, dass du weg bist, du zerstörungswütiger Köter!«

Im Osten zeigte sich schon die Morgendämmerung. Smitty träumte gerade etwas Schönes. Er war auf Tahiti. Die Palmen wiegten sich im sanften Wind, und er sah Hula-Tänzerinnen, als ihn ein Geräusch aus diesen Träumen riss. Das Geräusch kannte er nur allzu gut. Es war ein Tier, das Einlass fordernd an seiner Tür kratzte. Smitty schlüpfte in seine Pantoffeln, machte das Licht an und durchquerte das Wohnzimmer, um die Tür aufzumachen. Beinahe fiel er rücklings auf den Boden, als Nelson hereinstürmte. Er heulte und winselte laut vor Freude, Erleichterung und Liebe. Er hatte Smitty gefunden!

»Okay, Nelson, jetzt beruhige dich wieder«, meinte der Trainer. »Wie bist du denn hierhergekommen, alter Junge, und was haben wir jetzt wieder für ein Problem mit dir?«

Nachdem er dem Hund etwas Wasser gegeben hatte, ging Harold Smith unter die Dusche. Danach zog er sich an, obwohl er bis zum Aufstehen noch ein paar Stunden Zeit gehabt hätte. Nur dreißig Minuten später trafen Hund und Trainer in der Schule ein. Noch keiner der anderen Ausbilder hatte sich blicken lassen, und die ersten Frühaufsteher rührten sich gerade, als Smitty mit seinem Auto auf den Parkplatz fuhr und ausstieg. Er ging zusammen mit Nelson direkt zu Brendens Zimmer. Dort klopfte er leise an die Tür. Als er nichts hörte, klopfte er ein bisschen lauter.

»Geh weg«, sagte die Stimme hinter der Tür. »Und nimm den Beißer gleich wieder mit.«

»Nein, Brenden«, entgegnete Smitty. »Mach auf. Ich will dir nur helfen.«

»Geh weg«, sagte Brenden wieder. »Ich habe kein Interesse an dir oder deinem Hund.«

»Mach schon auf«, erwiderte Smitty jetzt energischer. »Oder ich hol den Generalschlüssel. Wir sind für die Sicherheit aller Schüler und Hunde verantwortlich, und ich muss wissen, was bei dir da drin passiert ist.«

Zögernd öffnete sich die Tür, und Smitty sah, was Nelson im Zimmer angerichtet hatte.

»Oh Mann«, sagte er. »Diesmal hast du ganze Arbeit geleistet, Nelson.«

Der Trainer machte drei große Schritte und legte eine Hand auf Brendens Schulter. »Erstens, Kumpel ...«

»Nennen Sie mich nicht so«, unterbrach ihn Brenden. »Wir sind keine Kumpels. Wir kennen uns ja noch nicht mal.«

»In Ordnung«, meinte Smitty. Er holte tief Luft, während Nelson sich auf dem Boden niederließ, als ob nichts geschehen sei. »Okay, Mr McCarthy, die Schule wird Ihnen natürlich den Schaden ersetzen. Manchmal passiert so was, wenn unsere Tiere eine Trennung durchmachen. Dieser Übergang ist nicht einfach.« Smitty musste es einfach sagen. »Besonders dann, wenn die Hunde merken, dass ihre neuen Halter sie nicht haben wollen.«

»Ach, ist er nicht ein schlauer Kerl?«, fragte Brenden sarkastisch. »Wie hat er das bloß herausgefunden?«

Smitty erinnerte sich an das, was Brenden ihm erzählt hatte. »Sie haben mir gesagt, dass Sie hier sind, damit sie lernen, wieder selbstständig zu werden. Stimmt das?«

Brenden überlegte kurz, und dann musste er es widerwillig zugeben. »Ja, das stimmt. Ich will selbstständig sein.«

»Dann will ich Ihnen jetzt etwas sagen«, meinte Smitty. »Dieser

Hund kann Ihnen Ihre Selbstständigkeit schneller geben als jede andere Methode. Sie haben es schon erlebt, wie es ist, wenn Sie zusammenarbeiten. Ich finde, Sie sollten sich ein bisschen Zeit lassen, bevor Sie eine vorschnelle Entscheidung treffen. Sie wissen, dass der leichteste Ausweg darin besteht, sich selbst zu bemitleiden und zu denken, dass das schon wieder ein Absturz auf dem steinigen Weg des Lebens ist. Wenn Sie Ihre Freiheit wieder haben und in das normale Leben zurückkehren wollen, ist dieser Hund die beste Chance dafür.«

Brenden saß schweigend da. Er dachte über Smittys Worte nach, aber auch über Lindsey und seine Unabhängigkeit.

»Also gut«, sagte er schließlich. »Warten wir mal ab, was passiert, aber lassen Sie erst mal das Fliegengitter reparieren und veranlassen Sie, dass man mir den Schaden, den Ihr Fellknäuel angerichtet hat, ersetzt.«

»Sehr wohl, Mr McCarthy«, entgegnete Smitty. Seine Stimme klang jetzt genauso sarkastisch wie die von Brenden.

In den nächsten drei Tagen arbeiteten Brenden und Nelson an Bordsteinen und Drehungen. Nelson machte seine Sache hervorragend. Der Hund verstand es auf einzigartige Weise, Brenden so präzise zu einem Bordstein zu führen, dass die Füße des jungen Mannes genau dorthin zeigten, wo die beiden die Straße sicher überqueren konnten. Wenn sie auf der anderen Seite ankamen, blieb Nelson immer wieder mit den Vorderpfoten auf der Bordsteinkante stehen, bis Brenden ihm das Signal zum Weitergehen gab. Smitty erklärte ihm, dass Brenden später, wenn sich das Gespann in der realen Welt bewegen würde, dem Hund beibringen könnte, nicht anzuhalten, sondern an der Bordsteinkante nur eine kleine Pause zu machen. Das passierte dann auch am zweiten Tag, weil Nelson im Gegensatz zu den anderen Hunden bereits Erfahrung mitbrachte und er sich von seinem Instinkt leiten ließ. Smitty konnte nicht anders. Er war stolz auf den Hund. Weil Brenden sportlich war, handhabte Smitty diese Übung etwas lockerer.

Sie arbeiteten auch an Rechts- und Linksdrehungen. Der junge Mann lernte dabei, dicht hinter seinem Hund zu bleiben. Beim Treppensteigen musste der Hund lernen, nicht zu schnell die Treppe hinunterzulaufen. Es war wichtig, dass sein Schritt gleichmäßig blieb und sein Zug am Geschirr nicht zu stark war, denn sonst würde sein blinder Herr das Gleichgewicht verlieren. Diese Art von Bewegung fiel jedem Hund schwer, weil sie ihr eigenes Gleichgewicht halten mussten, ohne die Treppe hinunterzuspringen.

Bis jetzt arbeiteten alle Trainer eng mit ihren Schülern und den Hunden zusammen. Manchmal gingen sie ein paar Schritte voran, um den Hund aufzumuntern, manchmal liefen sie dicht neben dem Hund, damit sein Gang gerade blieb, und manchmal ließen sie sich zurückfallen, wenn die Arbeit gut lief. Nelson brauchte im Allgemeinen kaum Korrekturen von Smitty.

Die erste Woche ging zu Ende. Am Sonntag hatten die Schüler frei. Smitty freute sich, als er in seinem Trainingsbericht schreiben konnte, dass Nelson seinen neuen Halter zu akzeptieren schien. Allerdings schien sich Brenden noch nicht mit seinem neuen Leben mit einem Hund abzufinden. »Ich hoffe«, schrieb Smitty deshalb, »dass sich das in der zweiten Woche geben wird. Wenn nicht, ist dieser Kandidat eventuell nicht als Halter eines Blindenführhundes geeignet.«

Jetzt durchlief die Klasse die nächste Phase des Trainings. Jetzt mussten die Schüler lernen, wie man sich eigenständig von Ort zu Ort bewegt. Die Schüler und ihre Hunde mussten in der Umgebung von San Rafael Ausflüge unternehmen. Zuerst ging das Gespann mehrmals die gleiche Strecke, während der Trainer nach eigenem Ermessen die Entfernung vergrößerte. Die Ausbilder ermunterten die Schüler zu eigenständigen Ausflügen, und sie gaben den neuen Gespannen aus Hund und Mensch verschiedene Zielpunkte, die sie allein erreichen sollten. Entscheidend war jetzt das gegenseitige Vertrauen zwischen dem Hund und seinem Halter. Smitty machte sich große Sorgen, weil er nicht wusste, ob Nelson und McCarthy dazu bereit waren.

Er schrieb in seinem Bericht, dass dieses Gespann in den Anfangsphasen gut harmonierte, weil die Strecke einfach zu bewältigen war. Sie mussten vom Aufenthaltsraum aus nach links in die Vierte Straße einbiegen und einen Straßenblock bis zur Straße D gehen. Dort sollten sie die Straße überqueren und sich mit einer Rechtsdrehung wieder der Vierten Straße zuwenden. Wenn die Verkehrslage es erlaubte, sollten sie erneut über die Straße und weiter in südliche Richtung bis zur Dritten Straße gehen, dann nach links abbiegen und die Dritten Straße bis zur Straße C folgen. Wenn das Gespann seine Sache bis dahin gut machen würde, sollte es zwei weitere Straßenblöcke bis zur Straße A durchqueren, dort nach links abbiegen und in die Vierte Straße zurückkehren. Auf diese Weise hätten Mensch und Hund ein Planquadrat durchwandert.

Brenden hatte einen entscheidenden Vorteil gegenüber den anderen Schülern. Er wusste es zwar nicht, aber er arbeitete mit einem Hund, der solche Strecken schon viele Male gelaufen war. Wie alle anderen Hunde hatte Nelson ein fotografisches Gedächtnis. Jeder gute Blindenführhund hatte schon vor seiner Ausbildung die Fähigkeit, bestimmte Muster zu erkennen. Deshalb hatte Brenden in dieser grundlegenden Trainingsphase das Gefühl, wirklich etwas erreicht zu haben. Er sprach jetzt auch öfter mit den anderen Schülern, wie man als Blinder in der Welt zurechtkommen kann. Sein Interesse wurde geweckt, als er merkte, dass die Gruppe gespalten zu sein schien, wenn es darum ging, wer von ihnen es schwerer hatte – diejenigen, die von Geburt an blind waren, oder diejenigen, die durch eine Erkrankung oder einen Unfall ihr Augenlicht verloren hatten. Er war überrascht, als er herausfand, dass beide Gruppen meinten, sie seien besser dran als die anderen. Diejenigen, die von Geburt an blind waren, erzählten, wie sie als Heranwachsende gelernt hatten, mit ihrer Behinderung umzugehen, während diejenigen, die später erblindet waren, meinten, es sei ihnen sehr wichtig, dass sie Vorstellungen hatten aus der Zeit, als sie noch sehen konnten.

Er war beeindruckt, als der alte Jimmy meinte, er habe die Erinnerung an bestimmte Farben verloren.

»Ich weiß nicht mehr, wie die Farbe Lila aussieht«, sagte er zu Brenden. »Ich kann mich nicht mehr daran erinnern, und ich habe vergessen, wie die schönen Augen meiner Tochter aussehen. Es ist zu lange her. Deshalb hab ich das Bild nicht mehr im Kopf.«

Brenden fragte sich, wie es wohl bei ihm sein würde. Wie lange würde er sich an die goldene Herbstfärbung der Espenblätter erinnern können? Wie lange würde er noch Lindseys zarte Gesichtszüge im Gedächtnis behalten? Der Gedanke, er könnte diese Schönheiten der Schöpfung vergessen, machte ihn traurig und zornig zugleich. Aber es lag etwas in seinem Wesen, das ihn an den alten Jimmy denken ließ und daran, was er alles verloren hatte.

Er legte dem älteren Mann zwanglos einen Arm um die Schultern. »Das tut mir leid, Jimmy«, meinte er. »Das tut mir wirklich leid. Es muss hart für dich sein, wenn du dir die Farben nicht mehr vorstellen kannst, aber denk dran, dass du im Laufe der Jahre vielen Menschen so vieles gegeben hast. Ich meine, als Lehrer, als Ehemann und Vater.«

Jimmy lächelte. »Also, jetzt werd bloß nicht sentimental, mein Junge. Ich hab immer gedacht, du bist ein harter Bursche.«

»Nicht ganz so hart«, entgegnete Brenden mit einem Schulterzucken. »Ganz und gar nicht, Jimmy.«

In der Mitte der zweiten Woche vergrößerte Smitty allmählich die Distanz zwischen Brenden, Nelson und sich selbst. Er ließ sich immer weiter zurückfallen, als Brenden die geplante Route lief, und er versteckte sich in Türöffnungen, um aus Nelsons Blickfeld zu verschwinden. Aber so sehr er sich auch bemühte, gelang es dem großen schwarzen Labrador trotzdem immer wieder, ihn aufzuspüren. Er musste schmunzeln, als er daran dachte, wie scharf die Sinne des Hundes waren. *Man kann sich nicht vor einem Hund verstecken, wenn er einen unbedingt finden will*, erinnerte er sich.

Brenden wurde immer selbstständiger auf seinen Routen. Er konnte jetzt schon Geschäfte betreten und Einkäufe machen. Auf diese Weise übte er bereits eigenständiges Verhalten ein.

Alles in allem, dachte Smitty, *scheint es gut zu laufen. Aber trotzdem spüre ich, dass zwischen den beiden etwas fehlt. Ich glaube, ihnen fehlt es an Liebe.*

Diesen Weg waren sie schon einmal gegangen in einem Gebiet, das Nelson sehr gut kannte. Smitty bewegte sich vorsichtig über die Straße und stellte sich in die Tür eines Eisenwarengeschäftes. Als er das Gespann beobachtete, erkannte er das Problem etwa zur gleichen Zeit wie der große Hund. Vor den beiden lag eine neue Baustelle, an der sie vorbeimussten. Die Straße war aufgerissen, weil neue Kanalrohre verlegt werden sollten. Mehrere Arbeiter mit Helmen auf dem Kopf bedienten Pressluftbohrer. Der Lärm übertönte jedes andere Geräusch. Smitty traf eine jener instinktiven Entscheidungen, die auf seiner jahrelangen Erfahrung als Trainer beruhten. Der junge Mann und der Hund sollten das Problem selbst lösen. Bei Brenden hatte er zwar Bedenken, aber er vertraute Nelson, weil er sich durch seine Arbeit als Blindenführhund bereits eine gewisse Reife erworben hatte. Wie er vermutete, traf der Hund genau die richtige Entscheidung.

Als er und Brenden sich dem Geräusch der Pressluftbohrer näherten, verlangsamte das Tier seinen Schritt. Er hielt den Zug am Geschirr zwar aufrecht, aber er versuchte, seinen Herrn vom Gebäude weg und zur Außenseite des Bürgersteigs zu führen. Smitty konnte nicht genau sehen, was vor dem Gespann war, aber Nelson hatte es im Blick. Im Asphalt klaffte ein großes Loch, das einem Fußgänger den Weg versperrte. Deshalb blieb der Hund stehen und sah zu Brenden hoch, als ob er sagen wollte: »Wir brauchen Hilfe.«

Brenden war sich seiner Sache zu sicher. In den letzten Tagen war alles sehr gut gelaufen, und der Lärm der Pressluftbohrer ging ihm auf die Nerven. Sollte er sich umdrehen und den gleichen Weg zurückgehen oder sollte er versuchen, seine Aufgabe zu erledigen? Er traf eine aggressive Entscheidung.

»Nelson, vorwärts«, sagte er. Der Hund bewegte sich nicht. »Nelson, vorwärts«, wiederholte er in einem schärferen Ton. Wieder wollte der Hund nicht weitergehen. Im Leben gibt es Augenblicke, in denen die menschliche Seele angespannt ist wie die Sehne eines Bogens. Dann genügt die kleinste Bewegung, um die Spannung freizusetzen. Brenden platzte der Kragen. Er vergaß jede Regel eines auf Liebe aufgebauten Trainings. Er ließ das Geschirr fallen und zog drei Mal wütend an der Leine, sodass sich der Hund auf den Boden legen musste. Dann ließ er seine angestaute Wut, Empörung, sein schlechtes Gewissen, seine Frustration und Traurigkeit über seine tragische Situation heraus und brüllte den Hund an. »Nelson, du elender, nutzloser Köter, vorwärts!«

Mit den Augen suchte das Tier verzweifelt nach seinem Trainer, und sein leises Winseln schien sagen zu wollen: »Ich weiß, dass ich recht habe. Ich muss das machen, was ich in meiner Ausbildung gelernt habe. Ich gehe nicht vorwärts.«

In diesem Augenblick kam Smitty, packte Brenden an den Schultern und drehte ihn zu sich herum.

»Gib mir die Leine.« In seiner Stimme lag seine ganze Wut. »Für heute ist Schluss, McCarthy, und vielleicht sogar für immer. Du bist ein undankbarer Trottel. Du badest in Selbstmitleid, und du lässt deinen Ärger und Frust an dem Hund aus. So was kann ich nicht hinnehmen.«

Als sie zur Schule zurückkehrten, ging Brenden auf sein Zimmer, und Smitty brachte Nelson in den Hundezwinger. Nachdem er den Hund dort eingeschlossen hatte, ging er in sein Büro und setzte sich hinter seinen Schreibtisch. Die Sonne war untergegangen, und die Abenddämmerung setzte ein. Hatte er richtig gehandelt, oder hatte er überreagiert und sich unprofessionell verhalten? *Ich hätte es nicht ertragen, wenn er Nelsons Hundeseele verletzt hätte. Es hätte nicht viel gefehlt, und ich hätte ihm eine geknallt.*

Er rückte vom Schreibtisch weg und drehte sich in seinem Stuhl. Dann warf er einen Blick hinaus auf das in der Dämmerung liegende Schulgelände. Nelson hatte natürlich richtig reagiert, als er sich weigerte, auf das Kommando zu reagieren. Smitty wusste jedoch auch, dass er nicht nur für den Hund verantwortlich war, sondern auch für Brendens Wohlergehen.

Was sollte er jetzt bloß machen?

Sollte er zum Schulleiter gehen und ihm sagen, dass er diesen Kandidaten für ungeeignet hielt, mit einem Blindenführhund ein Gespann zu bilden? Oder sollte er noch einmal mit Brenden reden? In diesem jungen Mann steckte so viel Potenzial. Als er ihn beobachtet hatte, wie er mit dem Hund zusammenarbeitete, sah er die Möglichkeiten zu einer unglaublich guten Partnerschaft.

Der Trainer traf eine Entscheidung.

Er durchquerte den Innenhof zum Wohnhaus der Schüler. Dort sah er zuerst im Speisesaal nach und dann im Aufenthaltsraum. Vielleicht war Brenden ja mit den anderen Schülern zusammen. Als er ihn nicht entdeckte, ging er zum Zimmer des jungen Mannes und klopfte an die Tür. Drinnen war es still. Wieder klopfte er, und wieder antwortete ihm niemand.

»Brenden«, sagte er schließlich. »Ich bin es, Harold Smith. Bist du da drin?«

Diesmal hörte er die Stimme des jungen Mannes. »Lass mich in Ruhe, Smitty. Geh weg.«

Harold Smith holte tief Luft. »Was trinkst du, McCarthy, wenn du nicht hier in der Schule bist und du mit deinen Freunden weggehst?« Wieder bekam er keine Antwort. »Hier in der Straße gibt es eine englisch-irische Kneipe. Ich würde dir gern ein Bier oder was anderes spendieren. Ich glaube, wir brauchen beide was zu trinken.«

Kurz darauf hörte Smitty, wie das Bett knarrte. Brenden ging zur Tür und machte sie auf. »Okay«, erwiderte er. »Du hast vielleicht recht.«

Eine Viertelstunde später saßen sie in einer gemütlichen Nische in der Ecke der Kneipe. Vor ihnen standen zwei große Bierkrüge und eine Schale mit Erdnüssen.

»Hör zu, Kumpel«, sagte Smitty. »Ich hab heute überreagiert, aber du kannst einen Hund nicht so behandeln.«

Brenden stellte seinen Bierkrug ab. »Das weiß ich, Smitty«, entgegnete er. »Ich hab drüber nachgedacht. Vielleicht bin ich einfach nicht geeignet für einen Hund. Ich bin noch nicht bereit. Meine Nerven liegen blank, und manchmal raste ich einfach aus.«

»Das ist verständlich, Brenden«, meinte Smitty. »Es ist bestimmt sehr schwer, mit einer Erblindung klarzukommen, vor allem wenn man so energiegeladen ist wie du. Aber ...« Smitty hielt inne, und dann sprach er weiter. »Dieser Hund, dieses wunderbare Tier, steht für deine Chance, wieder aktiv sein zu können. Weißt du, warum ich Nelson für dich ausgesucht habe?«

Jetzt war Brendens Neugier geweckt. »Warum?«

»Weil dieses Tier der beste Hund ist, den ich jemals ausgebildet habe und weil das seine letzte Chance ist. Er war in Wirklichkeit schon zweimal draußen im Arbeitsfeld, bei zwei Leuten, die nicht mit ihm umgehen konnten. Ich habe ihm die falschen Partner ausgesucht. Natürlich hat er ein paar Macken, wie alle aggressiven Tiere. Manchmal zerbeißt er gerne etwas, und es gibt nichts, was er nicht gerne frisst. Vielleicht ist er manchmal auch ein bisschen wild beim Spielen. Aber, Brenden, er ist hochintelligent, fröhlich und mutig. Ich hab so ein dumpfes Gefühl, dass du ihm ähnlich bist.«

»Genauso bin ich gewesen«, sagte Brenden leise. »Ein solcher Mensch war ich mal.«

»Brenden«, entgegnete Smitty beinahe flehend. »Du kannst wieder ein solcher Mensch sein. Wenn du nur bereit bist, am Ball zu bleiben und mit deinem Hund zusammenzuarbeiten, gibt es nichts, was ihr nicht gemeinsam machen könnt. Ich kenne blinde Typen, die mit ihren Hunden zusammen joggen. Andere nehmen ihre Freunde mit zum Schwimmen. Letztes Jahr ist eine Frau zusammen mit ihrem Golden Retriever in Los Angeles den gesamten Marathon gelaufen. Ich hab Leute trainiert, die in New York eine eigene Wohnung haben. Andere arbeiten mit ihren Hunden in ländlichen Gegenden, wo es keine Bürgersteige gibt. Brenden, diese Tiere können sich an alle Lebenslagen anpassen, wenn du lernen kannst, deinen Hund zu lieben. Dann kann das Band zwischen euch so stark werden wie bei einer Freundschaft mit einem Menschen.«

Die Kellnerin brachte für jeden ein zweites Bier. Smitty versuchte noch immer, Brenden das Leben mit einem Blindenführhund schmackhaft zu machen.

»Welche Alternative hast du denn, Brenden? Ein Leben im Dunkeln, als Zaungast, ohne die Möglichkeit, mitzuspielen? Ich glaube nicht, dass so was deiner Persönlichkeit entspricht, und ich glaube auch nicht, dass du so was den Menschen zumuten willst, die du liebst. Hast du mir nicht von einer Freundin erzählt, die dir viel bedeutet? Wie heißt sie?«

»Lindsey«, erwiderte Brenden. »Lindsey Reynolds.«

»Okay«, meinte Smitty. »Lindsey Reynolds. Je mehr du ihr zeigst, dass du fähig bist, wieder deinen Platz in der Gesellschaft einzunehmen, desto mehr wird sie dich lieben. Im Leben geht es immer wieder um Partnerschaften, Brenden, und in einer Partnerschaft muss jeder seinen Teil beitragen. Nelson wird es dir ermöglichen, in jeder Lebenssituation die gleichen Chancen zu haben wie Sehende. Aber das musst du wirklich wollen.«

Brenden trank einen großen Schluck Bier und lehnte sich zurück. »Meinst du wirklich, ich schaffe das, Smitty? Meinst du wirklich, dass aus uns ein gutes Gespann wird?«

»Ja, das meine ich«, sagte Smitty im Brustton der Überzeugung, aber er glaubte auch an seine Worte. »Aus euch kann ein großartiges Gespann werden, wenn du bereit bist, Nelson so zu lieben, wie er es umgekehrt auch lernen wird, dich zu lieben. Was meinst du? Wollen wir ihn aus dem Gefängnis holen?«

»Aus dem Gefängnis?«, fragte Brenden verblüfft.

»Er ist wieder im Hundezwinger, und er ist gar nicht glücklich darüber.«

Brenden musste lachen. »Okay, Smitty, dann helfen wir Nelly bei seinem Ausbruch aus dem Gefängnis.«

Smitty lächelte, als er den Spitznamen hörte. Das war immerhin ein Anfang.

Der Trainer hatte recht. Nelson war gar nicht glücklich. Wie ein Tiger im Käfig lief er im Hundezwinger hin und her. Ab und zu ließ er sich schwer auf den Boden fallen und legte traurig den Kopf zwischen die Vorderpfoten, um kurz darauf aufzuspringen und seine unruhige Wanderung wieder aufzunehmen. Was hatte er bloß falsch gemacht? Er wusste, dass Brenden böse auf ihn war. Das tat ihm leid, weil er wirklich gerne mit ihm zusammenarbeitete. Aber Smitty – Smitty hatte ihn nicht mit nach Hause genommen. Er hatte ihn hierhergebracht, ihm einen Napf mit Futter und ein bisschen Wasser hingestellt. Das war alles. Er hatte ihn nicht mit nach Hause genommen.

Der große Hund hob das Kinn und fing an zu heulen. Seine Stimme klang so schmerzerfüllt, so verzweifelt, dass alle anderen Hunde mitheulten und den Zwinger mit einem jämmerlichen Missklang erfüllten.

Als sich die beiden Männer dem Zwinger näherten, hörte Brenden sofort Nelsons traurige Stimme. Er war verblüfft über das Mitleid, das er plötzlich empfand. In der Sehnsucht des Tieres fand er seinen eigenen Schmerz um Lindsey. Dieser Gleichklang der Gefühle zwischen Mensch und Tier weckte in ihm den Wunsch, die Arme auszustrecken und den Hund zu umarmen.

Als sie zum Tor des Zwingers kamen, war Brenden der Erste, der das Tier in der Dunkelheit ansprach.

»Alles ist gut, Nelson. Alles ist gut, mein Junge. Wir sind hier, Nelly. Wir holen dich raus aus dem Gefängnis. Eine Minute noch, Kumpel. Wir müssen nur dieses Tor aufmachen.«

Smitty holte die Schlüssel aus der Jackentasche. Eine Sekunde später schwang die Tür des Gefängnisses auf. Nelson war frei. Dann geschah etwas, was Smitty niemals mehr vergessen würde, weil er es nicht erwartet hatte.

Nelson konnte jetzt seine eigene Wahl treffen, aber er ging nicht zum Trainer. Stattdessen rannte der Hund auf Brenden zu und versuchte, ihm buchstäblich in die Arme zu springen.

Smitty konnte das nicht begreifen. Trotzdem wurde damit bestätigt, was er immer angenommen hatte: Man sollte niemals den Instinkt eines Hundes oder die Liebe dieser erstaunlichen Tiere unterschätzen. Nelson hatte eine Entscheidung getroffen, die nur er selbst verstehen konnte. War es vielleicht so etwas wie eine Entschuldigung für sein Verhalten am Nachmittag? Oder spürte der Hund, dass Brenden ihn mehr brauchte, als es dem jungen Mann bewusst war?

Smitty erkannte, dass etwas Entscheidendes geschehen war. Nelson hatte mit seinem einfachen, urtümlichen Instinkt Brenden zu seinem Alpha-Wolf gemacht, zu seinem Anführer, seinem Herrn.

Beiden Männern war bewusst, dass sie Zeugen eines erstaunlichen Geschehens waren. Brenden merkte, wie tief ihn diese aufrichtige Liebe des Hundes rührte.

Alle drei freuten sich jetzt auf die nächsten beiden Wochen des Trainings.

Kapitel Vierzehn

Von nun an war alles anders. Über Nacht hatte die Beziehung zwischen Brenden und Nelson eine neue Qualität angenommen. Ihre Zusammenarbeit war jetzt von gegenseitigem Vertrauen geprägt. Der Hund wusste jetzt, dass der junge Mann ihn mochte, und Brenden war plötzlich stolz auf jeden gemeinsamen Erfolg des Gespanns. Obwohl ihre täglichen Routen immer komplizierter wurden, erreichten sie ihre Ziele mit Leichtigkeit, weil sie sich jetzt mit Hilfe der telegrafischen Verbindung aus Geschirr und Leine viel besser verstehen konnten.

Wenn sie ein Gebäude betraten, führte Nelson den jungen Mann in die richtige Richtung zur Tür. Brenden brauchte nur noch seine rechte Hand auszustrecken, sich an der Nase des Hundes entlangzutasten, und schon war der Türgriff in Reichweite.

Wenn sie bei einem Stuhl standen, legte Nelson seinen Kopf auf den Sitz, sodass Brenden sich, wie er fand, ganz ordentlich hinsetzen konnte. Dann waren da noch die Rolltreppen. Bei diesem Teil der Arbeit im Gespann war das Gefühl füreinander noch entscheidender. Sie waren in einem belebten Einkaufszentrum mit Rolltreppen, die aufwärts und abwärts in die unterschiedlichen Stockwerke fuhren. Smitty bat das Gespann, nach vorne zu gehen bis zu der kleinen Rampe, die als Brücke zwischen dem Boden und den sich bewegenden Stufen der Rolltreppe diente.

Weil Brenden erst vor Kurzem erblindet war, wurde er bei dieser sich bewegenden Oberfläche nervös. Obwohl er es sich nicht eingestehen wollte, hatte er Angst. Smitty merkte das sofort.

»Vertrau deinem Hund, Brenden«, sagte er deshalb. »Vertraue Nelson. Also noch mal: Wenn er die Rolltreppe betritt, lässt du das Geschirr fallen, nimmst die Leine in die linke Hand und tastest mit der rechten Hand nach dem Geländer. Das ist schon alles. Stelle einen Fuß hinter den anderen, damit du auf der Treppe dein Gleichgewicht behältst. So, jetzt geh ruhig vorwärts und hab keine Angst. Genau so. Gut. Vertrau deinem Hund. Das klappt doch prima.«

Smitty stand dicht hinter ihnen, als sie gemeinsam auf der Rolltreppe waren.

»Okay, Brenden, wenn wir die Rolltreppe verlassen, denk dran, dass du dem Hund genug Spielraum mit der Leine gibst, damit er springen kann und sich nicht die Pfoten in den Stufen einklemmt. Lass deine rechte Hand auf dem Geländer und geh einfach mit ihm zusammen runter. Genau so! Sehr gut. Sehr gut, Brenden.« Beim dritten oder vierten Versuch war das Gespann gut aufeinander eingespielt. Wieder sagte der junge Mann zum Trainer, dass das alles ein Kinderspiel sei.

In jener Woche lernte das Gespann auch Straßenverkehrsprüfungen kennen. Bei den Übungen saßen zusätzliche Ausbilder in Fahrzeugen, und in den Prüfungssituationen musste sich der Halter voll auf seinen Hund verlassen. Brenden war überrascht über die Vielzahl von Prüfungen. Am einfachsten war es, wenn das Gespann an einer Straßenkreuzung stand und der Halter dem Hund sagte, er solle vorwärtsgehen, dann aber ein Auto mit hoher Geschwindigkeit um eine Ecke bog oder die Ampel plötzlich auf Rot schaltete. In solchen Situationen musste der Hund in Sekundenschnelle zum Stehen kommen.

Bei der zweiten Prüfung befand sich der Schüler mitten auf der Straße, während die Ampel plötzlich auf Rot umschaltete und sich die Autos schon in Bewegung setzten. Der Hund war jetzt gezwungen, entweder schneller zur anderen Straßenseite zu laufen oder stehen zu bleiben, obwohl die Autos an ihnen vorbeisausten.

Die dritte und letzte Prüfung war am schwersten zu bewältigen. Es war die Situation, wenn ein Fahrzeug aus einer Einfahrt oder einem Parkhaus herausfuhr, bevor der Blinde es hören konnte. Die Hunde mussten bei solchen Begegnungen äußerst wachsam sein. Brenden lobte Nelson überschwänglich, als der schwarze Hund bei dieser Prüfung als Klassenbester abschnitt.

Als die Schüler an diesem Abend zum Essen um den Tisch saßen, meinte Jimmy: »Weißt du, Brenden, ich habe ja schon fünf Hunde gehabt, aber keiner von ihnen hat so gut gearbeitet wie Nelson. Du hast den besten Hund, mein Junge, den Besten der Besten. Ich hoffe, du weißt das zu schätzen.«

Mittlerweile war Brenden wirklich dankbar für dieses Geschenk. Sein Leben hatte momentan wieder eine Aufwärtswendung genommen. Er und Smitty kamen gut miteinander aus. Wenn er mit seiner Mutter sprach, sagte er ihr, sein Aufenthalt in der Blindenhundschule sei gar nicht so schlimm, wie er zuerst gedacht habe, und sein Hund Nelson sei einfach unglaublich. Er telefonierte auch mit Charlie. Sein Freund meinte, er wolle Mora zur Abschlussfeier begleiten.

Der einzige Wermutstropfen in dieser Zeit war die Veränderung, die in seiner Beziehung zu Lindsey eingetreten war. Wenn er daran dachte, hatte er ein flaues Gefühl in der Magengegend, und er meinte, sein Herz müsste aufhören zu schlagen. Natürlich hatten sie in den letzten drei Wochen öfter miteinander telefoniert, aber er spürte, dass sich zwischen ihnen etwas zum Negativen verändert hatte. Lindsey war nicht kalt und distanziert. Sie zeigte auch Interesse an seinen Fortschritten. Trotzdem fehlte etwas in ihren Gesprächen. Es dauerte eine Weile, bis Brenden wusste, was es war. Es fehlte die Vertrautheit zwischen ihnen. Sie redeten nicht mehr miteinander wie ein verliebtes junges Paar. Deshalb zählte Brenden schon die Tage, bis er wieder mit Lindsey zusammen sein könnte. Die Zeit verging ihm einfach nicht schnell genug. Nelson bedeutete ihm inzwischen zwar sehr viel, aber Lindsey war die Liebe seines Lebens. Um sie kreisten alle seine Gedanken.

Aber tagsüber rückten die Sorgen um Lindsey in den Hintergrund, weil Brenden und Nelson sich auf ihre gemeinsame Arbeit als Gespann konzentrieren mussten. Man musste seine Gedanken zusammennehmen, wenn man nach San Francisco fahren und dort das öffentliche Nahverkehrssystem nutzen und im Bankenviertel als Gespann arbeiten wollte. Dann mussten sie lernen, wie man sich durch die belebte Innenstadt bewegt, durch Drehtüren geht und in großen, stark frequentierten Hotels die Rezeption ausfindig macht.

Brenden erlebte Drehtüren als echte Herausforderung. Man musste dafür eine wirklich gute Technik entwickeln. Der Hund lernte, bis zur Tür zu gehen und mit seiner Nase direkt vor dem sich drehenden Türrahmen stehen zu bleiben. Smitty sagte zu Brenden, er solle das Kommando »vorwärts und drehen« geben und dann das Geschirr fallen lassen. Nelson musste dann zur rechten Seite springen, und Brenden musste sich dann zwischen die Tür und den Hund klemmen.

Beim ersten Versuch versetzte die sich drehende Tür Brenden einen kräftigen Schlag an den Kopf. Er erholte sich aber schnell von diesem Schreck, und schon beim dritten Mal beherrschte er die Technik.

Bei Busfahrten mussten die Hunde entweder hinten im Fahrzeug im Gang liegen und nach vorne sehen, damit niemand auf sie treten konnte, oder aber sie mussten sich unter einen Sitz quetschen und sich so legen, dass ihre Schnauzen und Pfoten nicht in den Gang hineinragten. Keinem der Hunde behagte dieser Teil der Arbeit, aber sie alle mussten lernen, sich damit zu arrangieren. Brenden war überrascht, wie gut Nelson allen Herausforderungen gewachsen war.

Als er mit seiner Mutter telefonierte, versuchte er, ihr zu erklären, wie er sich momentan fühlte. »Mama, der springende Punkt ist, dass ich nicht genau weiß, was ich empfinde, was und wer ich sein werde oder wie ich mit diesem neuen Leben zurechtkomme. Aber ich bin erstaunt über das, was sich hier an der Blindenführhundschule abspielt. Diese Hunde sind einfach unglaublich. Ihnen geht es nur darum, uns zu dienen. Die Art, wie sie ihre Arbeit machen, hat etwas Unverdorbenes, Reines. Ihre erste Sorge gilt uns. Obwohl Nelson mich erst so kurze Zeit kennt, merke ich, dass er in jeder Minute seiner Arbeit nur an mich denkt. In meiner ersten Zeit hier habe ich mit meinem Schicksal gehadert, aber jetzt, ja, jetzt bin ich wieder optimistischer.«

»Das ist einfach wunderbar«, meinte Mora. »Ich freue mich schon sehr, deinen Hund Nelson kennenzulernen, wenn Charlie und ich zur Abschlussfeier kommen. Hast du von Lindsey gehört, ob sie mitkommen kann? Mein Angebot gilt noch. Ich kaufe ihr gerne das Flugticket.«

Am anderen Ende der Leitung herrschte erst einmal Schweigen. Dann hörte Mora, wie ihr Sohn leise seufzte. »Sie hat mir erzählt, dass sie momentan im Prüfungsstress ist. Ich ... ich kann das verstehen. Ich sehe sie ja, wenn ich wieder zu Hause bin.«

Mora hörte, wie traurig die Stimme ihres Sohnes plötzlich klang, aber sie wollte ihn auch nicht ausfragen.

In der vierten Woche des Trainings wiederholte die Klasse das Gelernte, aber es kam noch etwas Neues dazu, nämlich das Verhalten am Flughafen. Die Trainer warnten ihre Schüler vor, weil sich die Sicherheitskontrollen äußerst kompliziert gestalten würden und es keine Möglichkeit gäbe, diese Prozedur zu vereinfachen. Die empfohlene Methode bestand darin, zur Sicherheitskontrolle zu gehen, seine Sachen auf das Band zu legen, dem Hund das Kommando »Platz« zu geben und sich von dem jeweiligen Mitarbeiter oder der Mitarbeiterin des Sicherheitspersonals an der Hand nehmen und durch die Kontrolle hindurchführen zu lassen. Wenn man auf der anderen Seite angelangt sei, müsse man seinen Hund rufen und das Tier von Hand kontrollieren lassen.

»Dafür braucht man eine Menge Geduld«, sagte Smitty zu Brenden. »Diese Leute am Flughafen sind nicht für den Umgang mit Hunden ausgebildet. In der Welt da draußen werdet ihr als Gespann so manche Erfahrung machen, und du wirst dir immer wieder sagen: ›Wie können die Leute nur so dumm und unsensibel sein und nicht begreifen, dass ich und mein Hund ein professionelles Team sind und nur unsere Arbeit richtig machen wollen?‹«

Brenden hatte tatsächlich ein lustiges Erlebnis, als sie am Flughafen waren. Er saß an einem Ausgang zum Flugsteig. Der große Hund lag zu seinen Füßen. Die beiden warteten, bis die anderen Schüler das Passieren der Sicherheitskontrollen geübt hatten. Eine Mutter kam zusammen mit ihrem kleinen Jungen auf Brenden zu und fragte ihn, ob ihr Sohn den schönen schwarzen Labrador streicheln könne. Brenden machte einen Fehler, als er sagte, das sei in Ordnung. Zu seiner Verblüffung fing der kleine Junge an zu schreien, als Nelson sich entschloss, mit dem Kind dessen Eistüte zu teilen. Das Kind war erschrocken, die Mutter war aufgebracht, aber Brenden fand diesen Vorfall sehr lustig. Trotzdem erinnerte er sich daran, dass es keine gute Idee war, wenn andere Leute seinen Hund während der Arbeit streichelten.

Am Abend bevor er und Nelson die Blindenführhundschule verlassen und in die Welt hinausgehen sollten, konnte Brenden nicht einschlafen. Nachdem er sich eine Weile auf seinem Bett hin und her geworfen hatte, stand er auf, zog seinen Bademantel und seine Hausschuhe an und setzte sich an seinen Schreibtisch. Nachdenklich trommelte er mit den Fingern auf die Tischplatte. *Hat das Leben für mich vielleicht doch einen Sinn? Kann meine neu gewonnene Unabhängigkeit auch dem Alltag standhalten? Ist der Erfolg, den Nelson und ich hier erlebt haben, nur ein Trugbild, eine Illusion, die in der Wirklichkeit nicht bestehen kann, wenn wir nach Hause kommen? Kann Lindsey mich als einen vollwertigen Menschen sehen oder wird sie mir das Herz brechen? Was bleibt mir noch, wenn das geschieht?* Diese Gedanken ließen ihn erneut in das dunkle Loch der Verzweiflung fallen, das ständig am Rand seines Bewusstseins da war. Brenden versuchte, diese Gedanken zu verdrängen. Er streckte die Hand aus und streichelte den großen Hund, der auch wach war und seinen Platz am Fußende des Bettes verlassen hatte. Er hatte jetzt seinen Kopf auf den Fuß des jungen Mannes gelegt.

Der frisch gebackene Hundehalter streichelte zärtlich die weichen Ohren des Hundes. Samt, dachte er. *Sie fühlen sich wie Samt an, ganz anders als sein drahtiges Fell.* In diesem Gegensatz zeigte sich jedoch auch das zweifache Wesen des Tieres. Die harte Arbeit und Disziplin war nur die eine Seite. Die Sanftheit, Güte und Liebe war die andere Seite seines Wesens. Brenden ließ sich auf den Boden nieder. Er fuhr mit dem Gesicht über den Hals des Hundes und nahm dessen Duft in sich auf. Er roch nach Hund, aber Brenden hatte gelernt, diesen Duft zu lieben. Er konnte Nelson am Geruch von den anderen Hunden in der Schule unterscheiden. Nelsons Duft war eben etwas Besonderes, und Brenden war dafür unendlich dankbar, als er ihn tief einatmete.

Der Hund atmete tief und sanft ein und aus. Er war überglücklich, als er die Hände seines Herrn spürte. Brenden hatte bereits gelernt, das Atmen seines Freundes richtig zu deuten. Er wusste, wann Nelson sich erleichtern musste. Er merkte sofort, wenn der Hund angespannt war, weil er dann kurzatmig wurde. Ihm gefiel es besonders, wenn Nelson vor Aufregung und Begeisterung zitterte, wenn er von der Nasenspitze bis zu den Pfoten förmlich vibrierte. *Ja, diese Pfoten. Sie sind so leichtfüßig und doch genauso gut geeignet zum Schwimmen und Laufen.* Er küsste den Hund auf die Nase. Anstelle einer Antwort leckte Nelson das Gesicht seines Herrn.

»Wir werden es gemeinsam schaffen, alter Junge«, sagte er zum Hund. »Du wirst mir helfen, dass ich es schaffe.«

Als er wieder ins Bett schlüpfte, klopfte Nelson wie zur Bestätigung mit dem Schwanz auf den Boden.

Der Tag der Abschlussfeier versprach auch vom Wetter her schön zu werden. Alle waren festlich gekleidet, vor allem Jimmy, der sich für die Zeremonie von einem Geschäft in der Innenstadt Frack und Zylinder ausgeliehen hatte.

»Wozu diese förmlichen Klamotten?«, fragte Smitty den alten Mann lachend.

»Weil ich zu alt bin, um noch mal zu heiraten«, antwortete Jimmy und streichelte seinen Golden Retriever. »Diese wunderschöne Dame wird bis zu meinem Lebensende die wichtigste Person für mich sein, und deshalb will ich mich dem Anlass entsprechend kleiden.«

Smitty lachte nicht mehr, sondern umarmte Jimmy schweigend. Er konnte ihn gut verstehen.

Brenden war ganz gerührt von der Rede, die der Leiter der Blindenführhundschule hielt.

»Liebe Absolventen unserer Schule«, sagte er. »Wir hoffen, dass die

Augen Ihres Blindenhundes Ihnen allen neue Welten erschließen werden. Während Sie hier bei uns waren, haben Sie Ihre Hunde lieb gewonnen, und Sie haben auch gelernt, dass die Beziehung der gegenseitigen Abhängigkeit mit diesen erstaunlichen Geschöpfen Ihnen die Unabhängigkeit ermöglichen, nach der sich alle von Ihnen so sehr sehnen.

Ihre Hunde sind nicht nur Ihre Partner bei der Arbeit, sondern Sie werden Ihnen auch als liebevolle Gefährten dienen. Ich glaube, Sie haben schon herausgefunden, dass sie mit ihnen fast unbegrenzte Möglichkeiten haben. Sie können auch beruflich fast alles erreichen, was Sie sich vorgenommen haben. Sie werden auch erleben, dass viele Menschen Ihre Bekanntschaft machen möchten, weil ein so schönes Tier Ihr bester Freund ist.

Es gibt vieles, worauf Sie sich freuen können. Unsere Trainer sagen immer: ›Sie haben noch nicht einmal die Spitze des Eisbergs berührt, wenn Sie an das Potenzial denken, das Sie und Ihr Hund als Gespann haben.‹ Die Trainer nennen diesen Prozess des Entdeckens auch Reifung. Wenn unsere Absolventen wieder hierherkommen, sprechen sie oft darüber, wie stark sich ihre Arbeit im Gespann im Laufe der Zeit verändert. Einer von ihnen hat mir mal erzählt, dass er sich nicht mehr erinnern kann, wann er seinem Hund ein formelles Kommando gegeben hat. Er sagte, die beiden würden sich miteinander unterhalten. Manchmal meint er, dass das Tier ihm sogar antwortet.«

Alle lachten, aber die Schüler und Trainer wussten genau, was der Redner meinte. Die Arbeit mit einem Blindenführhund führt zu einer Verbindung zwischen Mensch und Tier, die sich von allen anderen Beziehungen unterscheidet. Diese Vertrautheit kann man nur mit einer Ehe vergleichen, die sich im Laufe der Jahre bewährt hat und in der die Liebe zwischen den Ehepartnern wächst.

Brenden beugte sich vor und strich mit der Hand über den Kopf seines neuen Freundes, der neben ihm auf dem Boden lag.

»Nelson«, sagte er leise. »Als ich hierhergekommen bin, habe ich nicht gewusst, ob ich dich wirklich haben wollte, und ich konnte erst recht nicht glauben, dass ich lernen würde, dich zu lieben.«

Der Schwanz des großen Hundes klopfte auf den Boden, und Brenden musste lächeln, als er seine Hand wegnahm, damit das Schwanzwedeln aufhörte.

Als die Absolventen zusammen mit ihren Hunden einzeln aufgerufen wurden, um ihre Diplome entgegenzunehmen, standen Brenden vor Rührung die Tränen in den Augen. Diesmal waren es jedoch Tränen der Freude und Erleichterung darüber, dass er das einmonatige Programm an der Schule überstanden hatte. Jetzt würde er gemeinsam mit seinem Hund in die Welt hinausgehen, und dann würde für ihn ein neues Leben beginnen. Das hoffte er zumindest.

Wieder war er gerührt, als er sich von Harold Smith verabschiedete. Er spürte, dass nicht nur er Tränen in den Augen hatte, als der alte Trainer Nelson umarmte. Jetzt verbarg er seine Gefühle für den großen schwarzen Hund nicht mehr.

»Er ist der beste Hund, den ich in meiner ganzen Laufbahn ausgebildet habe, Brenden. Wenn du gut mit ihm umgehst, wird er seine Arbeit immer besser machen, und du wirst die Freiheit erleben, nach der du dich so sehr sehnst.«

»Ich wünschte, ich wäre mir da so sicher wie du, Smitty«, meinte Brenden. Dann umarmte er den Trainer. »Ich wünschte, ich hätte dein Vertrauen.«

Der andere Mann griff in seine Jackentasche und reichte Brenden ein Paar Socken.

»Was ist denn das?«, fragte Brenden verblüfft.

»Wir ersetzen immer die Sachen, die unsere Hunde kaputt machen«, entgegnete Smitty lächelnd. »Aber weißt du was, mein Junge? Du wirst so was nie wieder erleben. Ich sehe an seinen Augen, dass Nelson eine Entscheidung getroffen hat: Du bist sein Herr, und er liebt dich. Na, was hab ich dir immer wieder gesagt?«

Die beiden Männer sagten es wie aus einem Mund: »Vertrau deinem Hund. Vertrau deinem Hund.«

Kapitel Fünfzehn

Der Rückflug von Kalifornien nach Denver verlief ruhig. Allerdings war ein kleines, achtzig Pfund schweres Kraftpaket namens schwarzer Labrador so nervös, dass er auf Brendens Schoß kletterte, als das Flugzeug startete. Schließlich machte es sich der große Hund unter den Füßen des jungen Mannes bequem. Bei der Landung verhielt er sich schon wie ein Profi. Er rührte sich noch nicht einmal, als die Boeing 767 in Denver landete. Brenden sagte seiner Mutter, dass er und Charlie sie zu Hause absetzen würden, weil er Lindsey gleich nach seiner Ankunft besuchen wollte.

Während die Triebwerke des Flugzeugs noch dröhnten, sprach Brenden in Gedanken ein Gebet. Er gestand sich ein, dass ihm nicht ganz wohl war, wenn er an seine bevorstehende Begegnung mit Lindsey dachte. Im letzten Monat hatte er Gott oft gebeten, ihm den richtigen Weg zu zeigen – einmal im Umgang mit seiner Behinderung und zum anderen in seiner Beziehung zu der jungen Frau. Er fühlte sich wie ein Seiltänzer auf einem Hochseil, weil er zwar das Gleichgewicht hielt, aber trotzdem kurz vor dem Absturz war. Er war sich seiner selbst zwar sicher, aber trotzdem war sein Selbstwertgefühl noch nicht stark genug.

Lindsey liebte ihn. Daran musste er einfach festhalten. Aber ihm wurde auch bewusst, dass die Klischees, die ihre Umwelt über Körperbehinderungen vertrat, auch einen Einfluss hatten auf die Art, wie sie ihn wahrnahm. Für Lindsey, die Perfektionistin, war Brenden behindert und somit kein vollkommener Mensch. In der letzten

Woche hatte er von ihr zu viele Ausreden über ihr großes Arbeitspensum gehört. Deshalb machte er sich nichts mehr vor. Für Lindsey kam zuerst sie selbst und dann lange nichts.

Obwohl Brenden sich schon besser in andere Menschen hineinversetzen konnte, seitdem er lernen musste, mit seiner Blindheit umzugehen, war er in seiner Beziehung zu Lindsey noch immer sehr ichbezogen. Es kam ihm gar nicht erst in den Sinn, welche Last es für die schöne Lindsey bedeuten könnte, wenn sie ihr Leben mit einem blinden Mann verbringen müsste. Er dachte gar nicht daran, dass er ihr schon um ihrer selbst willen die Möglichkeit geben müsste, selbst eine Entscheidung zu treffen. Vielmehr wollte er nur wissen, ob ihre Liebe zu ihm stark genug wäre, um seine Blindheit hinzunehmen, und er wollte jetzt sofort diese Bestätigung.

Nachdem er Brendens Mutter nach Hause gebracht hatte, fuhr Charlie seinen Freund in die Innenstadt zu Lindseys Wohnung am Larimer Square.

»Hör zu, Charlie«, sagte Brenden. »Lass Nelson und mich einen Straßenblock vor Lindseys Wohnung aussteigen. Es ist wichtig, dass nur wir beide bei ihr auftauchen, weil sie sehen soll, wie gut ich zurechtkomme.«

»Ist schon klar, Kumpel«, entgegnete Charlie. »Soll ich auf euch warten?«

»Nur, wenn du die ganze Nacht im Auto verbringen willst.«

Der andere Mann musste lachen. Dann klopfte er Brenden auf die Schulter. »Okay, alter Junge, dann vergiss es. Viel Glück.«

Auf dem Weg zu Lindseys Wohnung atmete Brenden mehrmals tief durch. Er versuchte, seine angespannten Nerven zu beruhigen. Er wollte unbedingt selbstsicher auftreten, damit Lindsey wieder den alten Brenden vor sich sehen konnte, einen jungen Mann, dem alles möglich war, einen lebensbejahenden Menschen, aber vor allem einen Mann, der sie lieben und dessen Liebe sie bedingungslos erwidern könnte.

Lindsey wusste, dass Brenden heute nach Hause kommen würde. Morgen würde sie ihm dann gegenübertreten müssen. Sicherlich würde er den ersten Tag zusammen mit seiner Mutter verbringen, damit er sich zu Hause wieder einleben könnte.

Gestern Abend war sie auf einer Party gewesen. Sie hatte zu viel getrunken, und jetzt litt sie nicht nur unter den Nachwirkungen des Alkohols, sondern ein junger Mann namens Danny oder Eddy lag neben ihr im Bett. Im Vergleich zu Brenden war er ein Niemand, aber sie hatte trotzdem mit ihm geschlafen, weil sie einen Grund brauchte, um mit Brenden Schluss zu machen. Es war seltsam, aber sie kam besser mit der Situation zurecht, wenn sie sich die Schuld an einem begangenen Fehltritt geben konnte, als sich einzugestehen, dass sie nicht bereit war, sich mit Brendens Blindheit abzufinden. *Lieber bin ich ein leichtes Mädchen als eine grausame und egoistische Frau.* Zumindest dachte sie das, als sie in ihrem Bett neben dem fremden Mann aufwachte.

Plötzlich klingelte es an ihrer Wohnungstür.

Sie warf einen Blick auf den Wecker. Es war sechzehn Uhr, und sie lagen noch immer im Bett. Sie war nur mit einem T-Shirt bekleidet.

»Wer ist denn das?«, fragte der andere Mann, als ob er ein Recht darauf hätte, hier zu sein.

»Ich weiß nicht«, entgegnete Lindsey. »Aber ich finde es heraus.«

Sie durchquerte das Wohnzimmer und drückte die Taste der Gegensprechanlage. »Ja?«, sagte sie. Sie fühlte sich noch immer benommen vom Alkohol, und sie war auch noch nicht ganz wach.

»He«, erwiderte Brenden. Seine Stimme klang freudig erregt. »Das hört sich aber gar nicht an wie meine Lindsey, sondern wie eine Frau, die entweder zu viel gelernt oder zu viel getrunken hat.«

Lindsey begann zu zittern. »Oh nein, Brenden! Du meine Güte!«

»Ja, genau, Baby«, sagte die Stimme durch den Lautsprecher. »Es ist dein Brenden mit einem neuen Freund, den du unbedingt kennenlernen musst. Sesam öffne dich.«

Brenden hörte plötzlich gedämpfte Stimmen durch die Gegensprechanlage.

»Lindsey?«, fragte er noch einmal nach. »Lindsey?«

»Einen Moment noch, Brenden, einen Moment.«

Wieder hörte er Stimmengemurmel, und plötzlich war es mit seiner Begeisterung vorbei.

Dann war das Rauschen von Wasser zu hören und ... was war denn das? Ein zweites Paar Füße auf dem Boden? Es war unglaublich, wie gut er inzwischen hören konnte.

Dreißig Sekunden später ertönte der Summer, und die Haustür sprang auf. Der junge Mann und der Hund gingen die Treppe zu Lindseys Wohnung hinauf. Sie wartete oben auf dem Treppenabsatz, und sie versuchte, sich nichts anmerken zu lassen. Während sie ihre Arme um ihn schlang, wollte sie ihn küssen, aber er wurde stutzig. Was war das für ein seltsamer Geruch? Wie nach einer durchfeierten Nacht, nach Sex mit einem anderen Mann. Brenden wurde es schlagartig klar, und er spürte, wie der große Hund sich in seinem Geschirr anspannte. Wahrscheinlich sah er jemanden durch die halb offene Tür.

Er trat einen Schritt zurück, um sich der Umarmung zu entziehen. In seinen blinden Augen lag ein bittender Ausdruck. Brendens Stimme klang fassungslos. »Lindsey, was soll denn das? Ich liebe dich doch.«

Die junge Frau war verzweifelt, weil Brenden gemerkt hatte, dass sie nicht allein war. »Ich liebe dich auch, Brenden. Ich liebe dich so sehr.« Ihre Stimme wurde lauter. »Bitte, Brenden. Das hat nichts zu bedeuten. Er hat nichts zu bedeuten.«

Als er sich ertappt fühlte, schlich sich Danny oder Eddy wieder zurück in die Wohnung und suchte seine Kleidungsstücke zusammen. Brenden hörte alles.

»Hättest du damit nicht warten können, Lindsey?«, fragte er. »Hättest du nicht warten können, bis ich die Scherben meines Lebens wieder zusammengesetzt hätte? Musstest du mein Leben wie ein Glas zerbrechen und dann noch auf den Scherben herumtrampeln?«

»Brenden, warte doch«, bat ihn die junge Frau inständig. »Bitte warte. Wir sollten wenigstens darüber reden. Ich war nur noch nicht bereit ...«

Brenden unterbrach sie. »Wozu warst du nicht bereit? Mit einem Blinden zusammenzuleben? Mit jemandem, der nicht sehen kann, wie schön du bist, Lindsey? Vielleicht ist das auch besser so. Äußerlich siehst du gut aus, aber innerlich ... innerlich, Lindsey, bist du so hässlich wie eine Wasserleiche.«

Die junge Frau wollte ihn erneut umarmen, aber er stieß sie mit seiner freien Hand brutal weg, als er dem Hund befahl: »Nelson, die Treppe runter. Finde die Treppe.«

Der Hund tat genau das, was man ihm in seiner Ausbildung beigebracht hatte. Er drehte sich um 180 Grad und brachte die Füße seines Herrn direkt bis zur ersten Treppenstufe.

Brenden hörte, wie Lindsey laut schluchzte. Er wusste, dass sie jetzt auch Tränen vergoss, aber er wartete keine Sekunde länger. »Vorwärts, Nelson«, sagte er. »Raus.«

Der junge Mann tastete noch nicht einmal nach dem Treppengeländer, als das Gespann elegant und sicher die Treppe hinunterging. Lindsey beobachtete die beiden. Trotz ihrer Verzweiflung war sie verblüfft.

Als sie die Straße erreichten, reagierte Brenden wie ein Automat. Er verlor sich in seinem Schmerz. Deshalb war er nicht in der Lage, eine Verbindung zu seiner Gegenwart herzustellen oder aus seiner Vergangenheit Kraft zu schöpfen. Er konnte sich auch nicht etwas so Simples wie das Nächstliegende vorstellen. Wohin sollte er denn gehen? Nach Hause? In eine Bar? Zu einer anderen Frau? Er wusste es nicht, und es war ihm auch gleichgültig. Das Leben, das Schicksal oder Gott hatte ihm wieder einen Schlag versetzt. Er hatte gebetet – um Hilfe, um ein kleines Wunder, um Liebe. Und jetzt war da gar nichts, nur die Leere, die zerbrochene Träume und ein gebrochenes Herz hinterließ.

In den nächsten Stunden lernte Nelson eine andere Seite des Lebens kennen, als Brenden so ganz nebenbei drei Bars aufsuchte. Es gab irischen Whisky und danach ein Bier zum Nachspülen. Er wusste nicht mehr, wie viel er getrunken hatte. Er wusste nur noch eines: Als es in Denver endlich dunkel wurde, waren er und der Hund immer noch unterwegs. Nelson machte seine Arbeit gut. Brenden musste sich um nichts kümmern, sondern einfach nur geradeaus gehen. Dann kam ein Bordstein, dann überquerten sie eine Straße. Wieder gingen sie geradeaus, wieder kam ein Bordstein, wieder überquerten sie eine Straße. Er brauchte nicht auf den Straßenverkehr zu hören. Der Hund kümmerte sich um ihn. So hatte Smitty es ihm schließlich erklärt.

Für Nelson dagegen wurde es immer schwieriger, seinen Herrn dazu zu bringen, in einer geraden Linie zu gehen. Brenden war müde, so müde. Er war zu müde, um weiterzukämpfen, um ein Leben, das jetzt für ihn jeden Sinn verloren hatte. Er war zu müde, sich nur wie ein halber Mensch zu fühlen. Er war zu müde, sich mit seiner Blindheit abzufinden.

Warum nicht einfach ausruhen? Warum nicht einen ruhigen Platz suchen, sich hinsetzen und seine Ruhe haben? Warum nicht mitten auf der Straße? Einfach abwarten, was dann passiert. Genau das war es. Sich mitten auf die Straße setzen und warten.

Der Hund führte ihn zu einer weiteren Bordsteinkante. Zum ersten Mal achtete Brenden auf Verkehrsgeräusche, aber da war nichts. *Das muss eine Seitenstraße sein*, dachte er. Irgendwo abseits der Hauptverkehrsstraßen. Hier kann man sich bestimmt hinsetzen oder hinlegen und einfach ausruhen.

»Vorwärts, Nelson«, sagte er zu dem großen Hund.

Sie gingen auf die Straße, aber auf halbem Weg ließ Brenden die Leine fallen und setzte sich auf den Asphalt.

Einen Augenblick lang stand der Hund verwirrt neben ihm. Was war denn da los? Warum saß sein Herr? Das war nicht richtig. Er musste Herrchen von der Straße wegholen. Der Hund rannte auf die andere Straßenseite, sprang an der Bordsteinkante hoch und drehte sich zu Brenden um. Er sah seinen jungen Freund flehend an. Komm schon, versuchte er zu sagen. Komm mit mir. Geh weg von der Straße.

Der Mann ließ das Kinn auf die Brust fallen und saß bewegungslos da. Der Hund rannte wieder zur Straßenmitte, packte mit den Zähnen den Jackenärmel seines Herrn und zog verzweifelt. Er wollte Brenden unbedingt in Sicherheit bringen.

Der Mann schlug mit seiner freien Hand nach ihm. Er traf den Hund an der Seite der Schulter. Das Tier winselte vor Schmerz, sprang zurück und versuchte es wieder. Diesmal zog Nelson noch stärker am Jackenärmel des Mannes. Der Ärmel riss. Brenden schlug wieder zu, und diesmal traf der Schlag den Hund direkt auf der Schnauze, so hart, dass sich dabei ein paar Zähne hätten lockern können.

Jetzt durchfuhr den Körper des Hundes ein Adrenalinstoß, der ihm

Gefahr signalisierte. Als er Brenden wieder am Arm packte, biss er zu und zog mit voller Kraft. Brenden schrie auf, als Blut aus der Wunde floss. »Nein, Nelson, nein!« Wieder schlug er mit der freien Hand um sich und verfehlte den Kopf des Hundes nur um ein paar Zentimeter. »Nein. Lass mich in Ruhe. Geh weg.«

Der Schmerzensschrei des jungen Mannes brachte den Hund dazu, seinen Arm loszulassen. Jetzt stand er schwer atmend über seinem verzweifelten Herrn. Was sollte er bloß machen? Jeder Instinkt sagte Nelson, dass es verkehrt war. Seine Ausbildung und sein Überlebenswille vermittelten ihm die gleiche Botschaft, aber er konnte seinen Herrn nicht allein lassen. Es blieb ihm nichts anderes übrig. Er ließ sich neben Brenden nieder und legte den Kopf auf das Knie des Mannes. Weil er sich trotz allem nach Liebe und Nähe sehnte, streckte Brenden die Hand aus und streichelte den Kopf seines Freundes. Der Hund reagierte sofort darauf. Er leckte Brenden die Hand. Dann versuchte er, das Blut von der Wunde wegzulecken.

Brenden war so gerührt, dass er weinen musste. Plötzlich sah er vor seinem geistigen Auge ein Bild. Es könnte nur noch Sekundenbruchteile dauern, bis ihn ein Auto überfahren würde. Er wäre dann tot. Das wäre gut so, aber dann müsste auch Nelson sterben.

Nein, das darf nicht passieren, dachte er. *Ein so gutes Geschöpf darf nicht sterben. Wenn ein Wesen so viel Liebe geben kann, darf sein Leben nicht auf diese Art enden.*

»Nelson«, brachte er schließlich mühsam heraus. »Ich liebe dich, Nelson.« Sobald er diese Worte ausgesprochen hatte, wusste der junge Mann, dass er aufstehen, weg von der Straße, sich in Sicherheit bringen und den Weg nach Hause finden musste. Er war es dem Hund schuldig, es noch einmal zu versuchen.

Wenn ein Tier einen Menschen so sehr liebt, dass es bereit ist, sein

Leben hinzugeben, damit der Mensch überlebt, dann ist man es wert, weiterzuleben.

Brenden stützte sich auf Nelson und stand langsam auf. Der Hund war sofort bei Fuß. Mit seinen Augen flehte er seinen Herrn an, das Geschirr wieder aufzunehmen und so schnell wie möglich die Straßenmitte zu verlassen.

Es dauerte nur ein paar Sekunden, und dann waren sie in Sicherheit. Ein paar Minuten später traf das Gespann einen freundlichen Passanten, der für die beiden ein Taxi rief. Brenden war auf dem Weg nach Hause. Er wusste zwar nicht, wie es weitergehen sollte, aber er wollte einen Neubeginn wagen.

KAPITEL SECHZEHN

Die erste Begegnung zwischen Nelson und Gus war eine interessante psychologische Studie der Gegensätze. Nelsons anfängliche Meinung über den aggressiven West Highland Terrier lautete, dass ein so kleiner Kerl nicht so viel Krach machen und nicht so viel Angriffslust an den Tag legen sollte. Gus rannte um den großen Hund herum. Dabei bellte und knurrte er abwechselnd. Er wollte verdeutlichen, dass das hier sein Haus, sein Revier, seine Familie war. Brenden gelang es noch, Nelson das Geschirr und die Leine abzunehmen. Dann stolperte er in sein Bett und überließ es den beiden Hunden, sich miteinander bekannt zu machen. Weil Brenden ihm nicht beistand, zog Gus sich lieber vorsichtig zurück, während er noch immer mit gesträubtem Fell seine Revierüberlegenheit demonstrierte.

In den ersten drei Tagen stritten sich die beiden neuen Freunde um jedes Spielzeug, machten sich gegenseitig das Futter streitig und wetteiferten um einen Platz auf Brendens Bett. Die Lage begann sich zu entspannen, als Gus merkte, dass Nelson seinen Platz im Rudel durchaus kannte und Gus als Leithund akzeptierte. Als die Rollen endlich verteilt waren, entstand zwischen den beiden Hunden eine erstaunliche Freundschaft. Etwa zehn Tage nach Brendens Heimkehr kämpften die beiden Tiere nicht mehr um einen Platz auf Brendens Bett, sondern lagen friedlich nebeneinander auf dem weichen Hundekorb, den Mora extra gekauft hatte. Sie lernten sogar, sich am Fressnapf nicht mehr um die besten Bissen zu streiten. Wenn Gus während des Abendessens seinen üblichen Platz auf dem Stuhl von Brendens Vater einnahm, gab sich Nelson damit zufrieden, unter dem Stuhl liegen zu bleiben. Beide Hunde schienen zu merken, dass sie zur Familie gehörten. Es sah sogar so aus, als ob sie sich an den abendlichen Gesprächen zwischen Mutter und Sohn beteiligten.

Mora wollte Brenden nicht über sein Zusammentreffen mit Lindsey ausfragen. Sie war überrascht, als am späten Abend ein Taxi vor ihrer Tür hielt und ihr Sohn mit unsicheren Schritten hereinkam. Der schwarze Hund führte ihn sorgfältig. Brenden hatte tief und fest geschlafen. Als er am nächsten Morgen herunterkam, konnte Mora ihm einfach keine Fragen stellen. Brenden erzählte ihr nichts, aber sie merkte, dass er seltsam ruhig und in sich gekehrt war. Er hatte eines erkannt: Der große Hund hatte ihn vor sich selbst gerettet. Diese Schuld würde er niemals zurückzahlen können. Er merkte, wie er Bilanz über sein Leben zog und sich überlegte, was es in Wirklichkeit wert war.

Mora beobachtete ihn, wie er im Garten mit den Hunden spielte, und sie hörte seinen Gesprächen mit Charlie zu. Sie spürte, dass ihr Sohn über den Berg war und sich langsam mit seinem Leben und seiner Blindheit abfand. Sie freute sich, als er wieder begann, Sport zu treiben. Er verbrachte in der Garage viele Stunden beim Hanteltraining und auf dem Ergometer, weil er seine Muskulatur wieder aufbauen und körperlich fit werden wollte. Noch mehr freute sie sich, als er ihr nach seiner ersten Woche zu Hause mitteilte, dass er ins Rehabilitationszentrum zurückkehren und dort Computerkurse belegen wolle.

»Dort wird eine Menge für Blinde getan, Mama«, sagte er, und er zögerte noch nicht einmal beim Wort *Blinde.* »Es gibt für fast alles sprachgesteuerte Computerprogramme. Ich glaube nicht, dass ich die Brailleschrift richtig lernen muss. Vielleicht brauche ich sie nur, um

Etiketten für meine Kleider zu schreiben, für Lebensmittel oder für andere Sachen, die ich kennzeichnen will, wenn ich in meine eigene Wohnung ziehe.«

Das klingt ja wunderbar, dachte Mora. Er denkt sogar schon an einen Umzug.

»Danke, Gott«, sagte sie, als sie allein war. »Danke, dass du Brenden den Weg zurück ins Leben gezeigt hast.«

Lindsey rief immer wieder an, weil sie unbedingt mit Brenden reden wollte. Ihre Nachrichten auf dem Anrufbeantworter klangen immer flehender und gefühlvoller, aber Brenden erwiderte keinen ihrer zahlreichen Anrufe. Sie fragte sich, ob sie einfach überraschend vor seinem Haus auftauchen und ein Gespräch mit ihm verlangen sollte. Sie würde notfalls sogar die Haustür eintreten. Aber etwas hielt sie davon ab, diese Idee in die Tat umzusetzen. Woran lag das? Hatte er etwa kein Interesse mehr an ihr, an ihrer gemeinsamen Zukunft? Tief in ihrem Inneren konnte sie das einfach nicht glauben. Sie war schließlich Lindsey Reynolds, die kluge, attraktive, schöne Lindsey Reynolds. Wenn sie es wollte, könnte sie von einem jungen Mann alles verlangen.

Nachdem sie zehn Tage lang geweint und sich den Kopf zermartert hatte, wurde ihr eines klar: Sie wollte nur noch, dass Brenden ihr vergeben sollte. Sie wurde mit diesem Schuldgefühl einfach nicht fertig, und ein einziges versöhnliches Wort hätte die unerbittliche Stimme ihres Gewissens zum Schweigen gebracht. Aber sie löste dieses Problem schließlich selbst, indem sie sich sagte, dass es so besser war. Sie gestand sich ein, dass sie nie einen behinderten Mann heiraten würde. Als sie zu dieser Erkenntnis kam, versuchte sie nicht mehr, mit Brenden Kontakt aufzunehmen.

Brenden hatte ebenfalls über seine Beziehung zu Lindsey nachgedacht und war zu seinen eigenen, überraschenden Schlussfolgerungen gekommen. Lindsey war für ihn so etwas wie eine Trophäe gewesen, die für ihn nur einen Wert hatte, als er sehen konnte, wie ihn andere Männer beneideten. Ihre Beziehung war größtenteils geprägt von körperlicher Anziehung und Oberflächlichkeit. Sie waren sich nie wirklich nahe gekommen, so wie er es bei reifen Menschen wie seinen Eltern beobachtet oder wie Barnes, der psychologische Berater, als er Brenden von seiner Ehe erzählt hatte. Lindsey und Brenden hätten sich früher oder später vielleicht sowieso getrennt, auch wenn ihm das Schicksal nicht sein Augenlicht genommen hätte.

Es ist tatsächlich so, dass es in unserem Leben keine Zufälle gibt. Alles ist geplant, dachte er. *Das Geheimnis besteht nur darin, die Zeichen zu erkennen, die Gott einem gibt. Hatte Barnes etwa recht gehabt? Kann aus jedem Nachteil ein Vorteil werden, wenn man bereit ist, alle Möglichkeiten wahrzunehmen, die sich einem bieten?*

»Also gut«, meinte er entschlossen und streichelte Nelsons Kopf an einem wunderschönen Morgen, nachdem er das reichhaltige Frühstück genossen hatte, das seine Mutter für ihn zubereitet hatte. »Dann finden wir es doch heraus.«

Brenden merkte, dass Marvin Barnes sich über seinen Anruf freute. Er hielt den Hörer etwa einen halben Meter von seinem Ohr weg, damit er nicht auch noch taub wurde wie Helen Keller, als die Stimme des Riesen durch die Leitung dröhnte.

»Das ist ja toll, Brenden McCarthy. Sie waren also in der Blindenhundschule und haben ein Hündchen mit nach Hause gebracht? Sehr gut, sehr gut. Ich hab mir auch schon überlegt, ob ich mir einen zulegen soll, aber meine Frau ist Katzenliebhaberin. Wir haben zwei Perserkatzen. Das sind sehr mitteilsame Tierchen. Und mit meinem verletzten Knie kann ich zwar noch ganz gut Ski laufen, aber nicht mehr so viel zu Fuß gehen. Deshalb ist ein Hund für mich nicht so gut geeignet. Aber ich freue mich, Ihren Nelson kennenzulernen. Wann kommen Sie mich besuchen?« Barnes sprach weiter, weil er nicht wollte, dass Brenden den Termin absagte. »Morgen um vierzehn Uhr? Das passt prima, mein Junge. Wissen Sie noch, wo es ist? Das Büro am Ende des Flurs.«

Bevor Brenden etwas erwidern konnte, hatte Barnes das Telefonat beendet. Brenden musste schmunzeln, als er ebenfalls den Hörer auflegte. »Vielleicht denkt er, ich bekomme kalte Füße und überlege es mir anders. Aus ihm wäre ein guter Versicherungsvertreter geworden. Er ist ein alter Fuchs, wenn es darum geht, ein Gespräch zum Abschluss zu bringen.«

Am nächsten Tag nahm Brenden ein Taxi zum Büro von Barnes, und er holte sich Informationen ein, wie er nach dem Termin mit der Stadtbahn zurück nach Hause fahren konnte.

»Ich rufe dich an, wenn ich in der Nähe bin, Mama«, sagte er, als er unter der Führung von Nelson das Haus verließ. »Nach meinem Termin melde ich mich bei dir, und dann kannst du mich am Bahnhof abholen.«

Mora konnte nicht anders. Sie hatte einen Kloß im Hals, als sie ihren gut aussehenden Sohn beobachtete, wie er zur Tür hinausging und versuchte, sich einen Weg in die Welt hineinzubahnen. Sie sah immer noch aus dem Fenster, als der junge Mann und der Hund durch den Vorgarten gingen und das Taxi fanden.

»Zum ersten Mal habe ich wieder Hoffnung«, sagte sie sich. »Echte Hoffnung.«

Als Barnes, der ewige Pessimist, Brenden mit einem schraubstockartigen Händedruck und einer stürmischen Umarmung begrüßte, drängte sich Nelson schützend zwischen die beiden Männer. Er knurrte zwar nicht, aber er warnte den ehemaligen Footballspieler, dass er für seinen Herrn verantwortlich war.

Barnes registrierte dieses Signal mit einem leisen Lachen. »Es sieht ganz so aus, als ob Sie in einer Bar nie eine Schlägerei befürchten müssen, solange Sie diesen Burschen dabeihaben«, meinte er. »Ich weiß, dass er noch neu ist, aber Sie beide sind offenbar schon gute Freunde.«

»Mein Trainer hat gemeint, dass das normal ist«, erklärte Brenden. »Die Arbeit im Gespann bringt das mit sich. Ich meine, der Hund hat ein Ziel, und man selber hat auch ein Ziel. Man braucht einander.«

Barnes schlug mit der Hand schallend auf die Schreibtischplatte. »Hab ich es Ihnen nicht gesagt, mein Junge? Ich hab Ihnen doch von Unabhängigkeit, Abhängigkeit und gegenseitiger Abhängigkeit erzählt und dass das Leben einen Sinn bekommt, wenn man das begreift. Für mich gibt es kein besseres Beispiel dafür als die Beziehung zwischen einem Blinden und seinem Hund.«

Brenden war über sich selbst überrascht, als er darauf mit einem so intimen Gedanken reagierte. »Also ist diese gegenseitige Abhängigkeit, von der Sie reden, auch bei Menschen ein Ausdruck wahrer Liebe?«

Barnes lehnte sich in seinem Stuhl zurück. »Genau so ist es, Brenden«, meinte er. »Gegenseitige Abhängigkeit beinhaltet auch ein Opfer, das der eine dem anderen ohne Vorbehalte und ohne Zögern bringt, weil es aus Liebe geschieht. Menschen können ineinander verliebt sein und alles scheinbar richtig machen, aber sie können trotzdem egoistisch sein. Selbstlose Liebe ist etwas Dauerhaftes, etwas, was im Stillen geschieht, und sie ist das größte Geschenk, das wir Menschen einander machen können. Am Ende bringt uns selbstlose Liebe im Leben die größte Zufriedenheit. Sie können das jeden Tag an Nelson beobachten. Er ist darin Ihr bestes Vorbild.

Jetzt haben Sie diesen großen Prachtburschen, der sich um Sie kümmert. Und was machen Sie jetzt mit sich selbst? Was haben Sie vor? Wo wollen Sie wohnen? Wichtiger noch: Wovon wollen Sie Ihre Miete bezahlen?«

»Ich weiß nicht«, entgegnete Brenden. »Ich hab Ihnen ja erzählt, dass ich gerade erst mein Praktikum als Arzt begonnen habe und ich gedacht habe, aus mir würde der nächste Weltklasse-Chirurg oder so was Ähnliches. Aber jetzt bin ich mir nicht mehr so sicher.«

Barnes dachte kurz nach. »Haben Sie mir nicht auch erzählt, dass Ihr Nebenfach naturwissenschaftliche Pädagogik war? Könnten Sie nicht als Biologie- oder Chemielehrer arbeiten?«

»Ich weiß nicht«, meinte Brenden. »Ich glaube nicht, dass ich für den Lehrberuf geeignet bin. Mir fehlt einfach die Geduld dafür.«

»Okay«, sagte Barnes und kratzte sich nachdenklich am Kopf. »Wie wäre es mit einer Arbeit in der Forschung? Auf naturwissenschaftlichem Gebiet? Würde Ihnen das Spaß machen?«

»Nein, nicht wirklich«, erwiderte Brenden lachend. »Klar hab ich die naturwissenschaftlichen Fächer belegt, Chemie und das ganze Zeug. Aber das hab ich nur gemacht, weil ich Medizin studieren wollte. Ich glaube nicht, dass ich meine Zeit in einem Labor verbringen möchte. Wahrscheinlich würde ich die Formeln verdrehen und dann gefährliche Sachen zusammenmixen.«

Jetzt musste Barnes ebenfalls lachen. »Wissen Sie was, Brenden? Sie sind auf dem Weg der Besserung, weil Sie wieder einen Sinn für Humor entwickeln.«

Der junge Mann lächelte. »Wenn man nicht über sich selbst lachen kann, kann man über gar nichts lachen.«

»Da haben Sie recht«, meinte Barnes. »Humor ist die beste Medizin.« Der dicke Mann trommelte mit den Fingern auf die Schreibtischplatte. »Sagen Sie mal, Brenden, vielleicht kommt dieser Vorschlag zu früh, aber wie wäre es, wenn Sie mit mir zusammenarbeiten würden?«

»Was meinen Sie mit zusammenarbeiten?«

»Ich meine, dass aus Ihnen ein psychologischer Berater werden könnte. Dann könnten Sie mit Leuten arbeiten, die auch ihr Augenlicht verloren haben, oder aber mit jedem Menschen, der mit Problemen zu kämpfen hat. Mir scheint, Sie haben bereits die wichtigste Eigenschaft für diesen Beruf.«

»Und die wäre?«

»Mitgefühl«, entgegnete Barnes. »Ich glaube, Sie gehören zu den Menschen, die sich gut in die Probleme andere Leute einfühlen können.«

Brenden lehnte sich zurück und dachte nach. Er hörte, wie die Uhr im Büro tickte.

»Ich müsste natürlich zurück an die Uni und einen entsprechenden Abschluss machen.«

Barnes beugte sich vor. Er war begeistert von dieser Idee. »Das wäre großartig, Brenden«, meinte er. »Ich bin gern bereit, Ihnen zu helfen. Ich kenne jeden, der in dieser Sparte etwas zu sagen hat, zumindest hier in Colorado. Vielleicht können Sie sogar hier an der Universität von Denver ein Aufbaustudium machen. Der Magisterstudiengang für psychologische Berater ist hervorragend, und der Dekan der Fakultät spielt regelmäßig Poker mit mir. Er ist nicht besonders glücklich darüber, weil er meint, ich haue ihn übers Ohr, wenn wir mit Braille-Karten spielen, aber das ist nicht mein Problem. Soll ich ihn anrufen und einen Termin mit ihm vereinbaren?

Brenden war plötzlich genauso begeistert wie Barnes. »Ja, das wäre prima, Mr Barnes. Bitte rufen Sie Ihn an.«

»Aber unter einer Bedingung, mein Junge«, erwiderte Barnes.

»Welche Bedingung ist das?«

»Dass du endlich aufhörst, mich Mr Barnes zu nennen. Ich heiße Marvin oder MB, okay?«

»Okay, MB«, sagte Brenden. Er erinnerte sich, dass seine Sekretärin ihm bei seinem ersten Termin mit Barnes so genannt hatte.

»Gut«, meinte Barnes. »Gut. Ich rufe ihn an und vereinbare einen Termin für dich. Ach, und noch was«, fügte er hinzu. »Heute hab ich mit meinem Freund Hal O'Leary gesprochen. Ich hab dir von ihm erzählt. Er hat in Winter Park Skilaufen für Behinderte eingeführt. Ich bin jedes Wochenende dort. Wir sollen in den nächsten Tagen eine Riesenladung Pulverschnee abbekommen. Willst du mit mir zusammen einen kleinen Ausflug nach Winter Park machen? Meine Frau wird uns fahren. Edna fährt nicht Ski, und sie ist nicht so begeistert von Schnee, aber sie genießt das – wie heißt das noch – Ambiente dort oben. Was meinst du? Willst du es mal probieren?«

Das alles passiert so schnell, dachte Brenden. *Vielleicht zu schnell.* Trotzdem hörte er sich sagen: »Klar. Ich fahre gern mit dir mit und lasse diese Sache mal an mich rankommen.«

Der Riese stand auf. Sein Bürostuhl schien vor Erleichterung zu ächzen.

»Deine Anschrift habe ich ja. Ich hole dich am Samstagmorgen so gegen sechs Uhr ab. Dann haben wir in Winter Park noch Zeit für ein gutes Frühstück, und dann werden wir sehen, ob wir jemanden finden, der mit dir eine Abfahrt macht. Dann bis Samstagmorgen.«

»Okay.« Brenden nahm den Bügel von Nelsons Geschirr und die Leine in die Hand. »Bis Samstagmorgen.«

Kapitel Siebzehn

Barnes, der ewige Pessimist, hielt Wort. Er erschien am Samstagmorgen pünktlich um sechs Uhr bei Brenden. Er hatte Kaffee in einer Thermoskanne und eine große Tüte mit Egg McMuffins von McDonalds mitgebracht. Wie viele andere jungen Leute auch war Brenden kein Morgenmensch. Er war förmlich überwältigt von der Begeisterung, die der Riese schon um diese Zeit verbreitete. Barnes hörte für sein Leben gern Motown-Hits neben Jimmy Hendrix und Janice Joplin. Diese Musiker waren in der Zeit, als er in Vietnam war, aktuell gewesen. Er spielte die Musik nicht nur in einer Lautstärke, die das Innere des SUV mit schrillen Misstönen füllte, sondern er sang auch noch die meisten Melodien mit, allerdings so falsch, dass Brenden die Herkunft seines Freundes anzweifelte.

Barnes lachte dröhnend. »Du hast wahrscheinlich recht, Brenden McCarthy. Ich bin wohl der einzige Afroamerikaner, der weder ein Gefühl für Rhythmus noch eine gute Stimme hat. Trotzdem singe ich gern, Kumpel. Mrs Barnes macht das jetzt schon so viele Jahre lang mit, stimmt's, Liebling?«

»Mmm-hmm ... mmm-hmm«, entgegnete die Frau des Riesen.

Barnes musste wieder lachen. »Siehst du, Brenden? Toleranz – das ist die Basis einer guten Ehe. Toleranz. So, jetzt erzähle ich dir aber von Hal O'Leary und dem Programm in Winter Park. Hal O'Leary war Anfang der Siebzigerjahre ein Teufelskerl von einem Skilehrer, aber er hatte mehr Interesse am Nachtleben als am Skiunterricht, den er tagsüber gab. Er kam ursprünglich aus Kanada. Seine Eltern waren ziemlich wohlhabend. Deshalb war er wohl ein bisschen verwöhnt. Es ist schon komisch, wie wir unseren Weg im Leben finden. Ich hab dir ja erzählt, dass ich Footballspieler und Soldat in Vietnam war. Es ist kaum zu glauben, dass jemand wie ich heute anderen Menschen helfen kann. Aber es ist so gekommen. Das ist das Wunderbare am Leben, Brenden. Man weiß nie, wohin es einen führt, aber man sollte immer offen sein für die Möglichkeiten, die es einem bietet.

Also, dieser O'Leary hat seinen Job als Skilehrer nicht ernst genommen. Der Leiter der Skischule hatte genug von Hals Allüren. Deshalb teilte er ihm eine ziemlich komplizierte Arbeit zu. Im Krankenhaus St. Joseph in Denver arbeitete eine Krankenschwester namens Rhetta Steadman. Sie und ich kamen aus dem gleichen Kampfgebiet. Als ich in Vietnam war, war sie auch als Sanitätsschwester dort. Nach ihrer Heimkehr begann sie auf der Rehabilitationsstation in St. Joseph zu arbeiten, mit Veteranen und mit behinderten Kindern.

Eines Tages erzählten ihr die Kinder, dass sie für ihr Leben gern einmal Ski laufen würden. Damals waren Behinderte nirgendwo in der Welt auf den Skihängen unterwegs, aber diese Rhetta Steadman war eine ganz besondere Frau. Sie rief die Skischule in Winter Park an, und dann nahm alles seinen Lauf.

Und wer musste wohl die erste Gruppe übernehmen? Drei Mal darfst du raten: Hal O'Leary natürlich. Besonders gut gefällt mir seine Geschichte über jenen ersten Tag, als ein Bus auf den Parkplatz fuhr. Dort wartete er auf die Gruppe. Er hörte, wie laute Kinderstimmen ›Hundert Flaschen Bier an der Wand‹ sangen. Die Tür des Busses ging auf, und Miss Rhetta stieg aus, gefolgt von einem Kind, das die Stufen herunterkroch. Hal fand später heraus, dass es einen offenen Rücken hatte und nicht laufen konnte. Danach kamen drei Kinder, die sich an eine von Rhettas Mitarbeiterinnen klammerten, weil sie blind waren. Der Busfahrer lud Rollstühle aus, weil ein paar Kinder aus der Gruppe querschnittgelähmt waren. Und damit es nicht zu langweilig wurde, erfuhr Hal schon bald, dass ein paar von den anderen Kindern geistig behindert waren. O'Leary stand wie versteinert im Schnee. Er war fassungslos.«

»Mann oh Mann«, meinte Brenden. »Was hat er dann gemacht?«

Barnes wartete mit seiner Antwort, bis er sein viertes Egg McMuffin verspeist hatte.

»Irgendwie hat er die ganze Gruppe am ersten Tag auf den Berg gebracht. Er hat es zuerst mit normaler Ausrüstung probiert. Die Kinder sind ständig hingefallen, und keins von ihnen ist zum Skilaufen gekommen. Aber mit Hal O'Leary ist damals was passiert. Diese Kinder haben sein Herz angerührt. Er überlegte sich, wie er ihnen den Wintersport zugänglich machen und es ihnen ermöglichen konnte, die Freiheit eines Abfahrtslaufs zu genießen. Für die Beinamputierten erfand er einen Monoski. Das ist ein Ski mit zwei kleinen seitlichen Fortsätzen wie Miniskier, die für Stabilität sorgen. Du hast diese Dinger bestimmt mal gesehen. Für andere Behinderungen dachte er sich einen Skihalter aus. Das ist ein Gummiseil, das durch Löcher an den Skispitzen läuft und die Skier zusammenhält. Er fand heraus, dass Blinde in den Bergen Ski laufen können, wenn sie einen Führer dabei haben, der ihnen zuruft, wie sie fahren müssen. Das werden wir zwei heute machen. Für die geistig Behinderten brauchte er nur speziell ausgebildete Skilehrer.

Das ist jetzt fünfunddreißig Jahre her. Seitdem hat das Nationale Sportzentrum für Behinderte – so heißt das Programm – über einhundertfünfzigtausend Menschen mit körperlichen und geistigen Behinderungen einen Zugang zu diesem grandiosen Sport ermöglicht. Das Programm hat bereits mit etwa einhundertvierzig verschiedenen

Arten von Behinderung gearbeitet. Für Hal und seine Mitarbeiter scheint keine Herausforderung zu groß zu sein. Winter Park kann manche Kosten für das Programm selbst decken, aber der Rest wird über Spenden finanziert. Brenden, ich glaube, dieses Zentrum bietet das weltweit einzige bedeutende Sportprogramm für Behinderte an. Wenn wir schon über die Förderung von Selbstwertgefühl und Selbstvertrauen reden, dann spielt Hal O'Learys Programm dabei eine große Rolle. Ich bin das beste Beispiel dafür.«

Wie auf ein Stichwort hin begannen Diana Ross und die Supremes zu singen: »Kein Berg ist zu hoch, kein Tal zu tief, kein Fluss zu breit für mich, um mich von dir zu trennen.«

Brenden spürte, wie ihm dieser Moment naheging, aber nicht nur er hatte dieses Gefühl. Alle drei stimmten in den von Herzen kommenden Refrain der Supremes mit ein.

Als sie am Fuß des Berges angekommen waren, lernte Brenden Hal O'Leary kennen. Der Mann hatte auf sie gewartet.

»Brenden McCarthy«, sagte er und reichte ihm die Hand, als ob er ihn schon sein Leben lang gekannt hätte. »Ich bin Hal O'Leary. Marvin hat mir erzählt, dass Sie vielleicht der nächste blinde Weltmeister sind, und deshalb freue ich mich, Sie kennenzulernen. Wir hatten schon lange keinen blinden Skiläufer mit Weltklasse in unserem Programm. Ich glaube, der letzte hat hier vor etwa fünf Jahren mitgemacht. Deshalb sind Sie uns herzlich willkommen. Ich habe das doch richtig verstanden? Sie sind schon in der Schulmannschaft Ski gelaufen und später auf dem College Rennen gefahren.«

Brenden zuckte mit den Schultern. »Ja, aber das war, bevor ich ...«

O'Leary unterbrach ihn. »Vor Ihrer Behinderung? Das ist alles relativ, Brenden. Sie werden natürlich nicht mehr gegen die Leute antreten, mit denen Sie früher gelaufen sind, aber das heißt noch lange nicht, dass Ihnen das Skilaufen nicht genauso viel Spaß machen muss. Auch wenn Sie keine Rennen mehr fahren wollen, wird Ihnen der Sport etwas sehr Wichtiges zurückgeben.«

»Und was ist das?«, fragte Brenden neugierig.

»Die Freiheit«, entgegnete Hal. Jetzt klang er wie Smitty. »Ach, noch etwas. Haben Sie nicht einen neuen Blindenführhund? Wo ist er denn? Wir haben hier auch Hundezwinger.«

»Das hab ich nicht gewusst«, meinte Brenden. »Ich hab ihn zu Hause gelassen.«

»Kein Problem«, erwiderte O'Leary. »Das ist überhaupt kein Problem, weil Sie heute Morgen wirklich Glück haben.«

»Warum denn das?«, meldete sich Barnes zu Wort.

»Weil Brenden den Tag mit Kat verbringen wird.«

»Ach, Mensch«, brummte Barnes. »Ich hab gedacht, ich laufe mit Kat Ski.«

O'Leary musste lachen. »Sie hat genug von dir, Dicker. Sie hat keine Lust mehr, dein Schwergewicht um den Berg rumzuschleppen. Deshalb kommst du heute mit mir, damit ich dir mal ein gescheites Training verpassen kann.«

In diesem Augenblick hörte Brenden leichte Schritte auf den Treppenstufen und eine Stimme, die so klar und melodisch klang wie eine Kirchenglocke.

»Barnes, der ewige Pessimist.« Sie lachte. »Sei nicht traurig. Du bist und bleibst mein Lieblingsschüler.«

»Ah, jetzt fühle ich mich schon besser, Kat. Das ist Brenden McCarthy. Brenden, das ist Kathleen ›Kat‹ Collins.«

»Hallo, Brenden.«

Die junge Frau streckte ihre Hand aus, und als Brenden sie schüttelte, erinnerte er sich an das, was Barnes ihm über das Lesen eines Händedrucks erzählt hatte. Dieser Händedruck sagte ihm: Hier ist jemand mit einem bestimmten Auftreten, eine starke Persönlichkeit, aber doch feminin und herzlich. Er registrierte diese Gefühle, aber dann hatte er ein schlechtes Gewissen, weil seine Beziehung zu Lindsey erst seit Kurzem zu Ende war. Lindsey.

»Sind Sie bereit für einen tollen Tag?«, fragte Kat. »Der Schnee ist einfach perfekt, und ich weiß, dass es nicht lange dauert, bis Sie sich sicher fühlen. Vertrauen Sie mir einfach.«

Brenden merkte, dass sie sich noch immer die Hände schüttelten. Sie zog ihre Hand nicht zurück.

»Haben Sie Ihre eigene Skiausrüstung dabei?«, fragte sie. Endlich ließ sie seine Hand los.

»Ja, na-natürlich«, stammelte Brenden, aber er nahm seine Gedanken rasch wieder zusammen. »Meine Skier sind auf dem Dachgepäckträger, und meine Stiefel sind schon unten.«

»Gut, dann wollen wir uns mal in die Skianzüge werfen.« Kat lachte. »Und losfahren, bevor die Krakeeler uns den ganzen Pulverschnee plattwalzen.«

Brenden nahm ihren Arm und ging die Treppe hinunter. Er hatte vergessen, sich von Barnes zu verabschieden. Der Riese lachte laut und rief hinter ihm her. »So schnell verlässt du deinen Freund, Kumpel, wegen einer tollen Frau.«

Brenden drehte sich lächelnd um.

»Entschuldige«, sagte er zu Barnes. »Dafür spendiere ich dir ein Mittagessen.«

Kathleen oder »Kat« Collins war an der Ostküste aufgewachsen. Ihren Abschluss hatte sie an der Universität Vermont gemacht. Sie war die

Nummer eins der Uni-Skimannschaft, sowohl im Abfahrtslauf als auch im Slalom. Als sie einen Bericht über das Nationale Sportzentrum für Behinderte las, fand sie, dass dort der ideale Arbeitsplatz für sie wäre, während sie sich überlegte, ob sie einen weiteren Studiengang in Sonderpädagogik belegen sollte. Kat war die geborene Lehrerin. In ihrem zweiten Winter als Mitarbeiterin im Team von Hal O'Leary war sie die begehrteste Trainerin auf dem Kursplan.

Sie war etwa einen Meter siebzig groß, hatte einen durchtrainierten Körper und fröhlich blitzende blaue Augen. Kat hielt sich nicht für eine große Schönheit, aber sie hatte eine große Wirkung auf Menschen. Niemand, der ihr begegnete, vergaß sie so schnell. Sie war warmherzig, und ihr Wesen glich der strahlenden Sonne auf dem Gipfel des Berges von Winter Park. Brenden spürte diese Wärme sofort. Sie sorgte dafür, dass er sich wohlfühlte, sowohl durch die Art, wie sie ihn führte, als auch durch die Unterhaltung, die während ihrer ersten Fahrt mit den Sessellift begann und erst endete, als sie mit der ersten Lektion des Skiunterrichts begann. Das Ein- und Aussteigen am Sessellift war ihr unmittelbares Ziel. Kat erklärte Brenden genau, wie sie das anstellen würden.

»Brenden, wenn wir am Warteschild sind, dann sind wir als Nächstes an der Reihe. Wenn Sie die Rampe betreten, müssen Ihre Skier genau parallel zu meinen stehen. Ich werde darauf achten, dass das der Fall ist. Dann strecken Sie Ihre rechte Hand nach hinten aus, und wenn der Sessel kommt, zähle ich drei, zwei, eins. Dann setzen Sie sich einfach hin. Ist alles klar?«

»Alles klar«, entgegnete Brenden. Seine erste Fahrt mit dem Sessellift verlief ohne Zwischenfälle.

Auf dem Weg nach oben fragte Kat: »Sind Sie auf diesem Berg schon mal gelaufen, Brenden? Ich meine, als Sie noch sehen konnten?«

»Oh ja«, meinte Brenden. Er konnte sich noch sehr gut daran erinnern. »Ich habe am Eskimo-Programm teilgenommen, und jeden Samstagmorgen bin ich mit dem Zug hierhergefahren. Ich kenne jeden Quadratzentimeter der Abfahrten hier. Na ja, jetzt wohl nicht mehr.« Er ließ traurig den Kopf sinken.

»Nana«, meinte Kat. »Sie werden sich noch genau an die Abfahrten erinnern. Das wird uns die Arbeit sehr erleichtern, weil Sie ein Gefühl für die Bodenformationen haben. Es ist erstaunlich, wie gut das Erinnerungsvermögen von Leuten ist, die ihr Augenlicht verlieren. Ich glaube sogar, dass ein Blinder es leichter hat, wenn er vorher sehend gewesen ist.« Sie legte ihre Hand auf seinen Arm. »Hören Sie«, fügte sie hinzu. »Das klingt in Ihren Ohren vielleicht dreist, aber ich habe schon oft gesehen, wie gut blinde Skischüler die Eindrücke aus der Zeit, als sie noch sehen konnten, nutzen.«

Brenden zuckte mit den Schultern. »Das kann schon sein«, meinte er. »Ich kann von mir nicht behaupten, dass ich schon so weit bin. Seit meinem Unfall sind erst ein paar Monate vergangen, und – na ja – ich habe meine Blindheit noch nicht voll akzeptiert.«

»Alles klar«, erwiderte Kat und schenkte Brenden ihr strahlendes Lächeln. »Jetzt aber genug von diesen ernsten Themen. Wir sind kurz vor dem Ziel, und dann heißt es Aussteigen und uns fertig machen zum Skilaufen, Sportsmann!«

Brenden konnte gar nicht anders. Er ließ sich von der Begeisterung der jungen Frau anstecken.

»Okay«, sagte er. »Ob wir nun blind sind oder nicht, wir fahren Ski.«

Als sie den Gipfel des Berges erreichten, war der junge Mann beeindruckt von der Art, wie Kat die Führung übernahm.

»So, Brenden«, begann sie. »Ich weiß, dass Sie ein erfahrener Skiläufer sind, und, wie ich annehme, ein sehr guter.«

Brenden müsste lächeln. »Alles und jedes, Kat. Alles und jedes. Das war meine Art des Skilaufens.«

Die junge Frau berührte ihn sanft am Arm.

»Und das wird wieder Ihre Art des Skilaufens sein, Brenden. Das verspreche ich Ihnen. Sie haben eine Menge Erfahrung. Jetzt erkläre ich Ihnen, wie wir uns auf der Abfahrt bewegen, wenn viele Skiläufer unterwegs sind oder wenn ich Sie an engen Stellen vorbeiführen muss. Wir nennen dieses System ›menschliche Führung‹. Ich möchte, dass Sie meinen Arm nehmen. Dann laufen wir zu zweit, aber wie ein einzelner Skiläufer. Das heißt, wir fahren auch die Kurven gemeinsam. Sie brauchen sich nur zu merken, dass derjenige, der auf der Innenseite ist, die Kurve fährt. Der andere macht diese Bewegung einfach mit. Wichtig ist es, dass Sie sich nie dagegen stemmen und auch niemals einen Pflug bilden, sonst kreuzen sich unsere Skier.«

»Ich verstehe«, meinte Brenden. »Das könnte schmerzhafte Folgen haben.«

Kat sprach weiter. »Ich nehme sie mit zur Cramner-Abfahrt. Das ist eine weiträumige Piste mit mittlerem Schwierigkeitsgrad, aber mit ein paar steileren Stücken. Ich glaube, die Abfahrt wird Ihnen gefallen.«

Brenden gefiel es auf Anhieb, zusammen mit Kat zu laufen. Sie glitten über den Schnee, als ob sie das schon ihr ganzes Leben lang gemacht hätten. Er merkte, dass die junge Frau genauso empfand wie er.

Als sie wieder oben ankamen, sagte sie: »Wissen Sie was, Brenden? Das war fantastisch. Ich laufe mit sehr vielen Leuten Ski, aber das war wirklich was Besonderes. Wir zwei können wirklich überall laufen.«

Brenden teilte ihre Zuversicht.

»Wie stellen wir es an, wenn ich allein laufen will, Kat?«

»Dann fahre ich hinter Ihnen her, Brenden, genau in der Spur Ihrer Skier. Ich rufe Ihnen zu, wann Sie in die Kurve gehen müssen. Wenn wir Glück haben, kann ich Ihnen auch ein bisschen Spielraum lassen. Ich muss Sie aber warnen. Als ich mal versucht habe, mit verbundenen Augen und einem Trainer hinter mir zu laufen, fand ich das sehr beängstigend, weil ich nicht genügend Vertrauen zu meinem Trainer hatte. Als ich mich mit hoher Geschwindigkeit und ohne sehen zu können durch den Raum bewegt habe, hat mir das Angst gemacht.«

Brenden dachte kurz über ihre Worte nach.

»Es ist wirklich beängstigend, Kat«, meinte er dann. »Aber ich gewöhne mich langsam daran, weil mir ein wunderbarer Blindenhund namens Nelson dabei hilft. Ich fange an, mich mit meiner Blindheit zu arrangieren.« Er war selbst überrascht über seine Worte.

Kat registrierte diesen Satz mit einem Lächeln. Dann sprach sie weiter.

»So, wir stehen jetzt oben auf der Piste, Brenden, und wir haben niemanden vor uns. Sie können losfahren, wenn Sie bereit sind. Stellen Sie sich mit Ihren Skiern in diese Richtung, und ich rufe Ihnen zu, wann Sie die erste Kurve fahren sollen.«

Als Brenden sich abstieß, war er sehr nervös. Er merkte, wie er schneller wurde, aber sich immer wieder sagte: »Halt! Halt! Halt!« Warum hatte er Angst? Er bremste zitternd ab.

»Entschuldigen Sie, Kate«, sagte er. »Entschuldigen Sie. Ich glaube, ich bin ein bisschen voreilig gewesen mit dem Selbstvertrauen. Ich bin ein bisschen ...«

»Nervös?«, entgegnete sie. »Das verstehe ich. Aber, Brenden, ich verspreche Ihnen eins: Sie können mir vertrauen. Ihnen wird hier oben nichts passieren. Sie können höchstens hinfallen, und das ist nicht so schlimm.«

»Okay«, meinte Brenden und holte tief Luft. »Probieren wir es noch mal.«

Als er sich diesmal abstieß und er schneller wurde, musste er an die Jahre zuvor denken, in denen er bei Abfahrten förmlich die Hänge hinuntergeflogen war.

»Ihre erste Kurve geht nach links, Brenden«, rief Kat. »Fertig? Los. Jetzt übe ich mit Ihnen einen Rhythmus ein. Kurve. Und Kurve. Und Kurve. Fahren Sie quer zum Hang. Quer zum Hang. Bleiben Sie in dieser Richtung. Jetzt drehen Sie sich ein bisschen mehr zu mir hin. Gut. Jetzt kommt eine kleine Bodenwelle. Gehen Sie ein bisschen in die Knie. Und Kurve. Und Kurve.«

Brenden ließ einen lauten Freudenschrei hören, als die beiden jungen Menschen den Berg hinabglitten.

Fünf Runden später sagte Kat: »Okay, Brenden, Sie können jetzt allein losfahren. Los, Brenden, los!«

Der durchtrainierte junge Mann machte einen Satz nach vorn. Seine Geschwindigkeit verdoppelte, ja verdreifachte sich. Seine Kurven waren perfekt, als er das Gefälle des Hangs unter den Skiern spürte.

Jetzt war Kat an der Reihe, einen Freudenruf auszustoßen. »Das ist fantastisch, Brenden, einfach fantastisch. Ich bin genau hinter Ihnen. Los jetzt, los!«

Und er lief los. Zum ersten Mal seit seinem Unfall fühlte sich Brenden eins mit seinem Körper, sogar noch freier als zusammen mit Nelson. *Das ist echte Unabhängigkeit*, dachte er. Trotzdem erlebte er diese Freiheit gemeinsam mit der jungen Frau, die dicht hinter ihm fuhr. Sie ... ja, sie war einfach großartig.

»Wir sind jetzt fast am Ende der Abfahrt«, rief Kat. »Ich komme jetzt links an Ihnen vorbei. Strecken Sie die Hand aus, und ich packe sie.«

Brenden nahm beide Skistöcke in die rechte Hand. Mit dem ausgestreckten linken Arm traf er genau auf Kates Arm, und die beiden glitten mühelos auf den Sessellift zu. Als sie an der Wartelinie ankamen, konnte Brenden nicht anders. Er nahm Kat in den Arm und gab ihr einen Kuss auf die Wange.

»Danke«, sagte er, und er meinte es ehrlich. »Vielen Dank. Ich fühle mich, als hätte mein Leben wieder begonnen.«

Vor Rührung hatte er einen Kloß im Hals, und seine Augen füllten sich mit Tränen. Als sie wieder im Sessellift saßen, gab ihm die junge Frau genügend Zeit, damit er sich zusammenreißen konnte.

Schließlich sagte sie mit leiser Stimme: »Brenden, ich möchte Ihnen auch etwas sagen. Für mich war das mein schönstes Erlebnis, seitdem ich in Winter Park arbeite. Als ich heute mit Ihnen mitgefahren bin und Sie beobachtet habe, ist mir klar geworden, warum ich so gerne als Lehrerin arbeiten möchte. Allerdings ist es mir nicht so vorgekommen, als ob ich Ihnen etwas beigebracht hätte. Es ist eher so, als ob ...«

»Also ob wir etwas gemeinsam erlebt haben?«

»Ja«, meinte Kate. Obwohl sie wusste, dass ihre nächste Reaktion unprofessionell war, nahm sie seine Hand und drückte sie sanft.

Als sie am Ende des Tages voller Begeisterung herunterkamen, trafen sie in der Hütte auf Mr und Mrs Barnes. Die beiden hatten es sich vor einem warmen Kaminfeuer gemütlich gemacht und nippten an einer seltsamen Mixtur aus heißer Schokolade und Schnaps.

»Das ist das Getränk der Skiläufer«, meinte Barnes. »Es kommt aus Europa, aber es wirkt genauso gut an Menschen afrikanischer Herkunft. Kommt, probiert auch einen. Wie ist es bei euch gelaufen?«

Der Dicke konnte hören, wie Brenden lächelte. »Kat war fantastisch«, meinte er.

Die junge Frau unterbrach ihn. »Du warst auch nicht so schlecht, alter Junge.«

Jetzt drehte sich Brenden zu ihr um und lächelte ihr zu. »Nein, stimmt nicht«, erwiderte er. »Wir waren fantastisch.«

Nachdem sie ihre heißen Getränke genossen hatten, war es Zeit für die Heimfahrt.

»Kommst du wieder, Brenden?«, fragte Kathleen. Ihre Stimme klang erwartungsvoll.

»Ich komme wieder«, antwortete er. »Selbst wenn ich hierherlaufen muss.«

Auf dem Rückweg war Brenden still und in sich gekehrt. Er versuchte zu verstehen, was mit ihm passiert war. Er hatte ein Stück Freiheit erlebt. Obwohl es so ähnlich war wie seine Arbeit mit Nelson, hatte er diese Erfahrung so sehr genossen, weil er sie gemeinsam mit einer Berg-Fee namens Kathleen machen durfte.

Er war überrascht, weil er wegen seiner plötzlichen Gefühlskälte gegenüber Lindsey kein schlechtes Gewissen hatte. Aber warum sollte er sich auch schuldig fühlen. Die Beziehung zu Lindsey gehörte der Vergangenheit an. Die Erlebnisse des heutigen Tages dagegen zeigten ihm, dass das Leben für ihn trotz allem noch Hoffnung und schier grenzenlose Möglichkeiten bereithielt.

Kapitel Achtzehn

Zum ersten Mal in seinem Leben spürte der große Hund so etwas wie Erfüllung. Er war zielgerichtet in seiner Arbeit, freudig beim Spiel, und seine grenzenlose Liebe zu seinem neuen Herrn wuchs weiter mit jedem Tag, der verging. Für Brenden und Nelson war das Leben ein neues, aufregendes Abenteuer, und der Hund fragte sich bei jedem Erlebnis: *Was werden wir wohl jetzt wieder Neues machen?*

Brenden war dem Rat von Marvin Barnes gefolgt und hatte sich für den Magisterstudiengang an der Universität von Denver eingeschrieben, um später selbst als psychologischer Berater arbeiten zu können. Er war sich noch nicht sicher, für welches Gebiet er sich am meisten interessierte. Vielleicht würde er mit Kindern arbeiten, vielleicht aber auch mit Behinderten oder als Therapeut. Aber eins wusste er schon jetzt: Seine eigene Erfahrung befähigte ihn dazu, Mitgefühl zu empfinden für Menschen, die meinten, sie könnten ihre Probleme nicht überwinden.

Charlie und seine Mutter machten sich unabhängig voneinander auf die Suche nach einer geeigneten, in der Nähe der Universität liegenden Wohnung für Brenden. Für das neue Gespann war es nicht nur wichtig, dass sie zu Fuß zu den Vorlesungen gehen konnten, sondern auch in einer Gegend wohnten, in der alles vorhanden war, was sie für ein eigenständiges Leben brauchten.

Als Brenden über seine Entwicklung in den letzten Monaten nachdachte, war er verblüfft. Aus einem lebensmüden jungen Mann war ein Mensch geworden, der hoffnungsfroh in eine Zukunft blickte, deren Möglichkeiten ihm den Atem nahmen. Und was waren die wichtigsten Faktoren, die ihm bei dieser Umwandlung geholfen hatten? Er war an diesem Punkt seines Weges vor allem deshalb angelangt, weil es Nelson gab. Der Hund machte seine Arbeit hervorragend. Seine Hingabe und Kameradschaft gaben Brenden das Vertrauen, das er brauchte, um zu glauben, dass alles möglich sei.

Das Universitätsgelände lag direkt an der Ausfahrt der großen Autobahn I-25 und an einer belebten Durchgangsstraße, die alle Teile von Denver miteinander verband. Man konnte das Gelände leicht zu Fuß durchqueren, und das war ideal für das Gespann aus Mensch und Hund. Das große Rechteck umfasste zwei breite Straßen, die den Zugang zum Gelände ermöglichten. Die bedeutendere war die Evans Avenue. Dort herrschte den ganzen Tag lang reger Verkehr, der aber von Verkehrsampeln gesteuert wurde. Die Asburystraße war zwar ruhiger, aber Brenden und Nelson mussten trotzdem aufpassen, wenn sie sie überqueren wollten.

Die Magness-Sportarena im Ritchie-Zentrum war der dynamischste Mittelpunkt des Universitätsgeländes. Die Kuppel der Arena, mit ihrem angrenzenden Turm, der dem Gebäude das Aussehen eines Tempels verlieh und die Silhouette der Stadt weit überragte, war ein überall sichtbares Merkmal der Universität. Deshalb konnte Brenden das Zentrum immer als Orientierungshilfe verwenden, wenn er mit Nelson in der Stadt unterwegs war und jemanden nach dem Weg fragen musste.

Das Universitätsgelände wurde auf drei Seiten von Gebäuden eingerahmt. Brenden hatte alle seine Vorlesungen und Seminare im südlichen Abschnitt, der leicht zugänglich war von dem Wohngebiet aus, das er sich ausgesucht hatte. Das Team, zu dem auch seine Mutter und

Charlie gehörten, fand eine wunderschöne Einzimmerwohnung in einem Altbau. Sie lag nur zwei Straßenblöcke östlich der Universität, an der Ecke der South-Columbine-Straße und der Warren Avenue. Das bedeutete, dass Nelson sich den Weg zum Universitätsgelände gut einprägen konnte und Brenden dem großen Hund nach den ersten Wochen keine Anweisungen über die Richtung geben musste.

Von seiner Wohnung aus konnten sie gemütlich die Warren Avenue entlanggehen, zuerst zwei Straßenblöcke in westlicher Richtung durchqueren. An der Ecke zwischen der Straße und der Universität mussten sie auf eine Ampel achten, aber danach waren sie schon auf dem Universitätsgelände, wenn sie durch das Tor des Universitäts-Parks gingen. Brendens Vorlesungen und Seminare fanden im Gebäude der geisteswissenschaftlichen Fakultät statt, einem schönen Altbau, der etwa einhundertfünfzig Meter vom Eingang entfernt auf der rechten Seite lag. Nelson hatte nie Probleme, es zu finden. Brenden hörte oft Bemerkungen seiner Kommilitonen über den schönen Hund. Meistens waren es Studentinnen, die das Tier bewunderten, und er lernte, sie anhand ihrer Stimmen einzuschätzen. Er fand heraus, dass Blondinen hellere Stimmen hatten als Brünette. Die Körpergröße war leicht festzustellen, wenn er auf den Winkel des Klangs achtete. Inzwischen konnte er sogar hören, wenn jemand lächelte.

»Es stimmt«, sagte er zu seiner Mutter. »Ein Lächeln ist hörbar.«

Er war erstaunt, wie viel er über das äußere Erscheinungsbild einer jungen Frau herausfinden konnte. Frauen mit langem Haar neigten dazu, häufig den Kopf zu schütteln, wenn die glatten oder lockigen Strähnen ihnen ins Gesicht fielen. Frauen mit weiblichen Formen saßen oft vorgebeugt da oder zogen die Schultern nach vorn. Wahrscheinlich hatten sie sich als junge Mädchen wegen ihrer großen Oberweite geschämt. Er konnte auch feststellen, welche der Studentinnen langbeinig waren, weil er hörte, wie sie ständig ihre schönen Beine übereinanderschlugen oder bewegten. Außerdem konnte er jede sportbegeisterte Studentin bereits an ihrem Gang erkennen.

Während seiner Zusammenarbeit mit Nelson bemerkte er, dass seine Sinne wie durch ein Wunder immer schärfer wurden. Die bunte Mischung aus Gerüchen und Düften, die er regelmäßig wahrnahm, war fast unbegrenzt. Er merkte sogar am Essensduft, wie weit er von seinen Lieblingsrestaurants entfernt war. Auch beim Essen merkte er, wie seine Geschmacksnerven von Tag zu Tag empfindsamer wurden. Wenn ihm schon eine Karriere als Krankenhausarzt verwehrt war, könnte er vielleicht als Chefkoch erfolgreich sein. Das waren ja interessante Aussichten!

War sein Gehör tatsächlich schärfer geworden? Wohl eher nicht, aber er nutzte sein vorhandenes Potenzial, um möglichst alles hören zu können. Bei Brenden entwickelte sich ein neues Bewusstsein, und das gefiel ihm. Er verbrachte sein Leben auf mehreren Ebenen der Sinneswahrnehmung. Natürlich fehlte ihm noch immer sein Augenlicht. Die Erinnerung an Farben oder die Gesichter von Menschen begann zu verblassen. Aber seine anderen Sinne wurden wacher, und er konnte seine neu gefundenen Fähigkeiten voll nutzen.

Das Leben war für ihn wieder spannend. Möglich machten das sein neu entdecktes Bewusstsein und sein bester Freund, ein schwarzer Labrador mit einer erstaunlich hohen Intelligenz, einem großen Maß an Hingabe und einer Lebensfreude, die Brenden jedes Mal tief berührte, wenn er dem Hund das Geschirr anlegte.

Neben der Aula der Universität und dem Gebäude der Geisteswissenschaftler lag die Penrose-Bibliothek. Dort verbrachte Brenden die meisten Abende in Studiengruppen mit Kommilitonen oder mit Vorlesern. Das waren freiwillige Helfer, der ihm bei der Lektüre von

Büchern halfen, die er nicht mit seiner neuen Sprachausgabe-Software lesen konnte. Er liebte die friedliche Atmosphäre der Bibliothek und den Geruch nach alten Büchern. Brenden war wieder einmal mit Lernen beschäftigt. Mit seiner Wissbegierde und seinem neuen Zielbewusstsein war er auf einer Linie mit dem Hund, der neben seinen Füßen lag.

»Wir werden beide erwachsen«, sagte er zu dem Tier und kraulte es hinter den Ohren. »Wir sind gut dran, weil wir uns gefunden haben, alter Junge.«

Der Hund musste ihm zugestimmt haben, weil er den Kopf hob und ihn auf das Knie des jungen Mannes legte.

Vor Brendens Wohnung war eine Bushaltestelle. Für ihn war es deshalb ein Leichtes, die in nördliche Richtung fahrende Buslinie zum Einkaufszentrum in Cherry Creek zu nehmen, wenn er etwas für seinen Haushalt brauchte. Oder er fuhr weiter zum Haus seiner Mutter, um sich von ihr mit einem leckeren Essen verwöhnen zu lassen. So etwas brauchte jeder hungrige Student von Zeit zu Zeit, um Körper und Seele zusammenzuhalten.

Nelson mochte diese Busfahrten, weil er sich freute, wenn er mit Gus spielen konnte. Der kleine Hund war jetzt sein bester tierischer Freund. Brenden und Mora merkten, dass die beiden sich vermissten, denn sie genossen jedes Wiedersehen. Oft lagen sie nebeneinander, und ihre Nasen berührten sich.

Wenn er nicht in der Bibliothek war, konnte man Brenden in Petes Uni-Café antreffen, einer Bar in der Nähe der Universität. Auf dem Weg dorthin musste Nelson eine ziemlich komplizierte Route gehen und die verkehrsreiche Straße in einem großen Bogen überqueren. Aber sobald der Hund verstand, dass sein Herr in Petes Bar wollte, war alles andere ein Kinderspiel für ihn. Nelson zeigte, was er konnte, und Brenden konnte seine Unabhängigkeit genießen.

Bei seiner Wohnungssuche war für Brenden nicht nur die Nähe zur Universität wichtig, sondern er wollte Nelson auch die Möglichkeit geben, ein bisschen Auslauf zu haben. Seine Einzimmerwohnung lag in der Nähe des Sternwarten-Parks, einer schönen und unverfälschten Grünanlage. Von seiner Wohnung aus musste das Gespann zwei Straßenzüge in östliche Richtung laufen, und dann waren sie schon am Ziel. Brenden war inzwischen geschickt, wenn es darum ging, sauberzumachen, wenn sein Freund sein »Geschäft« gemacht hatte. Es erfüllte ihn mit einer gewissen Zufriedenheit, dass sich das Gespann auch bei dieser alltäglichen Verrichtung an die Verordnungen der Stadt hielt und den Anforderungen an eine saubere Umwelt gerecht wurde. Dem Hund gefiel es, wenn sein Herr in ruhigen Zeiten einen Tennisball mitnahm und sich ausnahmsweise regelwidrig verhielt, ihn von Leine und Geschirr befreite und mit ihm Werfen und Fangen spielte. Brenden stellte sich vor, dass jeder Hundebesitzer ab und zu so etwas machte. *Und außerdem*, dachte er, *hat Nelson ein bisschen Bewegung und Freiheit verdient.*

Brenden erfüllte sich seinen eigenen Wunsch nach Freiheit nicht nur in der Alltagsroutine, sondern auch am Wochenende, wenn er und Nelson am Samstagmorgen mit dem Zug nach Winter Park fuhren, damit er mit Kat Collins Ski laufen konnte. Jeden Samstag holte Kat sie am Bahnhof ab und brachte Nelson in den Hundezwinger. Dort blieb er, während sie mit Brenden Ski lief. Brenden orientierte sich immer am Verhalten von Nelson, wenn er Menschen zum ersten Mal begegnete. Der junge Mann verließ sich auf die Reaktionen seines Freundes, weil die Instinkte des Hundes besser waren als seine eigenen, wenn es um Menschen ging.

Hunde merken sofort, ob Menschen sie wirklich mögen, und für Brenden war es klar, dass Nelson die junge Skilehrerin liebte. Zum ersten Mal war der Hund sofort begeistert von einem anderen Menschen. Zu seiner großen Freude reagierte Kat genauso. Jede Woche planten sie fünfzehn Minuten ein, damit Kat und Nelson sich angemessen begrüßen und miteinander kommunizieren konnten. Der energiegeladene Labrador schmolz förmlich dahin, wenn die junge Frau ihn mit ihren festen und zugleich sanften Händen streichelte und ihm zärtliche Worte ins Ohr flüsterte.

Zwischen Kat und Brenden entwickelte sich ebenfalls eine tiefe Zuneigung. Er spürte es jedes Mal, wenn sie zusammen waren. Sie konnten sich frei und ungezwungen miteinander unterhalten. Sie mussten über dieselben Dinge lachen, hatten Interesse an allem, was der andere tat, teilten ihre Liebe zum Skisport und freuten sich gemeinsam über die Fortschritte, die Brenden und Nelson als Gespann machten. Trotzdem hatten sie in ihrer Beziehung noch immer den angemessenen Abstand zwischen Schüler und Lehrerin gewahrt. Warum wollte er diese Grenze nicht überschreiten? Brenden wusste es nicht so genau. Vielleicht war es noch eine Nachwirkung aus seiner Beziehung zu Lindsey. Seine ehemalige Verlobte hatte ihm das Herz gebrochen, aber er spürte, dass ihm das mit Kathleen Collins nie passieren würde. Sie war im Grunde ihres Herzens gutmütig, ehrlich und treu. Warum hatte er sie dann nicht gefragt, ob sie mit ihm ausgehen würde? Warum hatte er nicht die Initiative ergriffen? Warum hatte er es nicht darauf ankommen lassen? Vielleicht hatte er Angst, dass sie ihn abweisen könnte. Er hätte es nicht verkraftet, wenn sie ihm einen Korb gegeben hätte – noch nicht.

Es war an einem Dienstagabend. Brenden saß auf dem letzten Barhocker in Petes Bar. Nelson lag ruhig zu seinen Füßen. An ihrem unverwechselbaren Parfüm merkte er, dass sie da war, bevor sie ihn an der Schulter berührte und mit nervös klingender Stimme sagte: »Hallo, Brenden, ich bin's ...«

»Hallo, Lindsey«, erwiderte er, bevor sie ihren Namen aussprechen konnte.

»Darf ich mich zu dir setzen?«

»Klar. Wir leben schließlich in einem freien Land«, meinte er nur.

Die junge Frau kletterte graziös auf den Barhocker neben ihm. Sie nahm seine Hand, wie damals, als sie noch zusammen waren. Diese Berührung hatte ihn früher förmlich elektrisiert. Er zog seine Hand nicht weg, aber er spürte sofort, dass alles anders war. Er empfand nichts mehr für die junge Frau. Die vergangenen Monate und sein gebrochenes Herz hatten ihn für ihren Charme unempfänglich gemacht. Oder lag es noch an etwas anderem?

Lindsey bestellte ein Bier und trank es fast in einem Zug aus. »Wie ist es dir denn so ergangen, Brenden?«

»Meinst du, wie ich zurechtgekommen bin, seitdem ich dich mit deinem Liebhaber ertappt habe?«

»Brenden, ich habe versucht dir zu erklären, dass diese Sache nichts bedeutet hat. Er hat mir nichts bedeutet. Es ist einfach so passiert.«

»Weißt du, was ich gelernt habe, seitdem ich im Dunkeln lebe, Lindsey? Ich habe gelernt, dass man vielen Dingen gegenüber blind sein kann, dass man nicht erkennt, wie Menschen wirklich sind, wenn man nicht genau hinsieht. Ich habe herausgefunden, dass du kein schlechter Mensch bist, und ich weiß, dass du mir nicht wehtun wolltest. Du bist einfach nur egozentrisch. Ich glaube nicht, dass du fähig bist, jemanden zu lieben, es sei denn, alles läuft so, wie du es willst.«

»Also wirklich«, meinte die junge Frau und ließ den Kopf sinken.

»Das ist ziemlich hart, Brenden. Wer gibt dir das Recht, dich zum Richter über mich aufzuspielen? Du warst nicht der Einzige, der mit deiner Blindheit zurechtkommen musste. Es war für alle hart – für deine Mutter, für Charlie, für mich, für alle Menschen, die dich lieben.«

»Hör doch auf, Lindsey«, entgegnete Brenden und zog seine Hand weg. »Du hast mich doch niemals wirklich geliebt. Du hast das Bild geliebt, das du dir von mir gemacht hast. Nach diesem Schicksalsschlag konntest du mich nicht so annehmen, wie ich war. Dein schönes Spielzeug war zerbrochen. Also hast du dich entschlossen, es wegzuwerfen, weil du nicht versuchen wolltest, es zu reparieren. Ist es nicht so gewesen?«

Die junge Frau rang mühsam um ihre Fassung. »Weißt du was, Brenden?«, sagte sie schließlich. Ihre Wangen röteten sich vor Wut. »Du kannst ganz schön gehässig sein.«

Brenden richtete seine blinden Augen direkt auf sie. »Entschuldige, Lindsey«, erwiderte er leise. »Du hast wohl recht. Wir wollen es dabei belassen und einfach annehmen, dass wir nicht füreinander bestimmt waren. Am besten, wir wünschen uns alles Gute, und dann geht jeder seinen eigenen Weg.«

Er streckte die Hand aus. Die junge Frau überlegte kurz, und dann tat sie es ihm gleich.

»Du hast einen guten Händedruck, Lindsey«, meinte Brenden. »Er sagt mir, dass du im Leben alles bekommen wirst, was du dir wünschst. Du wirst einmal alles haben.«

»Nicht alles«, erwiderte Lindsey und stand auf.

»Leb wohl, Brenden.«

»Viel Glück, Lindsey.« Diese Worte des blinden Mannes waren ehrlich gemeint. Sekunden später war die junge Frau verschwunden, aus der Bar und aus seinem Leben.

Kapitel Neunzehn

Brenden liebte den rhythmischen Klang der Räder, während der Zug Richtung Westen fuhr, nach Winter Park. Es war noch früh am Samstagmorgen. Die Abteile waren voll besetzt mit fröhlichen, laut lachenden Menschen. Sie alle freuten sich auf einen Tag an den Skihängen. In dieser ersten Aprilwoche waren die Bedingungen ideal. Der Frühling hielt seinen Einzug in die Rocky Mountains. Die Sportler nannten diese Zeit auch »die Zeit des Bräunens«, wenn man nur mit Jeans und T-Shirt bekleidet Skilaufen konnte und die Sonne auf die durchtrainierten Körper herunterbrannte. Der Wetterbericht meldete einen Schneesturm mit dreißig Zentimetern Neuschnee in den Bergen. Alle redeten aufgeregt durcheinander.

»Vielleicht haben wir Pulverschnee«, sagten die Mitreisenden. »Mensch, das ist ja toll. Pulverschnee zum Saisonende!«

Nelson lag neben den Füßen seines Herrn. Sein Hinterteil verschwand unter dem Sitz, aber er hob ab und zu den Kopf und berührte Brendens Knie.

Brenden fühlte eine Hochstimmung, die er seit seinem Unfall nicht mehr gespürt hatte. Nach der zufälligen Begegnung mit Lindsey an jenem Dienstagabend war ihm ein Stein vom Herzen gefallen. Er wusste jetzt, dass er in sie vernarrt gewesen war, aber dass sie nicht wirklich ineinander verliebt waren, wie zwei Menschen, deren Liebe Bestand haben sollte. Sie waren bloß scharf aufeinander gewesen. Er musste bei diesem Gedanken lächeln.

Was empfand er also für Kat Collins, diese Berg-Fee, die so viel

Güte und Lebensfreude ausstrahlte? Er war jetzt bereit, weitere Möglichkeiten auszuloten, und er spürte instinktiv, dass Kathleen Collins die gleichen Gefühle für ihn hegte. Sie hatten sich schon über ihre früheren Beziehungen unterhalten, über die guten, die schlechten und die hässlichen. Dabei hatten sie entdeckt, dass sie ähnliche Erwartungen hatten, wenn es um Partnerschaft ging.

Wie sollte er es anstellen, um ihr näherzukommen? Genau das war das Problem. Das flaue Gefühl in seiner Magengegend war für ihn ein Signal, dass er sich seiner Sache nicht so sicher war, wie er dachte. Was wäre, wenn sie mich abblitzen lässt? Was wäre, wenn sie nichts für mich empfindet?

Automatisch tastete er nach dem großen Hund, der neben ihm lag, weil er diese Sicherheit brauchte. Nelson spürte die Nervosität seines Freundes. Deshalb leckte er ihm die Hand, als ob er sagen wollte: *Ich stehe hinter dir, Herrchen. Mach dir keine Sorgen.*

An jenem Tag war es einfach fantastisch auf den Skihängen. Gegen vierzehn Uhr begann es zu schneien. Zuerst fielen weiche Schneeflocken aus ruhig am Himmel schwebenden Wolken. Dann wirbelte der Sturm den Schnee ins Tal. Die Wolken setzten sich über der Kontinentalen Wasserscheide fest. Der Wind gewann an Stärke, und die Schneeflocken fielen schneller. Kat und Brenden hatten gerade eine Abfahrt auf der Rückseite des Berges beendet. Sie kamen am Sessellift an, als die junge Frau besorgt zum Himmel hinauf sah.

»Ich glaube, es ist besser, wenn wir für heute Schluss machen, Bren«, sagte sie. Der Wind blies stärker, und sie musste lauter sprechen. »Das sieht ziemlich schlimm aus da oben.«

»Ach, was soll's, Kat. Das ist doch nur ein bisschen Schnee, und das ist sowieso die letzte Fahrt in diesem Jahr. Nächste Woche ist hier Saisonschluss. Nur noch eine Abfahrt. Dort oben ist sowieso niemand mehr, und dann kann ich selber laufen.«

»Na gut, Brenden«, sagte Kat zögernd. »Nur noch einmal.«

»Das ist die letzte Fahrt«, meinte der Mitarbeiter am Sessellift, als sie an die Linie traten. »Danach läuft kein Lift mehr. Das Wetter wird zu schlecht dort oben. Seht zu, dass ihr schnell wieder runterkommt.«

Als sie oben ankamen, hatte sich das Wetter weiter verschlechtert. Brenden hörte, wie beunruhigt Kat war.

»Hör zu«, sagte sie. »Ich kann nicht mehr sehen, wohin wir fahren. Natürlich kann ich die Bäume am Rand der Abfahrt erkennen, aber die Bodenwellen oder andere Erhebungen kann ich in diesem Dämmerlicht nicht sehen.«

Weil er noch vor nicht allzu langer Zeit selbst sehen konnte, wusste Brenden genau, was die junge Frau meinte, aber diese neue Herausforderung reizte ihn.

»Wir sind diese Abfahrt schon oft gelaufen. Das Gefälle ist gleichmäßig, und wenn wir nur in der Mitte bleiben können, dann kann ich vielleicht den Weg nach unten finden.«

Kats Lachen klang nervös. »Du meinst also, dass ein Blinder eine Blinde führen kann?«

»Ja, genau«, erwiderte Brenden. »Also, probieren wir es.«

Brendens Sinne waren geschärft, als sie mit der Abfahrt begannen. Er spürte jede Nuance des Schnees, während seine Skier ruhig durch den Pulverschnee glitten. Er fuhr gleichmäßige Kurven, und sie bewegten sich mit gespenstischer Sicherheit durch den Schneesturm. Kurve und geradeaus. Kurve und geradeaus. Kurve und geradeaus.

In den nächsten fünfzehn oder zwanzig Minuten sprachen die beiden jungen Leute nicht viel miteinander, aber in ihrer Zusammenarbeit, in ihrem gemeinsamen Erlebnis, drückte sich echte Partnerschaft aus, und das war beiden bewusst.

Brenden spürte, wie die Strecke eben wurde, und im selben Augenblick sah Kat die Silhouetten von Gebäuden. Die beiden Skiläufer bremsten gleichzeitig ab.

»Jaaa«, rief sie laut. »Du hast es geschafft, Brenden. Du hast uns nach unten gebracht.«

Kat schlang ihre Arme um den hoch gewachsenen Mann. Es war wie ein Zauber, aber die beiden hatten es nicht erwartet. Ihre Lippen berührten sich. Obwohl sie ihre Skibrillen und Mützen anhatten, ihre Handschuhe und Skianzüge, spürten sie die Wärme dieser Berührung und verschmolzen in diesem Kuss.

Nachdem sie Nelson vom Hundezwinger abgeholt hatten, machten sie sich auf den Weg zu einem deutschen Restaurant namens Eichler's, um den Saisonabschluss mit einem guten Essen zu feiern. Jägerschnitzel mit Spätzle und ein köstlicher Apfelauflauf zum Nachtisch lieferten ihnen einen guten Grund für einen langen Spaziergang unter dem Sternenhimmel. Der Sturm hatte sich gelegt. Brenden wollte nur ungern in die vom Behindertenprogramm geführte Jugendherberge zurück. Deshalb waren er und Nelson überrascht, als Kat weiterging und bei der kleinen Hütte ankam, die sie mit zwei Kolleginnen teilte. Die beiden jungen Frauen waren übers Wochenende weggefahren.

»Nanu, Kat«, sagte Brenden erstaunt. Er musste lächeln. »Ich hab immer gedacht, dass ich der Blinde von uns beiden bin. Hast du dich nicht verlaufen? Das ist nicht die Jugendherberge.«

»Ich weiß«, erwiderte sie. Sie blieb unter dem sternenklaren Himmel stehen und drehte sich zu ihm um. »Hier wohne ich. Ich will nicht, dass dieser Abend schon zu Ende geht.«

Die beiden jungen Leute küssten sich, als ob es die natürlichste

Sache der Welt wäre. Brenden spürte zwar nicht die gleiche Leidenschaft wie bei Lindsey, aber eine Nähe und Zärtlichkeit, die viel tiefer ging.

Kat ging einen Schritt zurück. Sie atmete schwer. Dann sah sie zum Himmel hinauf und meinte: »Ich wünschte, du könntest die Sterne sehen, Brenden, diese herrliche Lichtschau Gottes.«

»Du bist mein Stern, Kat«, sagte er leise und zog sie an sich. »Dein Licht genügt mir.«

Sie betraten die Hütte, zündeten ein Feuer im Kamin an und saßen dicht nebeneinander. Die Glut der Flammen und ihre Liebe wärmte sie.

Brenden wusste, dass er Kat heiraten wollte. Er spürte es tief in seinem Herzen. Dennoch schien sich seine Blindheit wie ein Schatten zwischen ihn und Kat zu drängen. Wäre er denn in der Lage, für ihren gemeinsamen Lebensunterhalt aufzukommen, eine Frau und eventuell eine Familie zu ernähren? Würde er ihr zur Last fallen, weil sie mehr Pflichten hätte als andere Ehefrauen? Würde sie deswegen vielleicht den Respekt vor ihm verlieren? Wäre er in ihren Augen als Ehemann, als Geliebter oder als Mensch weniger wert?

Im Licht des Kaminfeuers sah sie sein ständig wechselndes Mienenspiel. Sie wusste, wie sehr sie ihn liebte und wie sehr sie sich wünschte, für immer zu ihm zu gehören. Den ganzen Abend lang hatte sie gespürt, dass jetzt der richtige Augenblick gekommen war. Instinktiv merkte sie, dass er ihr einen Heiratsantrag machen wollte. Als sie sein Gesicht beobachtete, sah sie darin ... ja, was sah sie eigentlich? Unentschlossenheit? Einen inneren Konflikt? Angst? Ja, das war es. Er hatte Angst, dass er ihr wegen seiner Erblindung eine Last aufbürdete, die sie nicht tragen konnte. Deshalb streckte sie die Hand aus und berührte sein Gesicht sanft mit den Fingerspitzen. Sie fuhr über die Sorgenfalten, die sich um seinen Mund herum bildeten.

»Was ist denn los?«, fragte sie mit sanfter Stimme. »Was geht in deinem klugen Kopf vor sich?«

Brenden nahm ihre Hand und drückte sie an seine Wange. »Kat, ich ... ich ...«

Sie lachte leise. »Brenden McCarthy, willst du mich etwa fragen, ob ich dich heiraten will?«

Er reagierte mit einem tiefen Seufzer. »Ja. Ja, das will ich, aber vielleicht ...«

Sie unterbrach ihn. »Vielleicht kannst du nicht Auto fahren? Kein Problem. Vielleicht muss ich dir die Handlung eines Films erklären, während wir uns im Dunkeln aneinanderkuscheln? Das klingt doch toll. Natürlich muss ich deine Klamotten durchorganisieren, damit du nicht aussiehst wie Stevie Wonder, wenn du das Haus verlässt. Ja, und was mache ich mit unseren Rechnungen und der Sonntagszeitung? Du wirst es ertragen müssen, dass ich dir alles vorlese. Aber das bedeutet, dass wir viel Zeit miteinander verbringen werden. Ist das denn so schlimm?«

»Kat, ich muss ...«

»Brenden.« Sie beugte sich vor und gab ihm einen Kuss. »Weißt du denn nicht, dass ich dich liebe, so wie du bist? Ich liebe die Art, wie du mit mir redest, als ob in deiner Welt nichts anderes existiert. Du bist immer für mich da. Ich liebe dein Lächeln, weil es so ungekünstelt ist und direkt aus deinem Herzen kommt. Mir kommt es vor, als ob deine Seele zu mir spricht. Ich liebe deine Hände, die mich so sanft berühren, auf eine Art, wie du es nur bei mir machst. Ich weiß, dass du hart arbeiten wirst und wir ein wunderbares Leben haben werden, weil wir so gut zusammenpassen und weil Gott uns füreinander bestimmt hat.«

Jetzt musste Brenden vor Rührung weinen. Er konnte einfach nicht anders. Aber dann riss er sich zusammen und kniete sich vor der jungen Frau hin.

»Kathleen Collins«, sagte er feierlich. »Willst du mich heiraten?«

Er war überrascht, ja verblüfft, als Kat aufstand und um ihn herumging, bis zur Zimmerecke, in der Nelson ruhig dalag.

Sie kniete sich auf den Kaminvorleger und nahm den Kopf des Hundes in beide Hände. »Dein Herrchen fragt mich, ob ich ihn heiraten will. Dann werden wir eine Familie. Ich sage ja, ja, ja, wenn das für dich auch in Ordnung ist.«

Der Hund streckte sich aus und sah zu der jungen Frau hoch, als ob er die Bedeutung ihrer Worte verstehen würde. Er sah ihr unverwandt in die Augen. Dann hob er den Kopf und leckte ihr die Wange. Mit seinem Schwanz klopfte er rhythmisch auf den Boden, als ob er sagen wollte: »Für mich ist das vollkommen in Ordnung, Kat.«

Brenden setzte sich zu den beiden auf den Boden. Alle drei umarmten sich, und sie wussten: Unser Leben wird gut, ja, weit mehr als das.

Kapitel Zwanzig

Als Mora Brenden und Charlie beobachtete, wie sie im Garten Basketball spielten, dachte sie an die Art, wie ihr Sohn mit seiner Erblindung umging. Für sie war ein Wunder geschehen, und dieses Wunder hatte vor allem Nelson bewirkt, der außergewöhnliche Blindenhund, der gerade damit beschäftigt war, ein Loch in den Basketball zu beißen. Jedes Mal, wenn Brenden mit dem Ball dribbelte, wollte Nelson ihn wegschnappen. Gus versuchte, Nelson von hinten zu packen, während Charlie den Schiedsrichter spielte und alle wegen Foulspiel ermahnte.

Mora freute sich, als sie das Gelächter der Männer und das begeisterte Bellen der beiden Hunde hörte. Ein anderes Geräusch ließ es ihr warm ums Herz werden. Die junge Frau, die mit ihr zusammen im Zimmer war, summte leise vor sich hin, während sie den Tisch deckte. Sie mochte Katherine Collins, weil die junge Frau ihren blinden Sohn niemals bevormundete. Kat war aber auch nicht zu nachsichtig, wenn es um Brendens Alltagsroutine ging. Obwohl sie immer hilfsbereit war, musste er beim Essen selbst das Fleisch schneiden, seinen Kleiderschrank in Ordnung halten, seine Wohnung putzen. Wenn Brenden mit Kat ausging, hielt er ihr immer die Tür auf, wie jeder andere gut erzogene junge Mann. Die beiden hatten sich für ihre Hochzeit das Oktober-Wochenende des Kolumbus-Tags ausgesucht. Brenden wollte alles richtig machen. Also war er nach Vermont gefahren und hatte Katherines Vater um die Hand seiner Tochter gebeten.

Heute waren sie alle gekommen, auch Charlie, um den Jahrestag von Brendens Unfall mit einem Festessen zu begehen. *Begehen* – das war das einzige Wort, das Mora dafür einfiel. Sie wollten diesen Tag weder feiern noch in Trauer verbringen. Sie wollten nur an das Geschehen vor einem Jahr am einundzwanzigsten Juni denken, weil es ein Einschnitt in ihrem und vor allem in Brendens Leben war.

Draußen wurde es ruhiger. Charlie machte sich am Grill zu schaffen, und kurz danach lagen köstlich duftende Steaks darauf, die später als Beilage zu Ofenkartoffeln mit allem Drum und Dran dienten. Dazu gab es einen Caesarsalat und als Nachtisch einen Apfelkuchen. Es waren Brendens Lieblingsgerichte. Mora hatte zu diesem Anlass noch einen teuren Rotwein beigesteuert.

»Worauf sollen wir anstoßen?«, fragte Kat und hob ihr Glas.

»Du möchtest bestimmt, dass ich sage: ›Auf uns‹«, meinte Brenden lachend. »Natürlich ist das das Wichtigste überhaupt. Aber heute Abend sollten wir auf das Leben trinken und darauf, wie kostbar es ist.«

Einen Herzschlag lang herrschte Schweigen am Tisch, bevor alle ihre Gläser hoben und anstießen. Es war, als ob sie die Botschaft verstanden hätten.

»Slainte«, sagte Charlie. »Hat dein Vater nicht immer diesen irischen Trinkspruch verwendet?«

»Slainte«, erwiderte Mora, und wieder hörte man ein helles Klingen der Weingläser, als alle anstießen.

Nachdem der Tisch abgeräumt war, machten es sich alle am Kaminfeuer gemütlich. Nelson und Gus waren vom Spielen müde. Sie streckten sich auf dem kühlen Boden der Terrasse aus, weil sie kein Interesse am Treiben der Menschen hatten.

Zum ersten Mal sprach Charlie über Brendens letzte Bergtour.

»Fehlt es dir?«, fragte er. »Ich meine, das Bergsteigen?«

Brenden trank den letzten Schluck Wein und stellte das Glas nachdenklich auf den Tisch.

»Klar fehlt es mir, Charlie. Wenn du darüber sprichst, merke ich, was es mir immer bedeutet hat. Aber wenn man nichts mehr sehen kann, verliert man eine Menge.«

Mora war verblüfft, als Kat sich zu Wort meldete.

»Brenden«, meinte sie und nahm seine Hand. »Wenn wir Skilaufen, bin ich immer wieder erstaunt, wie viel du aus diesem Sport machst. Du setzt alle deine anderen Sinne ein. Ich will damit sagen, dass du mir so viel beigebracht hast über das Fühlen und Hören, das Riechen und sogar das Schmecken. Heute Abend hast du uns alles über den Wein erklärt, über seinen Duft und alle seine feinen Nuancen. Bevor ich dich kennengelernt habe, habe ich mir über so etwas kaum Gedanken gemacht. Könnten dir die Berge nicht auch neue Sinneswahrnehmungen erschließen, so wie alles andere im Leben?«

Brenden dachte über ihre Worte nach. »Willst du mir sagen, dass ich wieder das Pferd satteln und reiten soll?«

»Ich glaube, sie will dir genau das sagen, Kumpel«, fügte Charlie hinzu. »Ich würde sehr gern mit dir eine Bergtour machen, wenn wir rauskriegen, wie wir das am besten anstellen.«

»Genau das ist das Problem, Charlie. Wenn ich wieder auf Bergtouren gehe, will ich trotzdem das Gefühl haben, dass ich es allein schaffe.«

Wie auf ein Stichwort hin stand Nelson auf und schüttelte sich. Brenden rief den Hund.

»Komm her, Nelson, alter Junge.«

Der Labrador gehorchte seinem Herrn unverzüglich. Er legte den Kopf auf das Knie des jungen Mannes.

»Willst du mir etwa sagen, dass du auch gerne Bergsteigen willst,

Nelson?«, fragte Brenden seinen Hund. »Wenn ich es mache, will ich dich natürlich dabeihaben.«

»Wie soll das gehen?« fragte Charlie.

»Wir würden auf jeden Fall gemeinsam unsere Bergtour machen, Charlie«, meinte Brenden. »Ich habe nicht vor, allein den Berg hochzugehen. Aber vielleicht kann ich für Nelson ein Spezialgeschirr anfertigen lassen, damit ich direkt hinter ihm gehen kann. Wenn sich der Weg verengt oder wir über Felsen klettern müssen, könnte ich seine Reaktionen besser ablesen. Ich rede mal mit Smitty.«

Der Trainer war fasziniert, als Brenden ihn anrief. »Hmm«, meinte er. »Ich weiß nicht allzu viel über das Bergsteigen, aber wenn du dich dicht hinter Nelson halten und trotzdem flexibel bleiben willst, brauchst du ein Geschirr mit zwei Bügeln. Dann könntest du das Gleichgewicht halten, wenn sich der Hund bewegt, und du hättest ein besseres Gefühl für Steigung oder Gefälle, wenn du aufwärts- oder abwärtsgehst. Das Geschirr muss ein bisschen länger sein als das normale, damit du auch beim Abwärtsgehen aufrecht bleiben kannst. Ich meine, du willst ja nicht ständig nach Nelsons Rücken greifen, wenn du bergab gehst. Dann könntest du ja nach vorn fallen. Ist das richtig?«

»Ich glaube, du hast es erfasst, Smitty«, entgegnete Brenden. »Ein Geschirr mit zwei Bügeln wäre die ideale Lösung.«

»Gib mir ein bisschen Zeit«, sagte der Trainer. »Mal sehen, was die Jungs in der Werkstatt zusammenbasteln.«

Zwei Wochen später wurde das Spezialgeschirr geliefert. Smitty hatte es dreimal so lang gemacht wie ein normales Geschirr, und er hatte es mit drei separaten Doppelbügeln ausgestattet. Auf diese Weise konnte Brenden je nach Bedarf seinem Hund näher oder weiter von ihm weg sein, je nach Steigung und Gefälle des Berges, den er besteigen wollte. Smitty hatte am Geschirr auch Karabinerhaken angebracht, sodass Brenden auch Ausrüstungsgegenstände oder Kletterseile am Hund befestigen konnte, falls er sich an einer Felswand hochtasten und der Hund ihm folgen musste.

»Mensch, das ist ja toll«, meinte Charlie, als er die Apparatur genauer betrachtete. »Dieser Typ hat an alles gedacht, auch für den Fall, dass ihr euch gegenseitig helfen müsst. Wenn du wirklich eine Bergtour planst, Brenden, bin ich sofort dabei.«

»Ich weiß, Charlie«, erwiderte Brenden. »Aber es ist für mich wichtig, dass Nelson und ich die Sache selbst in die Hand nehmen. Natürlich bin ich nicht leichtsinnig. Wenn wir auf ein unlösbares Problem stoßen, bitte ich dich um Hilfe. Du musst mir sowieso die Richtung angeben. Auch bei so einer Bergtour geht es um gegenseitige Abhängigkeit, wie Smitty es immer formuliert hat. Wir müssen uns aufeinander verlassen können. Aber ich glaube, das gilt auch im Leben allgemein.«

Charlie quittierte diese Worte mit einem Achselzucken. »Wie du willst, Kumpel. Aber du weißt, dass ich immer für dich, nein, für euch da bin.«

Brenden klopfte seinem Freund auf die Schulter. »Und wir sind immer für dich da, Charlie.«

Die beiden Männer mussten lachen.

Ihre erste gemeinsame Bergtour wollten sie zu den beiden Viertausendern Grays und Torreys Peak machen. Sie wussten, dass die Berge leicht zu besteigen waren. In Wirklichkeit waren es für geübte junge Bergsteiger eher Bergwanderungen. Aber Brenden fand sehr schnell heraus, dass er Nelson nicht ohne Weiteres beibringen konnte, ihn durch unwegsames Gelände zu führen. Der Instinkt des Hundes wehrte sich dagegen, weil er die losen Felsbrocken und die steilen Anstiegswinkel als Gefahrenpunkt für seinen Herrn ansah.

Der Tag ihrer Bergtour begann also mit einem Problem. Nelson wollte Brenden nicht erlauben, sich den Berg hochzubewegen. Auch wenn der junge Mann dem Hund wiederholt befahl, vorwärtszugehen, weigerte sich der schwarze Labrador.

»Wie bringen wir ihn dazu, sich in Bewegung zu setzen?«, fragte Charlie.

»Tja.« Brenden dachte nach. »Wir wollen ihn nicht verwirren und dazu bringen, zu stark am Geschirr zu ziehen oder Risiken einzugehen. Aber wir müssen ihm beibringen, dass ich diesen Berg besteigen will. Wir probieren es einfach. Ich werde dir eine Zeitlang folgen, Charlie, und mich an deinem Kletterseil festhalten. Wir lassen Nelson einfach mitlaufen, und dann sehen wir, was er macht.«

Nach etwa fünfzehn Minuten legten die beiden Männer dem Hund wieder das Geschirr an. Sie ermunterten ihn, Charlie zu folgen. Obwohl Nelson noch immer vorsichtig agierte, hatte er diesmal verstanden, worum es ging. Brenden war überglücklich, als sie in Schlangenlinien zum Gipfel hinaufgingen und nicht einen Fehltritt machten.

Charlie war es unheimlich, dass der Hund loses Geröll schneller entdeckte als die Menschen. Das Tier schien einen sechsten Sinn zu haben, wenn es darum ging, sich einen Weg durch das Geröll zu bahnen. Wenn Brenden ihm vorsichtig folgte, konnte er sogar besser über lose Felsbrocken klettern als Charlie.

Als sie oben ankamen, saugte Brenden alle Eindrücke förmlich auf. Charlie wünschte sich, dass Kat hier sein und das strahlende Lächeln ihres Verlobten sehen könnte.

»Mensch«, sagte Brenden zu seinem Freund. »Charlie, das ist fantastisch. Kannst du den Gebirgsbach dort unten hören?«

Charlie horchte. »Jetzt höre ich ihn auch.« Er lachte. »Weil du es mir gesagt hast.«

»Und riechst du den Duft der Kiefern? Der Wind kommt aus der richtigen Richtung. Obwohl wir über der Baumgrenze sind, kann ich sie riechen. Und die Luft hier oben.« Brenden holte tief Luft. »Sie schmeckt so frisch und leicht. Weißt du was, Charlie? Sogar der Felsbrocken, auf dem wir sitzen, fühlt sich toll an, so alt und warm und einfach gut.«

Die jungen Männer hingen schweigend ihren eigenen Gedanken nach, aber sie fühlten sich tief verbunden durch ihre gemeinsame Liebe zur freien Natur, die sie schon seit ihrer Kindheit miteinander teilten. Nur das Hecheln des großen Hundes war in der Stille zu hören, aber auch er schien mit sich im Reinen zu sein und die Schönheit der Landschaft zu genießen.

Brenden war überrascht, als ihm der Abstieg viel schwerer fiel als der Aufstieg. Obwohl das von Smitty angefertigte Geschirr gut funktionierte, war er oft gezwungen, die Hand nach unten auszustrecken, wenn Nelson über einen Felsvorsprung trat. Es war beängstigend, wenn er vor dem nächsten Schritt unsicher in der Luft umhertasten musste. Der Aufstieg war viel leichter, weil alles vor ihm lag. Beim Abstieg war das Vertrauen zwischen Mensch und Tier besonders gefordert.

Brenden hatte auch Bedenken, dass er den Hund zu stark strapazierte, wenn er mit den Füßen Halt suchte, weil er dabei fest am Geschirr ziehen musste.

»Was meinst du, Charlie?«, fragte er seinen Freund, als sie wieder einmal eine Pause machten. »Meinst du, das funktioniert? Oder ist das eine zu große Belastung für Nelson?«

»Dieser Hund ist erstaunlich, Brenden. Wenn er merkt, dass du dir unsicher bist, lässt er sich fallen, fast bis auf sein Hinterteil. Dann breitet er die Pfoten aus, dass er einen so sicheren Halt hat wie die Felsen dort oben. Nelson ist richtig gut drauf, wenn es darum geht, sich an jede Lage anzupassen.«

»Danke, Charlie«, erwiderte Brenden. »Genau das wollte ich hören.«

Als sie wieder unten waren, war Brendens Selbstvertrauen so groß wie der Viertausender, dessen Gipfel sie gerade erklommen hatten. Er war sich sicher, dass er auch die »Todesglocken« schaffen würde. Er würde noch einmal auf den North Maroon steigen, auf den Berg, auf dem er sein Augenlicht verloren hatte. Er würde es schaffen – gemeinsam mit seinen beiden Freunden, mit dem Mann, den er seit seiner Kindheit kannte, und mit dem Hund, der ihm das Leben gerettet hatte.

Kapitel Einundzwanzig

Brenden konnte nicht einschlafen. Er und Charlie waren zum Lagerplatz am Kratersee gefahren, weil sie am nächsten Morgen frühzeitig mit ihrem Aufstieg zum North Maroon Peak beginnen wollten. Der blinde Mann musste sich damit abfinden, dass die beiden Freunde und der Hund für die gesamte Bergtour viel länger brauchen würden als vor seiner Erblindung. Sie rechneten sogar die doppelte Zeit für den Auf- und Abstieg. Wenn sie bei Tagesanbruch, also so gegen halb sechs Uhr morgens, losgingen und mit einer einstündigen Pause insgesamt zehn Stunden brauchen würden, könnten sie gegen sechzehn oder siebzehn Uhr zurück sein, falls alles glatt lief. Es war Mitte September und noch immer Sommerzeit. Die Sonne ging nicht vor neunzehn Uhr fünfzehn unter, und so hatten sie genügend Spielraum.

Die beiden Männer hatten Schlafsäcke dabei, warme Sachen zum Anziehen und Essensrationen für den Fall, dass sie die Nacht auf dem Berg verbringen mussten. Als erfahrene Bergsteiger überließen sie nichts dem Zufall. Sie kannten die Launen der Natur in den Bergen nur allzu gut. Aber warum hatte Brenden eine solche Angst? Was raubte ihm den Schlaf? Der große Hund, der neben ihm lag, stellte sich wohl dieselben Fragen, weil auch er wach war, um seinem Herrn wie immer und in jeder Lebenslage beizustehen.

Charlie schnarchte laut. Er merkte gar nicht, dass sein Freund sich schlaflos hin und her warf. Brenden versuchte, die Ursache seiner Angst herauszufinden. War es Angst vor dem Versagen? Nein, das glaubte er nicht. War es die Erinnerung an seinen Unfall? *Nicht wirk-*

lich, dachte er. Es passierte alles so schnell damals. Er erinnerte sich nur noch an das Trauma in seiner Zeit nach dem Unfall, nicht an den Sturz selbst. Also warum rebellierte sein Magen, und warum war er hellwach? Er erinnerte sich an seine Zeit in der Football-Mannschaft und daran, wie er sich am Abend vor einem wichtigen Spiel gefühlt hatte. War das genauso gewesen wie jetzt? Nein, das war es auch nicht.

Sein Trainer hatte ihm einmal erklärt, dass es vor wichtigen Momenten im Leben zwei Arten von Nervosität gebe. Man empfand seine Nervosität als positiv, wenn man sich seiner Sache sehr sicher war. In solchen Fällen hatte man keine Angst vor den Folgen oder vor einem möglichen Versagen. Man wollte das Spiel nur so gut wie möglich hinter sich bringen. Brenden erinnerte sich, dass er es in solchen Momenten kaum erwarten konnte, bis das Spiel begann, weil er sich seiner Qualitäten als Spielmacher seiner Mannschaft sicher war.

Er wusste, dass Menschen eine negative Nervosität spüren, wenn sie nicht an ihr Talent glauben oder wenn die Angst vor dem Versagen größer ist als das Vertrauen in ihre Fähigkeit, ein Ziel zu erreichen. Während er sich auf seinem Lager hin und her warf, entschloss sich Brenden, darauf zu vertrauen, dass er und Nelson ein unschlagbares Gespann waren. Endlich schlief er ein. Aber als Charlie ihn gegen fünf Uhr morgens an der Schulter berührte, war er sofort hellwach. Der Adrenalinstoß, der durch seinen Körper fuhr, ließ ihn jede Müdigkeit vergessen. Bei einer Temperatur um den Gefrierpunkt wollten die drei Bergsteiger sich so schnell wie möglich auf den Weg machen.

Dieser Aufstieg war für Nelson ganz anders als der letzte, weil bis zum Gipfel viele Felsvorsprünge erklettert werden mussten. Der Hund lernte schnell, vor einer hohen Felsstufe stehen zu bleiben, bis sein Herr sich den besten Weg ertastet hatte, den Bügel des Geschirrs fallen ließ und hochkletterte. Dann folgte Nelson ihm mit einem kräftigen Sprung.

Wenn der Felsvorsprung zu hoch zum Springen war, schob Brenden den Hund von hinten an, bis er oben wieder einen sicheren Stand hatte. Das bedeutete nicht, dass der junge Mann seinem Hund mehr half als der Hund ihm, aber Charlie sah fasziniert zu, wie leicht diese gegenseitige Unterstützung aussah. In den acht Monaten ihrer Zusammenarbeit war das Vertrauen zwischen Mensch und Tier gewachsen, und deshalb war das Gespann so gut aufeinander abgestimmt.

Als sie am Kratersee ankamen, machten die Männer eine Pause. Sie aßen einen Fitness-Riegel und tranken einen Mineraldrink. Dabei bewunderten sie die Schönheit ihrer Umgebung. Sie befanden sich 3300 Meter über dem Meeresspiegel und genossen den Blick auf einen tiefen Bergsee, der so klar war wie an kaum einem anderen Ort der Welt. Das Wasser war so sauber, dass man es trinken konnte. Brenden dachte daran, wie gut frisches Wasser schmeckte, als er es in tiefen Zügen durch die Kehle rinnen ließ. Nelson ließ sich neben ihm nieder und genoss ebenfalls die kühle Erfrischung, bis sein Durst gelöscht war.

Nachdem Brenden genug getrunken hatte, lief es ihm kalt den Rücken herunter.

»He, Charlie«, fragte er. »Meinst du, die Temperatur ist weiter am Sinken? Wo bleibt eigentlich die Sonne?«

»Ich weiß, Brenden«, antwortete sein Freund. »Ich beobachte schon die ganze Zeit den Himmel, und offen gestanden gefällt mir die ganze Sache nicht.«

»Was willst du damit sagen?«

»An der Wasserscheide sammeln sich ziemlich dicke Wolken. Wir könnten einen fetten Schneesturm abbekommen, Kumpel. Hast du gestern Abend noch den Wetterbericht gehört, bevor wir hierhergefahren sind?«

»Nein. Ich hätte das noch machen sollen, aber vor lauter Aufregung hab ich es vergessen.«

»Na ja«, meinte Charlie und holte tief Luft. »Dann gehen wir mal los. Wir haben noch etwa zwei Stunden vor uns, also sollten wir auf dem Gipfel sein, bevor es richtig losgeht.«

»Okay, Nelson«, sagte Brenden und nahm den Griff des Geschirrs in die Hand. »Dann wollen wir mal den Berg hochtanzen, mein Junge.«

Die drei arbeiteten sich den steilen Minnehaha-Pfad hoch. Brenden konnte Charlie sogar überholen, weil der große Hund ihn buchstäblich hochzog. Brenden unterdrückte ein Schmunzeln, als Charlie Mühe hatte, ihnen zu folgen.

Als sie den letzten Lagerplatz am Buckskin-Pass erreichten, spürte Brenden die erste Schneeflocke auf der Nase, als er seine Skimütze über die Ohren zog. Jetzt war der Wind stärker geworden.

»Schirokko«, sagte Charlie. Er musste lauter sprechen, um das Heulen des Windes zu übertönen. »Der Kanada-Express. Jetzt sind wir erledigt.«

Brenden dachte zwar daran, aber er sprach die Frage nicht aus. Sollen wir umkehren und runtergehen? Er war überrascht über seine Entschlossenheit, den Berg zu bezwingen. Während er Nelson streichelte, meinte er deshalb: »Nur noch ein Abschnitt, Charlie. Nur noch eine große Anstrengung, und dann sind wir auf dem Gipfel – du und ich und unser vierbeiniger Freund.«

Charlie hörte die Leidenschaft in der Stimme seines Freundes und nickte. Er hatte einen Augenblick lang vergessen, dass der Bergsteiger, der neben ihm gegen den Wind ankämpfte, nicht sehen konnte.

Nachdem sie einen Gebirgsbach durchwatet hatten, arbeiteten sie sich auf der Oberfläche des uralten Gletschers nach oben. Sie beeilten sich, aber gingen trotzdem vorsichtig über das lose Geröll. An dieser Stelle konnte Nelson glänzen. Jeder Schritt saß, und er hielt das Gleichgewicht, als er seinen Herrn zum Gipfel führte.

Jetzt waren sie an der letzten Felsrinne, einer fast vertikalen Fläche. Die beiden Kletterer mussten sich gegen die Felswand pressen und auf dem Weg nach oben sorgfältig nach einem Halt für Hände und Füße suchen. Mit diesem engen Kamin hatte der Hund wirklich zu kämpfen. Deshalb wechselten sich Charlie und Brenden ab, um dem Tier mit Kletterseilen nach oben zu helfen. Diesmal musste er ihnen folgen, anstatt die Führung zu übernehmen. *Dieser Hund ist erstaunlich anpassungsfähig,* dachte Brenden. *Er macht alles richtig. Er ist eine echte Bereicherung für unser Team.*

Sie waren nur noch wenige Meter vom Gipfel entfernt. Der Schnee fiel jetzt in dichten Flocken, und der Wind trieb ihn vor sich her, sodass die beiden Männer die Eiseskälte im Gesicht und an den Händen spürten. Charlies gellender Ruf: »Der Gipfel!«, übertönte kaum das Heulen des Windes, aber Nelson spürte wohl die Freude über das Erreichte, und so bellte er laut.

Obwohl dieser Morgen für Brenden ein ganz besonderes Erlebnis war, blieben die drei nur so lange, bis sie sich in das Verzeichnis der Gipfelstürmer eingetragen, einen weiteren Energieriegel gegessen und noch etwas Wasser getrunken hatten.

»Es sieht schlimm aus«, sagte Charlie. Er legte die Hände trichterförmig um den Mund, damit sein Freund ihn besser hören konnte. »Es sieht wirklich schlimm aus, Brenden. Ganz ehrlich: Ich kann kaum noch etwas sehen.«

Zum zweiten Mal seit Brendens Erblindung war ein Mensch, den er liebte, schneeblind geworden. Aber im Gegensatz zu seinem letzten Erlebnis war er sich nicht sicher, was er machen sollte.

»Hör zu, Charlie«, meinte er schließlich. »Können wir uns nicht in eine Felsspalte verkriechen und warten, bis es aufhört?«

»Ich glaube nicht«, erwiderte Charlie. »Wenn ich mir den Himmel so ansehe, könnte dieser Schneesturm zwei Tage dauern. Die Wolken hängen extrem niedrig, und sie ballen sich richtig zusammen. Wir müssen runter vom Berg.«

Es waren bereits zehn bis zwölf Zentimeter Schnee gefallen. Der Boden war nicht nur rutschig, sondern Brenden konnte nicht mehr spüren, wohin er seine Füße setzen sollte. Jetzt musste er sich voll auf Nelson verlassen. Manchmal musste er sich sogar auf sein Hinterteil setzen, um an den Felsen herunterzurutschen.

Charlie hatte untertrieben, als er sagte, es sehe schlimm aus. Dieser Sturm war fürchterlich, und die beiden jungen Männer wussten das. Auch der konzentriert arbeitende schwarze Labrador spürte die drohende Gefahr. Manchmal merkte Brenden, wie das Tier den Kopf drehte und seinen Herrn ansah, als ob er den jungen Mann zwingen wollte, auf dem schneebedeckten Felsen seinen Fuß an die richtige Stelle zu setzen.

Zum ersten Mal in seiner Laufbahn als Bergsteiger hatte Charlie Evans Angst, und zwar nicht nur um Brenden und Nelson, sondern auch um sich selbst. Als sein Gesichtsfeld immer enger wurde, fragte er sich, ob sie nicht einfach stehen bleiben sollten. Aus seiner Erfahrung als Helfer in der Rettungsmannschaft wusste er, dass sein Handy ein Signal aussandte, wenn er die Notrufnummer wählte. Aber in diesem Sturm würde es viele Stunden dauern, bevor eine schnelle Einsatztruppe sie erreichen könnte, falls das Signal überhaupt richtig geortet werden konnte. Deshalb entschied er, dass sie sich nach unten durchkämpfen mussten.

Der Wind blies jetzt mit einer Geschwindigkeit von etwa einhundert Stundenkilometern. Es war fast nicht mehr möglich, aufrecht zu stehen. Charlie fragte sich, wieso Nelson ihm so dicht auf den Fersen folgen konnte. Wahrscheinlich orientierte er sich mit seinem Geruchssinn. Er konnte in diesem Sturm wohl auch nicht allzu viel sehen. Trotzdem schien der Hund unter diesen extremen Bedingungen besser zurechtzukommen als die beiden Männer.

Charlie fiel es schwer, sich die Aufstiegsroute ins Gedächtnis zu rufen. Obwohl er schon viele Male auf diesem Berg gewesen war, hatte er nie einen Aufstieg in einem solchen Wetter gewagt. Er konnte kaum etwas sehen, und er hatte Angst, die Orientierung zu verlieren. Im tobenden Sturm verwechselte er oben mit unten, und das Schneetreiben machte es ihm unmöglich, weiter zu sehen als bis zu seiner ausgestreckten Hand. Wo genau war er überhaupt? Er warf über die Schulter einen Blick nach hinten. Genau über ihm sah er die Umrisse von Brenden und Nelson. Er winkte dem Hund zu und klatschte in die Hände. Dann ging er weiter.

Brenden spürte, wie der Hund stehen blieb. Er redete ihm gut zu. »Alles ist gut, Nelson. Alles ist gut, mein Junge. Komm, gehen wir weiter. Los jetzt.«

Nelson rührte sich nicht von der Stelle, und Brenden akzeptierte das Verhalten des Hundes. »Schon gut, Nelson. Wohin sollen wir gehen? Zeig es mir.«

Der große Hund blieb noch immer stehen. Sekunden später wusste Brenden, warum. Der Schrei übertönte das Heulen des Sturms, als Charlie stürzte.

»Charlie!«, schrie Brenden. »Charlie! Oh nein. Nein, nein ...« Brenden sagte zu seinem Hund: »Wo ist Charlie, Nelson?«

Charlie Evans spürte einen brennenden Schmerz, aber die Tatsache, dass er noch lebte, gab ihm Hoffnung. Er lag tief unten in einer

Felsspalte. Seine Beine steckten fest. Als er versuchte, sich zu bewegen, wurde er fast bewusstlos vor Schmerzen. Er warf einen Blick nach oben und konnte Brendens Jacke erkennen. Sein Freund war etwa fünfzehn bis achtzehn Meter über ihm.

»Brenden!«, schrie er laut. »Bleib, wo du bist! Bleib, wo du bist!«

»Charlie! Charlie! Ist alles in Ordnung mit dir?«

»Ich weiß nicht. Ich bin unter Felsen eingeklemmt, und ich kriege schlecht Luft. Vielleicht hab ich mir ein paar Rippen gebrochen.«

»Kann ich dir ein Seil zuwerfen und dich da rausziehen?«

»Ich glaube nicht.«

»Und wenn wir runterkommen? Meinst du, Nelson und ich schaffen das?«

Charlie betrachtete die über ihm hängende Felswand.

»Vielleicht, aber ich glaub nicht, dass ihr wieder rausklettern könnt. Der Felsen ist ganz glatt. Ich sehe keine Vorsprünge, an denen ihr euch festhalten könnt.«

Plötzlich hatte Charlie einen Hustenreiz. »Oh nein«, sagte er. »Irgendwas in mir ist kaputt, Brenden. Ich huste Blut und so ein komisches Zeugs.«

»Hast du noch dein Handy, Charlie?«, rief Brenden laut. »Kannst du die Notrufnummer wählen?«

»Ich hab schon nachgeschaut. Das Handy ist an, aber ich hab es verloren, als ich gestürzt bin. Die müssen uns anrufen, damit sie ein Signal empfangen können.«

Wieder musste Charlie husten. Brenden hörte, wie sein Freund würgte, weil ihm Blut in die Kehle lief und er keine Luft bekam.

»Das sind vielleicht innere Blutungen«, meinte Charlie. Seine Stimme klang schon schwächer. »Ich weiß nicht, Brenden. Ich weiß nicht, ob ich es schaffe.«

Brenden rang mühsam um Fassung. Alle Gefühle, die mit seinem eigenen Unfall zusammenhingen, drängten an die Oberfläche. Es war, als ob er seinen Sturz noch einmal erlebte, aber diesmal in Zeitlupe. Sofort meldete sich bei ihm das schlechte Gewissen.

Sein Freund Charlie war in Lebensgefahr. Vielleicht musste er sogar sterben, und Brenden fühlte sich schuldig. Es war seine Idee gewesen, diesen Berg zu besteigen. Seine Eitelkeit war schuld. Es war sein Wunsch gewesen. Was wollte er eigentlich damit bezwecken? Wollte er etwa seine Blindheit überwinden, die Macht, die sie über ihn hatte, leugnen? Er wusste, dass er es in der Hand hatte, seinen Freund zu retten. Aber wie sollte er das anstellen? Wie konnte er den Hund überreden, seinen Weg bergab zu finden und Hilfe zu holen? Und wie konnte er, ein Blinder, hierher zurückkehren und Charlie finden? Konnte er dem Hund begreiflich machen, was er tun sollte? Würde Gott sein Gebet erhören und ihm die Fähigkeit schenken, mit diesem großartigen Tier zu kommunizieren?

»Charlie«, rief Brenden durch das Heulen des Sturms. »Charlie, wir holen Hilfe. Halt durch, Charlie, halt durch.«

Brenden kniete sich neben dem Hund auf den Boden. Er hielt den Kopf des Tieres in beiden Händen und versuchte, seinem Freund in die Augen zu blicken, damit er ihn auch verstand.

»Hör zu, Nelson. Wir müssen es allein schaffen. Wir müssen runtergehen. Wir müssen nach Hause.«

Der Hund legte den Kopf auf die Seite, als ob er die Worte seines Herrn hörte, als ob er versuchte, ihn zu verstehen.

»Wir müssen für Charlie Hilfe holen, Nelson. Du musst das machen, und du kannst das auch, Kumpel. Ich weiß, dass du es kannst.«

Brenden fragte sich, ob der Hund seine Angst spürte.

»Okay, Nelson, bist du bereit? Wir wollen es versuchen, alter Junge. Gehen wir.«

Der Hund stellte sich so hin, dass er bergabgehen musste.

»Gehen wir, Nelson. Vorwärts. Ich bin bald wieder zurück, Charlie!«, rief Brenden seinem Freund zu. »Ich bin bald wieder zurück!«

Er hörte, wie sein Freund wieder einen Hustenanfall hatte. Deshalb hoffte und betete er, dass die Hilfe für Charlie noch rechtzeitig kommen würde.

Kapitel Zweiundzwanzig

Mora und Kat saßen im Wohnzimmer von Moras Haus bei einem Glas Wein, aber den beiden Frauen war nicht so recht zu einem Gespräch zumute. Sie warfen hin und wieder einen Blick aus dem Fenster. Draußen tobte der Sturm. Beide versuchten, sich ihre große Sorge nicht anmerken zu lassen. Obwohl der Wind den Schneeregen gegen die Fensterscheiben des Hauses in Denver prasseln ließ, wussten sie, dass Brenden und Charlie dort oben auf den »Todesglocken« in einem Schneesturm stecken mussten, der ihnen jede Orientierung unmöglich machte.

Mora hatte seit einer halben Stunde fünf oder sechs Mal versucht, Charlie auf seinem Handy anzurufen, aber er meldete sich nicht.

»Er hat gemeint, dass er es immer anlässt«, sagte Mora schließlich zu Kat. »Er wollte uns anrufen, wenn sie auf dem Gipfel sind, und dann noch einmal, wenn sie wieder unten sind. Aber ich habe nichts von ihnen gehört.«

»Meinst du, wir sollen die Bergrettung alarmieren?«, fragte Kat. Ihre Stimme zitterte.

»Ich weiß nicht«, erwiderte Mora. »Sie sind beide erfahrene Bergsteiger, und ich will nicht unnötig die Pferde scheu machen. Aber vielleicht reden wir trotzdem mal mit der Bergwacht in Aspen.«

»Ich rufe dort an«, meinte Kathleen. »Charlie hat mich mit ein paar von den Jungs dort bekannt gemacht. Vielleicht kann ich mit jemandem reden, den ich kenne. Ich weiß nicht, was sie bei diesem Wetter machen können. Es ist schon gefährlich genug, nachts auf den Berg zu gehen, aber bei diesem Sturm? Ich weiß es einfach nicht.«

Als der Einsatzleiter der Bergwacht in Aspen hörte, dass Charlie Evans zusammen mit Brenden McCarthy auf dem Berg war, hatte er in kürzester Zeit eine Rettungsmannschaft zusammengestellt. Die meisten von ihnen waren vor einem Jahr in der Gruppe gewesen, die Brenden gefunden hatte. Jetzt waren der Blinde und sein Freund Charlie, vor dem sie alle großen Respekt hatten, dort oben im Schneesturm gefangen.

Die Rettungskräfte trafen sich am Sammelpunkt. Gegen einundzwanzig Uhr begannen die mit Speziallampen und Nachtsichtbrillen ausgerüsteten Kletterer mit dem Aufstieg.

Brenden war nicht nur durch sein fehlendes Augenlicht in einer schwierigen Lage. Als der Sturm stärker wurde, konnte er auch seine anderen Sinne nicht einsetzen. Er konnte nichts mehr ertasten. Die Schneedecke auf dem felsigen Boden machte es ihm unmöglich, einen Halt für seine Füße zu finden. Er war überrascht, dass der Sturm jedes Geräusch schluckte. So ähnlich war es gewesen, als er als kleiner Junge mit seinem Vater vor der kalifornischen Küste zum Fischen hinausgefahren war und sie plötzlich in eine Nebelbank gerieten. Jetzt war er nicht nur blind, sondern er konnte auch nichts mehr hören.

Seinen Geruchs- und Geschmackssinn konnte er auch vergessen. Was blieb ihm also noch? Er war abhängig von dem großen schwarzen Hund, der sich durch die Dunkelheit und über den schneebedeckten Fels bewegte, weil er von uralten Instinkten geleitet wurde und von einer Liebe, die aus der täglichen Arbeit mit dem blinden Mann entsprang.

Brenden spürte, dass seine Stimme schon ganz heiser war. Er musste den Wind übertönen, um den Hund aufzumuntern.

»Alles ist gut, Nelson«, rief er. »Braver Hund. Das klappt schon,

Kumpel. Vorwärts. Braver Hund. Moment mal. Warte. Ich muss erst mal den nächsten Schritt gehen, mein Junge.« Brenden war sich sicher, dass das Tier ihn verstand.

Es gab auch Gefahrenmomente, als er ausrutschte und hinfiel, aber der große Hund ließ sich sofort vor ihm fallen und bremste den Sturz seines Herrn ab. Manchmal blieb Nelson stehen und winselte leise, weil das Gefälle zu tief oder die Felsvorsprünge zu hoch waren. Brenden setzte sich dann auf sein Hinterteil und kroch bis zur Felskante. Unter dem Schnee suchte er mit Händen und Füßen nach einem Halt.

Bei jeder Anstrengung, jedem Sturz und jedem Ausrutscher, ja, in jedem Augenblick war sich Brenden bewusst, dass die Zeit auf Charlies Lebensuhr auslief. Er hatte seinen Freund in Lebensgefahr gebracht. Seine Schuldgefühle wurden immer stärker.

Charlie Evans schwebte zwischen Licht und Dunkelheit, zwischen Bewusstsein und Bewusstlosigkeit. Seine Erfahrung als Bergsteiger wurde für ihn zu einer Formel, die er ständig wiederholte: *Bleib wach. Nicht einschlafen. Bleib wach. Wenn du einschläfst, ist es vorbei. Wenn du wach bleibst, bleibst du am Leben. Wenn du einschläfst, bist du tot.* Charlie wusste das ganz genau, und mit jedem schweren Atemzug sammelte er neue Kraft, um am Leben zu bleiben. Manchmal verwandelte sich seine Formel in ein Gebet: *Lieber Gott, hilf mir, wach zu bleiben. Herr Jesus, gib mir die Kraft zum Weiterleben.*

Er spürte jedoch, dass er ein Wunder brauchte, um am Leben bleiben zu können. Er wollte einfach nicht die Hoffnung verlieren. Vielleicht war das Gespann aus Brenden und Nelson das Wunder, auf das er wartete. Auf dem Boden der Gletscherspalte war Charlie zwar vor dem Sturm geschützt, aber er merkte trotzdem, dass sich der Wind abzuschwächen schien. Er hielt die Hand über die Augen, weil der Schnee ihn blendete. Dann sah er nach oben und entdeckte einen schwachen Lichtschein. Der Mond schien durch die Wolken. Bedeutete das, dass der Sturm nachließ?

»Bitte, lieber Gott«, betete er laut. »Lass doch ein Wunder für mich geschehen.«

Auf dem Berg waren andere Leute, die das Gleiche empfanden wie Charlie. Die Eilmannschaft sah das silberne Mondlicht, und Brenden spürte, wie der Schneefall und der Wind schwächer wurden. Aber wo war er bloß? Er konnte noch immer nicht sagen, wo oben oder unten war. Er versuchte, die Stufen im Felsen zu zählen, aber unter der Schneedecke waren sie nicht deutlich spürbar. Er hatte vergessen, die Zeiger auf seiner Armbanduhr zu ertasten. Deshalb spielte die Uhrzeit keine Rolle. Nur für Charlie war jede Minute entscheidend. Der Hund sorgte dafür, dass er sich weiter bewegte, und er schützte ihn vor dem Abstürzen. Er fragte sich, ob die Rettungsmannschaften schon unterwegs waren. Wenn Charlies Handy den Sturz überstanden hatte, könnte man es orten. Vielleicht war die Bergwacht schon hier oben. Vielleicht stießen er und Nelson auf eine Mannschaft.

Der große Hund blieb abrupt stehen. Brenden spürte, dass sein Körper sich anspannte, als ob er auf einer sonnendurchfluteten Wiese einen Vogel jagen wollte.

»Was ist los, Nelson?«

Der Hund stand wie erstarrt da. Jede Faser seines Körpers war gespannt, wachsam und konzentriert. Plötzlich hörte Brenden menschliche Stimmen dort draußen im Schnee.

»Hierher«, rief er krächzend. Seine Stimme war so heiser, dass er nur noch ein Flüstern herausbrachte. Er versuchte es noch einmal: »Hierher!«

Zum Glück hatte der Hund ebenfalls eine Stimme, und sein lautes Bellen übertönte den Wind.

»Brav, Nelson, brav«, sagte Brenden zu seinem vierbeinigen Freund. »Mach weiter.«

Der Hund gehorchte seinem Herrn. Nach nur wenigen Minuten war Brenden umringt von den Einsatzkräften. Gleich darauf erklärte er ihnen, was geschehen war und wo ungefähr sich Charlie auf dem Gletscher befand.

Der Einsatzleiter gab diese Information über Funk an die Rettungsmannschaften im Tal weiter. Er überlegte, ob ein Hubschrauber hier oben landen könnte. An dieser Stelle war der Felsboden flach. Vielleicht klappte es ja.

»Brenden, können Sie uns nicht genauer sagen, wo die Absturzstelle ist?«, fragte er schließlich.

»Tut mir leid«, entgegnete Brenden. »Ich kann Ihnen nicht weiterhelfen, weil ...« Er spie die Worte förmlich aus. »Weil ich blind bin.«

Als Nelson die Wut in der Stimme seines Herrn hörte, lehnte er sich an das Bein des jungen Mannes und sah zu ihm hoch, als ob er sagen wollte: *Was ist denn los, Herrchen?*

Plötzlich begriff Brenden.

»Passen Sie auf«, sagte er aufgeregt. »Ich weiß nicht genau, wo Charlie sich befindet, aber Nelson weiß es. Nehmen Sie uns im Hubschrauber mit nach oben. Wir finden Charlie.«

Dreißig Minuten später drängten sich vier Männer hinter dem Piloten in der engen Kabine des Flugzeugs zusammen. Über ihren Füßen lag ein Blindenhund. Im Schein des Mondlichts und der Speziallampen ging der Hubschrauber langsam in den Senkflug, verharrte kurz in der Luft und glitt sanft auf die schneebedeckte Wiese unter dem Gletscher.

»Okay«, rief der Pilot. »Alles aussteigen. Viel Glück.«

»So«, sagte der Einsatzleiter zu Brenden. »Sie meinen, dass Charlie sich irgendwo in der rechten Ecke des Gletschers befindet. Ist das richtig?«

»Ja«, meinte Brenden. »Haben Sie sein Handy orten können?«

»Nein, leider nicht«, erwiderte der Mann. »Es muss beim Absturz beschädigt worden sein. Jetzt sind wir auf Sie und ihren mutigen Freund angewiesen.«

»Alles klar«, sagte Brenden. »Alles klar.« Seine Stimme klang angespannt.

Er kniete sich in den Schnee und brachte seinen Mund nahe an das Ohr des großen Hundes. Mit sanfter Stimme redete er auf das Tier ein. Er zog die Handschuhe aus und streichelte den schönen Kopf des Hundes. Dann erinnerte er sich daran, dass er jedes Mal, wenn Charlie mit seinem Kleinlaster vor seiner Wohnung vorfuhr, zu Nelson sagte: »Charlie ist hier. Charlie ist hier.« Der große Hund kannte die Bedeutung dieser Worte. Charlie spielte immer Ball mit ihm. Deshalb hatte Nelson diesen Mann ins Herz geschlossen. Brenden nutzte diese Erinnerung, um die Aufmerksamkeit des Tieres in die richtige Richtung zu lenken.

»Charlie ist hier, mein Junge. Charlie ist irgendwo dort oben. Wo ist Charlie?«

Der Hund sah sich um.

»Guter Junge«, meinte Brenden. »Wo ist Charlie? Such Charlie, Nelson.«

Jetzt zeigte Brenden mit der Hand auf den Gletscher. »Er ist dort oben, Nelson. Er ist dort oben«, sagte er begeistert. Dann stand er auf. »Charlie ist dort oben. Wir müssen Charlie finden. Komm, wir suchen Charlie. Komm, wir holen ihn.«

Der Hund wurde plötzlich lebhaft. Wusste er Bescheid? Verstand er, was sein Herrchen von ihm wollte? Brenden war sich nicht so sicher, aber er wollte die Hoffnung nicht aufgeben. Auf einmal zog Nelson erwartungsvoll am Geschirr.

»Gut, Nelson, gut«, sagte Brenden. »Bist du bereit, alter Junge? Dann gehen wir los. Suchen wir Charlie!«

Der Hund lief über die Wiese, kletterte über den Steinhaufen und stieg auf die schneebedeckte Oberfläche des Gletschers.

Brenden sprach weiter auf den Hund ein, während die Rettungsmannschaft dem Gespann folgte. »Wo ist Charlie, mein Junge? Wo ist Charlie? Such Charlie, Nelson. Wo ist Charlie?«

Brenden fragte sich, wie das Tier seinen Freund finden wollte. Er konnte nicht nach seinem Geruchssinn gehen. Der Schnee hatte alle Spuren zugedeckt. Charlie rief auch nicht um Hilfe. Der Hund konnte den abgestürzten Kletterer deshalb auch nicht hören. Was trieb Nelson über den Gletscher? Warum lief er von rechts nach links, bis er auf der rechten Seite angekommen war? Er musste instinktiv handeln, aus dem Bedürfnis heraus, seinem Herrn zu gehorchen.

»Such Charlie«, sagte er wieder zu Nelson. »Du machst das prima, Nelson. Such ihn, alter Junge.«

Der Hund blieb stehen und begann zu winseln.

»Wo ist Charlie, Nelson?«, fragte Brenden.

Wieder winselte der Hund. Jetzt hielt er die Nase in die Luft und schnupperte. Hatte er eine Witterung aufgenommen? *Vielleicht*, dachte Brenden. *Vielleicht.*

»Aufgepasst«, sagte er zu den Einsatzkräften. »Ruft alle zusammen Charlies Namen.«

»Charlie!«, riefen die Kletterer. »Charlie!«

Auf diesen Ruf hin bellte Nelson. Das Echo der menschlichen und der tierischen Rufe hallte durch Felsen und Schluchten.

»Charlie!«

Sie bekamen keine Antwort, und Brenden wusste, warum. Sein bester Freund war zu schwach. Vielleicht war er auch schon bewusstlos oder ... schlimmer noch.

Der Hund nahm wieder Witterung auf, und plötzlich zitterte er vor Erregung. Brenden entschloss sich, jetzt alles auf eine Karte zu setzen. Er streckte die Hand aus, nahm Nelson das Geschirr ab und hakte die Leine aus.

»Such Charlie«, sagte er. »Such Charlie. Hol ihn uns, alter Junge, hol ihn uns. Geht dem Hund nach, Jungs! Los, hinterher!«

Nelson rannte jetzt quer über die schneebedeckte Oberfläche. Nur ein kurzes Stück vor der Gletscherspalte, in die Charlie gestürzt war, kam er zum Stehen. Die Speziallichter der Rettungskräfte tauchten die Szene in ein gespenstisches Licht.

»Wir haben ihn. Wir haben ihn«, meldeten sie dem Hubschrauberpiloten über Funk.

Stunden später lag Charlie im selben Krankenhaus, in dem die Ärzte nur ein Jahr zuvor Brenden das Leben gerettet hatten. Man hatte ihn operiert und das gebrochene Waden- und Schienbein mit Metallnägeln stabilisiert. Die inneren Blutungen waren unter Kontrolle. Um den Brustkorb hatte er einen Klebeverband, damit die gebrochenen Rippen wieder zusammenwachsen konnten. Man hatte ihm starke Beruhigungsmittel gegeben. Erst später würde man feststellen können, welche seiner Gliedmaßen von den Erfrierungen betroffen waren. Er merkte, dass Brenden, Mora, Kathleen und sein Vater sein Bett umringten.

»Bin ich noch am Leben?«, krächzte er, während ein Lächeln seine ausgetrockneten Lippen umspielte. »Oder ist das nur ein Traum?«

»Du bist über den Berg, Charlie«, antwortete sein Vater. Er blinzelte, weil ihm Tränen in den Augen standen. »Du wirst wieder gesund.«

»Wir sind alle über den Berg, Paps«, meinte Charlie. Wegen der Medikamente konnte er kleinen klaren Gedanken fassen. »Wir haben es überstanden. Der Berg ist hart, aber wir sind härter.« Er streckte die Hand aus und berührte Brenden am Arm. »Gib mir deine Pfote, Kumpel.«

Brenden beugte sich vor und legte den Arm sanft um die Schultern seines Freundes.

»Genau so ist es«, sagte er leise. »Der Berg ist hart, aber wir sind härter, und Nelson ist noch härter.«

Brenden konnte nicht einschlafen. Noch immer dachte er über das nach, was er und der Hund durchgemacht hatten, nicht nur dort oben auf dem Berg, sondern im letzten Jahr. Sie waren beide durch Veränderungen gereift, und ihre Liebe war gewachsen. Er spürte, dass Nelson zu ihm gehörte wie seine Arme und Beine, seine Sinne und sein Gehirn. Der junge Mann und sein Hund waren zu einer Einheit zusammengewachsen. Sie waren miteinander verbunden in einer gegenseitigen Abhängigkeit, die so ganz anders war als er es sich vorgestellt hatte.

War er jetzt etwa besser dran als damals, als er noch sein Augenlicht hatte? Das konnte er nicht behaupten. Natürlich hätte er viel dafür gegeben, Kat zu sehen oder noch einmal das liebe Gesicht seiner Mutter betrachten zu können. Seine Liebe zur freien Natur erinnerte ihn immer wieder daran, dass er nie wieder wie früher ihre Schönheit bewundern oder dieselbe Freiheit und Unabhängigkeit genießen konnte wie vor seiner Erblindung. Aber er hatte so viel gelernt durch den Gebrauch aller seiner Sinne und durch sein neu entstandenes

Mitgefühl für seine Mitmenschen und ihre Probleme. Aus ihm war ein besserer Mensch geworden. Diese Veränderung verdankte er vor allem dem beispielhaften Verhalten seines Blindenhundes. Nelson war ein Teil von ihm geworden, aber er glaubte, dass auch er dem Hund ein erfülltes Leben ermöglichte. Als Gespann würden sie viele Jahre gemeinsam verbringen und ihre Arbeit immer besser machen. Er wusste, dass sich das, was er von Nelson gelernt hatte, auch auf seine Beziehung zu Kat übertragen würde. *Mit einfachen Worten ausgedrückt ist es doch so*, dachte er. *Nelson hat mir beigebracht, was echte Liebe ist. Diese vorbehaltlose Liebe und Freundschaft, diese vollkommene Güte, die unter allen Umständen zum Ausdruck kommt, wird mich zu einem besseren Menschen machen, zu einem besseren Freund, einem besseren Ehemann und eines Tages zu einem besseren Vater.* Bei diesem letzten Gedanken musste er lächeln.

Epilog

Der Winter war vorüber, und der große Hund hatte sein Winterfell abgelegt. Für das erstaunliche Tier war das Leben einfach wunderbar. Er ging täglich mit Brenden zur Universität oder auch an andere Orte. An den Wochenenden war er mit Brenden und Kat auf Wanderungen oder beim Bergsteigen unterwegs. Dann war da noch sein kleiner Freund Gus oder jeder andere Freund seines Herrn, der bereit war zu einem Ballspiel.

Im Sommer erlebte er ständig neue Abenteuer. Dann kam wieder ein Winter mit einem erneuten Wechsel seines Fellkleids. Auf diesen Winter folgte wieder ein Sommer, und plötzlich hatte die Familie Zuwachs bekommen. Um Nelsons schwarze Schnauze herum zeigten sich die ersten grauen Haare.

Die beiden Menschen nannten ihr Junges Brian, und für Nelson war es wie ein eigenes Kind. In seiner Freizeit lag der große Hund immer in der Nähe des Babys. Wie in der ersten Zeit, als Hunde zu den besten Freunden der Menschen wurden, hatte Nelson für einen weiteren Menschen die Verantwortung übernommen.

Gerade eben sah Kat zu, wie der kleine Brian auf etwas zukrabbelte, was er besser nicht angefasst hätte. Nelson war direkt hinter ihm. Schließlich packte er sanft zu und zog das Baby am Hosenboden an seinen alten Platz zurück. Die junge Frau musste laut lachen, als sie das sah. Der Hund spitzte die Ohren.

»Du bist unglaublich«, sagte Kat zu Nelson. »Du kümmerst dich um Brenden, du hast mich lieb, und jetzt hast du auch noch Brian ins Herz geschlossen. Was wären wir bloß ohne dich?«

Der Hund antwortete mit einem Schwanzwedeln.

In jener Nacht teilte sich die ganze Familie ein Bett. Brian hatte leichte Bauchschmerzen, und so hatte Kat ihn mit ins Ehebett genommen. Als Nelson sah, dass alle in einem Bett schliefen, war es für ihn nur folgerichtig, sich der Familie anzuschließen. Brenden spürte die Erschütterung, als Nelson zu ihnen sprang. Er brachte es nicht fertig, den Hund wieder auf seinen Platz im Korb zu verweisen, vor allem deshalb, weil sein kleiner Sohn den Blindenhund mit großen Augen ansah und zärtliche Worte in der Babysprache zu ihm sagte.

Brenden machte das Licht aus. Er fühlte sich wohl in der Dunkelheit, die ihm inzwischen so vertraut geworden war. Liebevoll atmete er den Duft seiner Familie ein. Der Kopf des Babys roch so rein wie seine Unschuld. Kat duftete ein wenig nach Moschus und verführerisch, ganz Frau, Geliebte, Mutter und Freundin, und sie gehörte für immer ihm allein. Nelson verströmte einen schärferen Duft, weil er heute seine Freizeit im Garten verbracht hatte. Aber das spielte keine Rolle. Es war sogar beruhigend, weil dieser Geruch ihn daran erinnerte, dass Nelson ihm das Augenlicht ersetzte.

Langsam wurde er schläfrig, aber er dachte noch immer über die vielen Veränderungen in seinem Leben nach. *Es ist doch klar*, dachte er. Ich würde gerne wieder sehen, aber ich habe im Kopf noch immer Bilder von so viel Schönem, von Bergen und Sonnenuntergängen und ... Natürlich würde ich Kat und Brian gerne sehen, und auch Nelson, aber andererseits lebe ich heute in einer Dimension, die ich nie für möglich gehalten hätte.

Leide ich darunter, dass ich blind bin? Ja, manchmal, aber ich bin gesegnet mit dieser wunderbaren Familie. Gott hat mir so viel Gnade geschenkt, dass mein Leben trotz allem vollkommen ist, so weit es uns

Menschen eben möglich ist. Herausforderungen werden zu Chancen, Nachteile zu Vorteilen, Negatives zu Positivem. Ich wachse an diesen Dingen. Wäre dieses Wachstum möglich gewesen, wenn ich nicht blind geworden wäre? Was für ein Mensch wäre wohl aus mir geworden?

Er spürte den ruhigen Atem seiner Frau. Sie war eingeschlafen, und der kleine Brian auch.

Smitty hatte damals recht gehabt. Brenden musste lächeln, als er daran dachte, wie sie heute telefoniert hatten. *Er kann es nicht lassen, mir auch heute noch hin und wieder zu sagen: Hab ich's dir nicht gesagt.* Sie waren gute Freunde geblieben, und sie riefen sich regelmäßig an. Smitty hatte sie sogar ein paar Mal besucht. Natürlich machte sich Brenden keine Illusionen. Er wusste, wen er bei diesen Besuchen wirklich sehen wollte.

Nelson streckte sich aus und nahm auf dem Bett einen noch größeren Platz ein.

»He, Fellknäuel«, sagte Brenden leise. »Lass uns auch noch ein bisschen Platz.«

Als ob er diese Worte verstanden hätte, zog sein bester Freund seine Pfoten mit einem tiefen Seufzer näher an seinen Körper heran.

Dann fiel die ganze Familie in einen tiefen Schlaf, den ruhigen Schlaf von Menschen, die aneinandergeschweißt waren durch das Band der Dankbarkeit, des Glaubens an Gott und der wahren Liebe.

Dank

An Julie Cremeans und den Mitarbeiterinnen von EDA: Worte sagen nicht genug, um meinen Dank auszudrücken. Deshalb sage ich nur: Danke, danke!

An Dr. Rob Hilsenroth: Mein Freund, mein Vertrauter, meine Augen in den Bergen.

An meine Agentin Jan Miller: Ich schreibe, Sie verkaufen die Bücher. Wir sind ein unschlagbares Team.

An Dr. Thomas Larkin: Danke für die präzisen medizinischen Details.

An meine Tochter Blythe: Du hast mich mit Landkarten versorgt, mir Liebe und Unterstützung gegeben – mehr als ein Vater erwarten kann.

An Ami McConnell: Ihre Sensibilität und Professionalität machen das Lektorieren zu einer Freude. Als Autor weiß ich das sehr zu schätzen.

An Allen Arnold und alle meine Freunde bei Thomas Nelson: Danke für Ihr Vertrauen für die Veröffentlichung meiner Werke!

An Terry Barrett, den Leiter der Blindenhundschule *Guide Dogs for the Blind:* Ihre Hilfe war unbezahlbar. Ihre Liebe zu den Tieren und zu Ihrer Arbeit kam in jedem Gespräch zum Ausdruck.

An meinen Freund und Trainer Harold Smith: Jedes Mal, wenn ich das Geschirr in die Hand nehme, denke ich an dich, weil du mir nicht nur dein Wissen, sondern auch dein Gefühl für die Tiere vermittelt hast.

An John Zell: Danke für die Informationen über die Arbeit der Bergwacht und für Ihre freiwillige Mitarbeit bei der Rettung von Wanderern und Bergsteigern.

An jeden Blindenhund: Ihre Liebe, Hingabe und harte Arbeit schenkt uns Blinden die Freiheit.

Nachwort des Autors

Jeder Roman hat seine eigene Entstehungsgeschichte. Der eine entspringt aus Recherchen über geschichtliche Ereignisse, der andere wieder aus der Lebensgeschichte des Autors oder von Menschen, die der Verfasser gekannt hat. Dieses Buch ist das Ergebnis von zwei wundervollen Begegnungen und Beziehungen, die mein Leben für immer verändert haben.

Die erste Begegnung hatte ich mit meiner guten Freundin und Mitautorin Betty White. Wir lernten uns kennen, als Betty und ihr Mann Allen Ludden mich entdeckten, als ich in einem Club in Cape Cod sang. Sie unterstützten nicht nur meine aufkeimende Karriere im Showgeschäft, sondern sie machten mich auch mit der schönen blonden Frau bekannt, die jeden Abend den Club besuchte, um mich singen zu hören. Diese junge Frau war Patty. Wir sind jetzt schon seit fast vierzig Jahren verheiratet.

Den zweiten Beitrag zur Entstehung dieses Buchs leistete die Beziehung, die Betty und ich zu einem anderen »Golden Girl« hatten, zu einem Golden Retriever namens Dinah. Die Hündin hatte mich neun Jahre lang durch die USA und durch die ganze Welt geführt. Aber als der graue Star ihre Augen trübte und das Alter sie langsamer werden ließ, musste ich mir einen neuen Freund suchen, der meine Arbeit und mein Leben teilen sollte. Sein Name war Nelson. Er war ein kräftiger junger Labrador. Die Ankunft dieses begeisterungsfähigen Tieres machte Dinah glauben, dass ihr Leben keinen Sinn mehr hatte. Sie zog sich in unser Schlafzimmer zurück und verkroch sich unter das Bett. Sie wollte mit niemandem aus der Familie etwas zu tun haben.

Dinah hatte mit dem Leben abgeschlossen, und ich war untröstlich, weil ich nicht wusste, was ich machen sollte. Dieser Zustand hielt an, bis Betty White eines Abends zu uns zum Essen kam. Sie erkannte sofort den Ernst meiner Lage, und sie fragte, ob sie vielleicht helfen könne, indem sie Dinah bei sich aufnahm. Die beiden »Golden Girls« verstanden sich auf Anhieb. Dinah und Betty verbrachten fünf wunderbare Jahre miteinander. Diese gemeinsame Beziehung zu Dinah inspirierte Betty und mich vor ein paar Jahren zu einem anderen Buch (*The Leading Lady*), in dem die Geschichte von Toms und Bettys Leben mit Dinah erzählt wird.

Seit dieser Zeit hatte ich das große Vorrecht, mit dem schwarzen Labrador Nelson zu arbeiten. Sein Nachfolger war Partner, ein wundervoller Schäferhund, dessen Leben durch ein Krebsleiden ein vorzeitiges Ende fand. Jetzt habe ich wieder einen Schäferhund namens Edison. Alle diese Tiere schenkten mir Liebe, Freude und eine herrliche Freiheit. Deshalb war es nur folgerichtig, dass Betty und ich aus diesen Erfahrungen einen Roman gemacht haben. Wir hoffen, dass Ihnen dieses Buch beim Lesen Freude bereitet hat.

Es ist schwierig, die einzigartige Beziehung von Blinden zu diesen erstaunlichen Tieren in Worte zu fassen. Die Seiten dieses Buchs können nur einen ungefähren Eindruck vermitteln von der Dankbarkeit, die ich jedes Mal empfinde, wenn ich das Geschirr eines Blindenführhundes in die Hand nehme. Ich kenne keine andere Beziehung zwischen Mensch und Tier, die enger ist. Die gegenseitige Liebe, die beide verbindet, ist einzigartig.

Wir hoffen, dass Sie nach der Lektüre dieses Buches die besondere Verbindung zwischen einem blinden Menschen und seinem besten Freund anders verstehen und zu schätzen wissen. Wenn Sie Hundebesitzer sind, lernen Sie vielleicht auch, Ihre vierbeinigen Freunde mit anderen Augen zu sehen. Ob es nun ein Schoßhündchen ist oder eine Deutsche Dogge, ein Rassehund oder eine Promenadenmischung – Hunde haben nur eines im Sinn, nämlich uns spontan und vorbehaltlos zu lieben. Es ist unsere Pflicht und gleichzeitig unsere Freude, diese Liebe und Zuneigung zu erwidern.

Tom Sullivan
März 2008